东进生 著

上海文艺出版社
Shanghai Literature & Art Publishing House

苦难岁月里的那束光

王干

东进生先生是一位创作年龄很长的作家,创作的领域也极为宽阔,属于文艺领域的多面手。他的新作《五嫂》描写的是特定历史时期的苦难生活,写出了人的生存困境和精神困境。小说以真切生动的笔法记录一个女性在民族灾难的环境中母性的伟大和善良。

苦难,是人类生活的底色之一。与自然斗争的年代,苦难不分国界地塑造了一个个与山川同辉的英雄;相对和平的时代里,与日常、与人性的较量让人性的光辉一次又一次地震撼着一方土地。从塑造人性的角度来讲，一个民族所经受的苦难以及他们面对苦难的态度几乎就决定了这个民族的性格。伟大的中华民族所生存的这片土地上从不缺少苦难，从自然灾害到历史的沉重，这片土地上的人用自己的智慧谱写一曲又一曲人性的赞歌，这也是为什么这里诞生那么多英雄。小说《五嫂》中的主人公五嫂以及五嫂身边一些优秀的人物正是诞生于这样的苦难。

《五嫂》以一条胡同为叙事的中心，围绕这条胡同里的人和事处理了一段特殊的当代历史。主人公五嫂集美貌与善良于一身，面对女人家"嫁错郎"的尴尬处境并没有怨天尤人，而是锻炼出一种艰苦卓绝的品质来面对生活的不如意。故事写的不仅仅是五嫂和她的坚韧，更是通过这条胡同里的"大家"来反映一段让人无奈的历史。这种以小见大的笔法在中国当代文学中非常常见，莫言的《蛙》《生死疲劳》，余华的《许三观卖血记》《活着》就是非常优秀的案例，正是这些图书，让我们看到在大时代的背景下小人物对命运的无能为力，以及他们身上的坚韧品质，这也是人物性格的独特魅力所在。莫言的《蛙》以姑姑万心的一生见证历史的变迁，这个人物身上可恨和可爱两种特质在时代的阴影中被放大，成为时代的典型、文学的典型；余华的《许三观卖血记》让人更多地看到物资严重匮乏的年代里至亲之情的彰显。如何书写苦难，人物在"活着"中如何超越苦难，莫言和余华用小说给出了自己的答案。《五嫂》同样也是写苦难，大时代里小人物的悲哀不仅仅体现为挨饿受冻的物质层面，经不住考验的人性才是直击灵魂的叩问。"文革"期间，大龙对家庭的"背叛"深深刺痛着读者的心灵，母亲和兄弟姐妹需要承受至亲骨肉带来的伤害，这是人性之痛，也是历史之痛。善恶混沌的年纪，大龙对家庭的"反叛"似乎迎合了某种时代的激情，但是这种"迎合"以家人承受的巨大伤害为代价，五嫂的了不起之处，或者说母亲的伟大之处就是对孩子无条件的关怀，哪怕孩子背叛了家庭。这种慈母情感是令人动容的，作者在写作时也抓住了这个能让读者共鸣的点。五嫂作为母亲，是伟大的；作为妻子，恪守本分，丈夫入狱几年，她用并不厚实的肩膀撑起整个家，这是典型的中国式女性与中国式的苦难，可以说，《五嫂》这个小说就是作者对蒙受苦难却在逆境中努力奋进的母亲这一角色唱的赞歌。神圣的女性必定也是脸谱化的女性，五嫂有时是"绝情"的，面对赵所长的示好，她太懂得退让，面对物资极端匮乏下未知的帮助，她毅然把金钱交到了警察局……在这样一些有些"呆傻"的细节描写中，一个"铁面无私"的五嫂立于读者眼前。她像幽暗岁月的一束光，照亮别人的同时，也照亮了自己的心灵。

全知视角是小说写作中常用的视角，因其全知全能的特点，全知视角也被称为上帝视角。全知视角在叙述中有诸多便利，首先可以揭示更多的信息，人物的内心活动都可以通过全知视角来显现；其次，全知视角方便讲述中人物和场景的转换。小说《五嫂》却没有选择全知视角，而是以"我"来进行第一人称叙事。第一人称的"我"在小说写作中有诸多优点是全知视角所没有的，首先，第一人称视角写的都是"我"眼中之事和心中之事，可以更充分地展现"我"的内心世界，更具有真实感；其次，也是读者的直接感受，更容易拉近"我"与读者的距离，使读者进入"我"这一角色；同时，第一人称视角还易于抒发感情，进行细致的心理描写。小说《五嫂》在讲述五嫂的故事时，"我"的视角有天然的亲切之感，更容易让读者进入小说的情境中，读者跟随"我"这一视角更方便地进入作者的内心世界，仿佛读者自己也有了一位"五嫂"。第一人称叙事也有其局限，视野的相对固定是第一人称叙事中无法规避的问题，视野的相对固定也就意味着能"知道"的东西没有全知视角的多，相比全知视角的切换自如，第一人称视角更依赖身体叙事，也就是更依赖"我"的生活经历、感觉和知觉来叙事，除"我"之外的一切，按理来说都是不知道的，因此，从叙述上来说，这很容易产生叙事的伦理问题，《五嫂》在这方面的处理可圈可点。

小说是一种能让读者沉浸其中的艺术形式，小说的一个重要功能是能让读者在生活的压力中获得片刻的放松和释放，但《五嫂》读起来却是让人沉重的，读者通过这样一个小说更多看到的或许是蒙受过苦难的父母辈甚或是自己，这是一种引人深思的小说，人性在极端处境中究竟何去何从，普通人需要什么样的姿态与苦难共处，或许这是人类终生都要直面的问题，而小说通过对五嫂的描写正切中了这一终极命题。同时，文学艺术也在呼吁美好，正是有了悲哀的现实，有了让人落泪的一段段人生，文学才更要呼吁美好，正如罗曼·罗兰所说，真正的勇士无非是在看清了生活的本质之后依然热爱它。我们一直期待这样一种文学，既看清人类命运的本质性痛苦，又仍然愿意或者坚信文学能带领人类的心灵找到一片美好而温暖的净土，如科幻作家厄休拉·勒古恩在《失落的诸乐园》中所塑造的那个理想世界，"自此以后就没有标题了，因为世界变了，名字变了，时间不再循旧法衡量，风吹走了一切"，我们期待着那样一种文学的到来。也期待年过八旬的东进生先生的写作保持现在的势头，创作出更加深沉和优美的文学作品，焕发新的艺术青春。

一

　　立秋过后，北京城里还像个巨大的火炉，烤得人昏昏欲睡晕头转向。上班的自不必说，就是皇城根儿的闲人们，也都猫在阴凉地界喘着粗气儿。胡同里静得瘆人，几乎看不见一个行人。就是那些走街串巷的小贩，也都不知道躲到哪里去了。胡同里的几棵老榆树孤零零地站在骄阳下，把它那浓浓的树影投射到残破的门楼和灰砖墙上。那些年久失修的屋顶上，长满了狗尾巴草，没有风，一根根狗尾巴草便骄傲地挺立着。树上的知了吱吱叫着，让人想到没有膏油的独轮车车轴的转动。

　　院子里静悄悄的，五嫂趁这工夫，在厨房里匆匆洗了澡，擦干白白净净的身子，才觉得吐出一口气来。她到院子里倒掉洗澡水，又朝院子里的自来水龙头走去。

　　午后的秋阳照在院子的青砖地上。砖缝里爬出一群蚂蚁，列队成一条直线，如同受阅的士兵。在一堆落叶的旁边，正有一只死掉的蟑螂，那队蚂蚁把那个"庞然大物"分解开来，搬回它们的巢穴，作为储备的食物。

院子里的青砖地炙热而明亮，火辣辣的阳光反射上来，把院中央的八楞海棠树勾画得婆娑迷离。那株海棠树有年头了，说是庚子赔款那年，海棠就是不开花，怎么浇水、施肥，就是不见花骨朵。后来，一个暴雷把树干劈去一半，倒是那年花朵开得格外茂盛。

五嫂用木桶在水龙头下接水，水流的哗哗声打破了空气中的静寂。北京四合院的居民，除了在厨房里安自来水龙头，通常在院内一角也安装一个，图个用水方便。浇花，冲洗茅房，给金鱼缸换水，都方便。水流的闪光映在五嫂消瘦而美丽的脸上，映在她的白布衬衫上，把整个人勾画得玲珑剔透。白布上衣的布料很薄，阳光照上去隐约显出她窈窕身材的轮廓。三十好几的人，生过几个孩子了，身材还像十八九岁姑娘似的。五嫂接了半桶水泼在砖地上，地面上立刻升腾起一片白雾。水慢慢泼着，地面上渐渐潮湿，四合院周围的空气也显得凉爽了。

五嫂在我们家族里是个不折不扣的美人。

人说，北人南相、南人北相贵。五嫂属于北人南相那种。

可是，命运没有那么认为。

我的二大爷是个多子女的人。前前后后生了十个儿女，夭折了三个，活下来的个个身强力壮。儿女中，只有一个男孩，那就是我的五哥。五哥在我二大爷房里，不算是老五，但在我们家族的大排行里，算是第五个男丁，我们就叫他五哥了。说是，二大妈临盆时，夜晚忽然梦到一尊金人，立于云端之上，手持金质方天画戟，声色如雷，讲了一番禅语，忽然用方天画戟指了指二大妈，接着一声大笑，升天而去。二大妈一吓，五哥就降生了，产婆都没有来得及插手。

算命先生说，此梦相，主这位小公子必将大富大贵。

二大爷一房里，甚至整个家族，都对这个新生儿抱有厚望。吃满月酒的时候，二大妈幸福得直掉眼泪。滴酒不沾的二大爷也第一次喝得酩酊大醉。全家族有不少人居住在外地城市，更是喜气洋洋、千里迢迢地赶回来喝这杯满月酒，为的是沾点福气。可是，十几年过去之后，人们才发现，这都是一厢情愿。

五哥让整个家族的老老少少大失所望。

五哥出生不久，我二大爷去天津跟我五叔商量买卖上的事，不料兄弟间发生了激烈争吵，五叔竟然动起了菜刀。按说，我五叔理亏，一个大家族，公家的账目应该一清二楚，可五叔经管的两个很有规模的染织厂，账目竟然乱七八糟。二大爷看了，能不来气吗？争吵之间就动起武来，五叔手起刀落，差一点砍到二大爷的肩膀上。二大爷是个胆小怕事、心肠软弱的人，惹不起还躲不起吗？于是，便躲到北平郊区的南苑镇上，顺便经管镇上的绸布店。有钱有银子，巴结他的人也就不在少数。和尚、道士、算命的、看相的也会经常上门夸赞五哥这位小贵人。把个七八岁狗也嫌的主儿，夸成神仙下凡似的。二大爷和二大妈当然对这个天降的宝贝更加言听计从，说一不二。这位小少爷也就蹬鼻子上脸，养成了一个活祖宗。书念得不好，上房揭瓦、翻墙爬树、水沟里摸鱼、坟地里逮蛐蛐，却是样样精通。上小学二年级的时候，五哥爬到邻居家的房顶上剪断了人家的电线，闹得邻居家大年三十摸黑守岁。事后查明真相，二大爷忍无可忍，顺手抄起顶门杠，破天荒地给了五哥一棍子。本想意思一下，警告警告就算了，哪承想，打在五哥的脚踝骨上，断了左腿，接上了，还是短了一小节，走起路来，仔细瞧，有点一瘸一拐。宝贝疙瘩被自己害成残疾，二大爷追悔莫及，更加惯着这个宝贝儿子了。五哥如鱼得水，该玩儿玩，该喝喝，该吃吃，爱谁谁，就是没心思念书。不过，人聪明，心眼活泛，东一榔头西一棒子，也学了不少实用的本事。

反正我们家族的这位人物，与不少长辈的期待恰恰相反，五哥非但没有大富大贵，似乎越来越不成器了。有人说，那些算命先生不过是为了骗钱，当然捡好话说。有人说，算命先生算得没错，只是有一年，二大爷家的门楼拆了重建，偏了方向，坏了风水，五哥被什么神怪诅咒，命运因而大相径庭。

二大爷上五台山去求过大师，去北平郊区的潭柘寺烧过高香，全不管用。五哥仍旧是天不怕地不怕，老子天下第一。在学校里，三天打鱼两天晒网的五哥，脑子管用，字认识了不少，文章却写得驴唇不对马嘴；但是算术出奇的好，考试常常是满分。班主任经常摇着头叹道，这孩子，不知道怎么回事儿，简直闹不懂。就这样，五哥勉强混到初中毕业，让他到北平城里去念高中，说什么也不肯了。

人快奔二十了，二大爷托南苑镇上的大姑奶说亲，居然娶上了全镇数一数二的美人，就是我的五嫂。她原是名医宋大夫的独生女。

相亲的时候，按二大爷的特别嘱咐，五哥穿一套笔挺的白西装，打上蓝红条的领带，脚下是一双白漆皮鞋，打扮得就像刚毕业的大学生。又从当警卫队的表哥那里借来一辆电驴子骑上。五哥到底是混不吝的主儿，眼观六路耳听八方，本来不会骑电驴子，经过表哥三拳两脚的指点，弄了个八九不离十，居然骑起来飞快。

这一套精心设计的行头，的确起了作用。宋大夫二话没说，就把宝贝闺女嫁了。

名医宋大夫把这个独生女视若掌上明珠，特意把她送到北平城里的亲戚家寄住，为的是便于在著名的贝满女子中学读书。不料,只读到初中二年级的时候,时局动荡,傅作义的部队打不过攻势凌厉的解放军,败守紫禁城。宋大夫舍不得女儿处于兵临城下的故都,怕万一有事儿鞭长莫及,就又把宝贝女儿从北平城里接回了南苑镇。

临近年关的时候,北平城的守将傅作义正跟解放军代表谈判,琢磨着如何避开战火,保住几百年的帝都皇城。是战是和,闹得人心惶惶。二大爷和宋大夫亲家双方都觉得变局难测,不如趁热打铁,故而定亲之后没几天就办了喜事。

喜事办得轰轰烈烈,整个南苑镇闹得人仰马翻:这对新人佩金戴银;四抬大轿布置得光鲜亮丽,赏钱、喜糖洒了半笸箩。二大爷家中,里外"三进"的院子,全搭上了席棚;几十幅喜幛挂满了堂屋和院墙;每个院子,摆上十来个圆桌;跨院里砌起了七八座半人高的炉灶,从北京半松园饭庄请来了掌勺的大师傅,带着一帮小厨子蒸煮烹炸;整个跨院,炉火熊熊,烟熏火燎,香气四溢,锅碗瓢盆叮当作响。从北平、保定、天津来的亲朋好友,从镇上请来的商贾名流,男男女女,老老少少,足足有两百多宾客。人们吵吵嚷嚷,嘻嘻哈哈,天南海北谈天说地。初次见面的,道名姓、递名片,作揖鞠躬,寒暄应酬,见了婶子叫大娘,没话"搭拉"话儿。宴席上,鸡鸭鱼肉,山珍海味,燕窝鱼翅,佛跳墙、蒸海参、挂炉烤鸭、四喜丸子,一道道冷盘，一盘盘热炒，如流水一般，流到杯盘狼藉的饭桌上。客人们觥筹交错，行令划拳，劝酒的，逗哏儿的，酒后犯傻的，仗酒发疯的，砸了火锅的，摔了菜盘的，乱乱哄哄，闹得地覆天翻。院子外头，大街小巷人头攒动，锣鼓喧天，鞭炮齐鸣，红烛对对，纱灯盈街；孩子们跑来跑去，起哄"架秧子"。

直到几年之后，这场热闹的婚礼还有南苑镇上的老人们念叨。

美中不足的是，新人拜天地的时刻，突然西边飘来一堆乌云，顷刻间，瓢泼大雨夹着闪电把个南苑镇浇了个底朝天。搭喜棚的席子刮跑了，喜幛四处乱飞，半人高的红蜡烛被雨浇灭了；描着双喜字儿的红纱灯也被狂风卷走。一切都乱了套。

老人们说，这月份应该下雪的，瑞雪丰年，那是吉祥之兆嘛。如今晚儿雷电交加，凄风苦雨，这场婚礼是怎么啦？

婚礼弄得惊心动魄，说不上是福是祸。但是二大爷和宋大夫双方亲家还算满意。宝贝闺女嫁了个残疾，也算不上鲜花插在牛粪上。因为，我五哥除了左腿短了半寸以外，还算是一表人才。身材中等偏上，一脸英气，又加上能说会道，初次见面，就博得未来老丈人的欢心。相处得久了，才知道五哥是个绣花枕头。嫁出去的女儿泼出去的水，宋大夫追悔已经来不及。好在男方家道殷实，婚事也办得金碧辉煌，体体面面，也就聊以自慰了。

那年月的殷实人家，难免叫人惦记。尤其我们董家有房产有店铺，北京、天津、东北都有买卖，在方圆百里都数得着。成亲的当天半夜，不知打哪里下来一帮提枪挂炮的"好汉"，翻墙闯进院子，一个个黑布蒙头盖脸，在院子里砸缸摔瓦，说是借点银子过年。五哥左手提着裤子，右手拎着日本造的"王八盒子"，踹开房门，朝天连放了六七枪，那伙强人被震住了，一声呼哨连滚带爬地"扯活了"。

五哥成了方圆百十里的英雄。那年，五哥十八岁，五嫂虚岁十七。

这年腊月二十三傍黑，南苑镇城关大街上依然人来人往，街东头的醉仙酒楼来了两个操东北口音的客人。挑头的，彪形大汉，高鼻深眼，乌黑脸，满脸络腮胡子；后面一个，白净面庞，身材瘦小。

俩人来到二楼，坐定，招呼跑堂的过来。黑脸大汉啪地将一块"袁大头"银圆拍在桌上说："一瓶老白干，三斤酱牛肉。钱够了吗？"

跑堂的看这架势，哆哆嗦嗦地回答："足够，足够。客人稍等。不过，小店没有老白干，只有二锅头"。

"那就二锅头，怎么这么啰唆。"

不一会儿，跑堂的端上一瓶二锅头、一盘酱牛肉、一小盘猪头肉和一盘炒花生米。白净脸的见了猪头肉，勃然大怒，抄起放猪头肉的菜盘子，一下子扣在跑堂的脸上。跑堂的吓蒙了，不知道哪里得罪了这两位爷。黑大汉摆摆手对他白净脸的兄弟说："算了，算了，柳兄弟，这个堂倌不知道，不知者不为过嘛。"

黑大汉闷了两口酒，把战战兢兢的跑堂的招到跟前，在桌上又拍上一块大洋钱说："你的小费。"

跑堂的连忙说："不敢当，不敢当。小的店里不敢收小费。"

大汉沉下脸："你们小店有小店的规矩，大爷我，也有大爷的规矩。拿着。我问你，认不认识董志民家？"

"不，不认识。"跑堂的哆哆嗦嗦地回答。

"什么？远近闻名的董家不认识？"说着，亮出腰间日本人造的"王八盒子"。跑堂的诺诺道："不是太、太熟。"

"这就对了。袁大头你拿好。去，跟姓董的说，今天夜里十一点，就在这里，彼此会会。哦，得带点盘缠过来。别忘了。"

跑堂的说："小的不敢这么说。"

白净脸的说："就这么说。他要是好汉，就会来。"

跑堂的看看桌上的大洋钱说："小的，小费就，就……"

黑大汉说："叫你拿着，就拿。"跑堂的这才战战兢兢地拿起那块大洋。

这时候，门外传来童谣："腊月二十三，糖瓜粘；腊月二十四，写大字；腊月二十五，扫尘土；腊月二十六，蒸馒头。"

黑大汉说："唱得好听。"

跑堂的讨好地说："这是咱们北京人的规矩，顺口溜。今天是祭灶。灶王爷上天。"

黑大汉说："灶王爷三只眼？"

白净脸说："马王爷才三只眼呢。"

堂倌说："按我们北京人的说法，灶王爷是一家之主。一家子的事儿，他全管着。灶王爷上天的时候，大家伙儿用糖瓜粘上他的嘴，为的是让他报喜不报忧。用咱北京人的话说是'上天言好事，回宫降吉祥'。"堂倌为了讨好，还要啰唆下去。白净脸的说："行了，行了。再来半斤二锅头。"

黑大汉哈哈大笑，说："别管他灶王爷几只眼啦，管天管地，他管不到我黑七头上。记住，半夜十一点，我们哥们儿要会会姓董的。"

夜半十一点，五哥董志民准时赴约。

两个大汉开门见山说："年节到了，请兄弟赏几个见面礼。不然，我们就得留在年的这头啦。"

五哥一笑："两位好汉，这话怎么说？"

黑大汉嘿嘿大笑："哥哥大喜的时候，没来得及上门道喜。虽然说兵荒马乱的，到今天，我们哥们儿还记着这笔账呢。"

白脸的缓和了口气说:"实话跟董先生说,我们七哥的老父亲受了点伤,大夫说,非得用盘尼西林。"

那年月,盘尼西林是金贵的西药,有钱,也很难买到。五哥会意,立马开出支票。

黑大汉说:"明人不做暗事,兄弟我黑七。这名字不是吓唬人的。鄙人祖宗八代跟明朝的皇帝老儿同姓,不过呢,兄弟我是回回教,故而改成这个黑姓。我这位兄弟是书呆子,姓柳,就叫柳呆子吧。"

白脸的见五哥开好了支票,琢磨了一下,说还是现金实在,省得麻烦。五哥不仅给了现金,还送上一根"小黄鱼",那还是五嫂陪嫁里的。

五哥临去"醉仙楼"会黑七时,带了现金、支票本,刚要出门,又被五嫂叫住,然后递给丈夫一根二两的金条说,要是人家真的有困难,就把这个也捎上。五哥有些舍不得说:"这是你陪嫁的东西,怎么好随便送人?"五嫂说:"钱不是用的?只要是用在正道上就行。"

黑大汉临走时,撂下一句话:"董先生,你仗义,兄弟我敬你。常言说,出水才看两腿泥。知恩图报,日后有用得着我们哥们儿的地方,言语一声就是。"

到了腊月二十八上午,宋大夫的中药老店刚刚开门,就有两个无赖走到门前,摆开一副没事找事的嘴脸儿。宋

五　嫂

大夫的中药铺开在南苑镇上最通达的吉祥大街上,这里南北东西都是平坦大道,街道两边商铺云集,逢五逢十的集市也设在这儿。可以说,这条大街是个一顶一的好市口,当然也是闲杂人等敲诈勒索、寻衅闹事的好地方。

　　宋大夫每天上午十点,总会在店中坐诊,方便病人问诊抓药。这天早上,宋大夫还没有来到店里,那两个无赖就朝店里探头探脑,显然是来找碴的。但见这两个家伙,一个是膀大腰圆的胖子,脑袋如同冬瓜,五官挤到了一起,手里拿把锈迹斑斑的菜刀;另一个獐头鼠目,脸无半两肉,棺材板身材,手上攥着半块砖头。这个瘦子,是南苑镇上一霸。南苑镇上的好事者们,送给他一个外号叫掘地鼠。这家伙倒是以此"名号"自居,当成大旗,扯着招摇过市。两个无赖走到宋家老药铺门前,并不进店,只在门前的石墩子旁席地而坐。见一位前来抓药的妇人,掘地鼠不由分说上去就是一巴掌,说:"家里死人啦,还是火上房了?心急慌忙地奔丧哪。有病人,上别家药铺抓药去!"那个女人慌里慌张地说:"我请宋大夫,想……"掘地鼠厉声道:"请什么大夫?今天大夫不看病。"女人说:"可,可我儿子生了大嘴巴的病,腮帮子肿得老高,想、想请宋大夫去看看,他看这毛病特别管用。"胖子说:"废什么话,再不滚,请你吃八大碗呀。"说着踹了女人一脚。那女人糊里糊涂地落荒而逃。这一巴掌一脚,引来不少好事儿的闲人,这些看热闹不嫌事儿大的,交头接耳四下里伸头探脑,扫听出了什么事。掘地鼠见几个闲人们围拢上来,便抄起那块砖头,往自己的额头上就是一下子。鸡血掺着红药水立即在掘地鼠的脸上来了个"满堂彩"。中药铺的店伙计胆小怕事儿,正想提前上门板,宋大夫却走过来说,大过年的,说不定哪家有个头疼脑热的,咱们悬壶济世之家,怎么能为了这点小事,拒病者于门外?说着,让伙计把上好了的几块门板又卸了下来,然后,自己在店堂里悠然坐定,气定神闲地看着两个无赖在门外折腾。

  两个混混看看宋大夫并不买账,索性凑到药铺门外砸盆摔碗,还找来几个"麻雷子"在药铺门前燃放。那种麻雷子是响声极大的鞭炮。一阵山响,引来一群毛孩子哄闹。远处的一些闲人们也都围拢过来看热闹。那两个无赖看人越聚越多,掘地鼠给他的胖子帮凶丢个眼色,那家伙便对着自己的大脑袋瓜子狠狠地就是一砖头。这次是动真格的了,只见那小子的脸面上立即裂了一个大口子,鲜血咕嘟咕嘟地流出来。掘地鼠指着满脸是血的同伙儿,骂骂咧咧地吼叫着:"街坊四邻们,老少爷们儿,你们都看见了吧?他宋家药铺的三七止血膏是假药,我朋友用了他家的止血药,非但没有止住血,还让他的伤口更邪乎了。贵邻们,大伙儿给我主持公道,像这样卖假药的,该不该赔我?别的不说,赔我一根'小黄鱼'就算客气的。我吴某先礼后兵，丑话说在前头，要是这点小小的要求姓宋的也不答应，那我们就不客气：管叫他宋家药铺开年初五做不成买卖！"

南苑镇上的人都知道这个掘地鼠是出了名的混事虫。他的小舅子是镇上巡警，也是个吃饭不给钱的家伙。有这个舅爷撑腰，掘地鼠在街上都是横着走道的。前年，这个坏种带着他的几个狐朋狗友，去燕云楼饭馆吃霸王餐，不但不给饭钱，还掀了桌子、砸了板凳，菜盘子酒瓶子摔了一地。饭店掌柜的也不是善茬，一个电话找来七八个镇上侦缉队的人。结果，掘地鼠被店家剁掉一根手指头。当天夜里，燕云楼饭馆就着了火，烧塌了百年老店的二层楼房。从此，北大街上最有名的饭馆关门大吉。燕云楼的老板又急又恨，一狠心跳了永定河，幸亏被人救了上来。大难不死的饭店老板只好带着一家老小远走他乡。

看着掘地鼠一帮痞子在店铺门前耀武扬威，张牙舞爪，镇上的好心人劝宋大夫：后退一步海阔天空，给掘地鼠一根金条了事。宋大夫的倔脾气上来了，说："这种小人不能惯着，不然，南苑镇还有太平日子吗？前年燕云楼饭庄得罪了这小子，当晚就着了火，今年怎么着，给宋家老药铺也来一下子？"

五嫂知道了，赶到宋家中药铺劝父亲说："爸，常言道破财免灾，给他们一点钱就算了。大过年的，何必与这些小人计较。"宋大夫说："闺女，这话不像你说的。你就是欺软怕硬的？咱们宋家，不是那样的人。"五嫂说："到底是大过年的，就忍让一步吧。"

五哥不吃这一套，他对宋大夫说："老泰山，您这么办，我给您挑大拇哥。在南苑镇这地界，几个混混难道翻了天不成？打今天晚上起，我提着'王八盒子'住您的跨院里。我就不信了，南苑镇上，咱们还怕了哪个王八蛋？"

宋大夫说："志民，事情哪有你说得这么玄乎，咱们是身正不怕影子斜。我店里两个伙计完全能应付得了，你们就把心放到肚子里。关照岫烟，没事儿少出门就行了。"话还没有落音，两块半大砖头就飞到药铺的窗玻璃上，两块大玻璃应声碎了一地。

五嫂怕丈夫撑不住世面说："要不然，请表哥带几个警卫队的兄弟过来镇一镇这帮混混？"

五哥说："屁大一点事儿，还用得着惊动表哥？那样干，不显得咱们认怂了？"说着，把皮袄的衣襟朝上掖了掖，特意露出腰间别着的盒子枪，大摇大摆地走出店铺大门，四下扫了一眼说："大过年的，有哪个不识好歹的龟孙子，跑到你祖宗的地盘上撒野？冲撞了你太爷，会有好果子给你？别乌龟王八似的，缩头缩脑。有能耐，明天找个地界，刀对刀枪对枪地比试比试！"

当天下午，五哥就提着"王八盒子"去到老丈人家坐镇，放出话来说，铜头铁头，碰碰南墙再说，小日本鬼子造的"王八盒子"是喝人血的。

掘地鼠那边,约了小舅子,又找来几个地痞无赖,摆开阵势。从早到晚,放二踢脚、点麻雷子,推倒药铺斜对门孙家当铺门前的石头狮子,还在电线杆上抹了鸡血。这就如同下了战书。

于是,好事儿又有闲的人们,擦亮眼睛等着看热闹;胆小怕事的店家早早关了店门,退避三舍。南苑镇上,临到年关,竟然剑拔弩张,有点山雨欲来风满楼的意思。

到了大年三十上午,出乎所有人的意料,南苑镇上的争斗气氛忽然烟消云散、吹灯拔蜡了。

事出有因。原来,腊月二十九傍晚,打北街上走来两个穿着黑衣黑裤、戴着墨镜的人物。他们在吉祥大街上的孙家当铺的店堂里坐定,指着街头上的泰和饭馆连开了三枪。饭馆老板横着出来喝道:"哪来的杂种,到老子地界上来撒野?"

其中一个黑衣人,上前几步,拱手一揖道:"老板休要见怪,在下是黑七爷手下的。今天晚上,请老板做个见证,我们找掘地鼠几个前来过两招,胜败由老板定夺。胜了呢,我们奉上三十大洋,算是老板的辛苦钱;败了呢,从此黑七爷再也不在南苑镇上露面。"

泰和饭馆老板看眼前的这两位来者不善,便抱了抱拳说:"这两位兄弟好说,在下就做一回见证。"随即吩咐一个伙计说:"拿着我的名片,去请掘地鼠吴先生和他的兄弟前来有事。"

一袋烟的工夫,掘地鼠和他的五个同伙呼啸而来。

掘地鼠听泰和饭馆的老板说了事情原委,又瞄瞄眼前的两个黑衣人,仗着人多势众,厉声厉气说道:"哪里来的,敢到我们南苑镇地界撒野?今天晚上,大爷我没空,就不陪你们玩儿了。讨利事(钱),找这位老板。"说着指了指泰和饭馆老板,"开销记我账上,兄弟我就不奉陪啦。"说着调头就走。

掘地鼠刚刚挪步,一位黑衣人手指一弹,点在掘地鼠背后一个小子的腰眼儿上,那家伙身体一抖,差点来了个狗吃屎。掘地鼠这才知道来者不是善茬儿,只好抱拳作揖说:"两位兄弟,有话好说,兄弟我的确有事儿,不能多耽搁。"

挑头的黑衣人冷冷一笑道:"我们弟兄既然来啦,就没有空手而归的道理。你这个地头蛇的本事,我们还是要领教领教。"

掘地鼠听了勃然大怒:"别给脸不要脸,方圆几十里去打听打听,谁不知道我吴某的脾气。"

黑衣人说:"废话少啰唆,开门见山说吧,我们哥俩就是冲着你吴某人来的。痛快说,来文的还是来武的?"

掘地鼠说:"文的怎么说,武的又怎么说?"

黑衣人又是一笑道："我奉劝你们，还是来文的。武的，你们会输得更惨。"说着朝身边的同伙努努嘴，但见那人，朝饭馆的南墙看了一眼，后退两步，然后猛然疾行几步，手脚并用，三下两下就翻上了那堵近两丈的高墙。掘地鼠哪里见过这个阵势，忙说："文的又怎么说？"

挑头的黑衣人说："量你们来武的没戏，那就文的。姓吴的听好了，你我各自后退二十五步，彼此相差五六十米，每个人三把尖刀，你剁我三刀，我剁你三刀，剁到致命处，自认倒霉。死生有命，富贵在天。所以请来这位老板做见证。怎么样，不反悔吧？"

掘地鼠思忖，两个人距离五十多米，哪里有什么准头，若不答应对方条件，以后在南苑镇上就混不下去了，便说："就这么办，君子一言驷马难追。"

黑衣人笑了笑："有种。姓吴的。"说着后退，掘地鼠尽量迈开大步子也往后退，想着离开越远越好。

两个人相对站定，旁观者看看，两人距离足足有六十米开外。

黑衣人抬了抬手说："请吧。让你先手。"

掘地鼠巴不得先上手，说："那我就不客气啦。"话音一落，嗖嗖嗖，三刀朝黑衣人飞过去。只因距离太远，掘地鼠又没有臂力，他的三刀根本没有触到黑衣人的一根毫毛。黑衣人朝掘地鼠一笑说："姓吴的，你要是认栽，就到此为止，那三刀我就免了。"

掘地鼠唯恐栽面儿，咬牙切齿道："条件说好的，怎么能改？你来吧。"

黑衣人说："那我就不客气了。"

第一刀，飞到掘地鼠头上三寸有余，第二刀飞到掘地鼠的胯下，第三刀不偏不倚，剁到掘地鼠的右胳膊上，顿时血流如注。

两个黑衣人彼此一笑，其中一个说："我们手下留情了。"说着，把一包大洋钱送到泰合饭店老板的手上，说："老板辛苦了。"泰合饭店老板哪里敢要，给伙计丢个眼色，那个伙计麻利地从饭店里拿出一袋上等的海参递给黑衣人。老板说："七爷的赏金就算小店笑纳了。大洋算是两位的香烟钱吧，这一点海参不成敬意。"那个黑衣人收下海参，坚持把那包大洋丢给饭店伙计，说："桥归桥路归路。海参，我们谢了。"

挑头的那人声如洪钟般说道："姓吴的，你听好喽，传黑七哥的话：在南苑镇上混，做事别太绝，不然养出的孩子没有屁眼儿。"说完哈哈大笑，两个人扬长而去。

因此，南苑镇上的闲人们就再没有看到掘地鼠大闹宋家药铺这场戏了。

五哥知道黑七绝非等闲之辈。

二大爷知道了这件事的前前后后，提心吊胆，忙说：

"去北京城,南苑镇咱不能待了。"就这样,二大爷一大家子离开南苑镇,搬进了北平城里。五嫂夫妻就挤进了我家的四合院,住在三间东厢房里。

五嫂是个很安静的人。知书达理,心灵手巧,不骄不躁,说话轻声细语,在我们大家族里算是数得着的儿媳妇。尤其我们这些小孩子特别喜欢她。五嫂除了安静的时候,也有活蹦乱跳活泼可爱的时候。五嫂也特别喜欢跟我们这些不大不小的弟弟们聊天。有时候说:"浩民,给五嫂背首唐诗,五嫂这里有小人酥糖。可是,再背'春眠不觉晓'就不过关了。"有时候又说:"树民,你期中考试考了第几名?别是倒数第一吧?"一时间,大家伙儿笑得找不着北。

中华人民共和国成立之后的第一个春节,北京城里特别热闹。

大年三十,我们几个孩子,匆匆忙忙吃好年夜饭,就跑到院子里去放爆竹。院子里"乒乒乓乓"的鞭炮声与胡同里的鞭炮声混成一片。正高兴,五嫂也拿着不少爆竹走了出来。爆竹里还有几个"二踢脚",就是南方说的双响,或者叫高升的。五嫂说:"跟你们几个弟弟一块放。"凯民拿起一只二踢脚放在地上,点燃,接着就是"乒乓"两声。第二响在半空中爆炸,并在夜空中化出一圈闪光。不知道什么时候,五哥也从屋里出来了,他笑着说:"二踢脚得拿在手里放,那才叫本事。"说着,把一个二踢脚捏在手里,放了

大年三十,我们几个孩子正在院子里放爆竹,正高兴着,五嫂也拿了不少走了出来。

出去，然后朝着我们几个孩子瞄了两眼，得意洋洋地走回屋子。这分明是对我们的挑衅啊。五嫂朝着五哥的背影说："有什么了不起的。"我们知道五嫂是我们一伙儿的，一齐嘲笑五哥。凯民说："他是大人，当然敢拿在手里放。"说着看了看五嫂，他知道说错了话：五嫂也是大人呀。五嫂看出凯民的尴尬，说："咱们也拿在手上放一个。"说着，拿起一个二踢脚就要点燃，我和凯民几个都急了，说："五嫂，你行吗？你会放吗？"五嫂说："有什么不会的，刚才他放的时候，我看见了。咱们试试，不能就这么认输了。"果然，五嫂顺利地把二踢脚放成了。我们几个孩子一起拍手，欢呼。忽然，凯民说："五嫂，我也拿着放一个。"五嫂犹豫了，说："凯民，你，你行吗？"凯民说："管他行不行，放一个，争口气。"五嫂想了想，说："好，凯民弟弟，有骨气。来。嫂子帮你。这样，拿着爆竹的上面，用三个手指头捏着。别捏得太紧，只要不掉地上就行。它响了第一下，二踢脚自己就会往上蹿，不捏死了，就不会伤着手。"凯民果然燃放成功，他得意地笑了。五嫂也得意地笑了，笑得像个快乐的女中学生。在一本正经的大人们面前，五嫂从来没有这么笑过，这么顽皮过。爆竹快放完了。五嫂说："我得进屋了。凯民，你是最棒的，给大家伙儿争了气。过几天，咱们大家伙儿去逛厂甸。五嫂请客。"

厂甸位于北京和平门以南，琉璃厂荣宝斋一带。那里一年到头，平平静静，人来人往跟其他街道没啥区别，但一到春节，如同"银瓶炸裂"突然剧变，一夜间，开了锅，热闹了起来。

逛厂甸儿，对于北京的孩子们，可以说是过年的种种梦幻中最梦幻的。因为，逛厂甸儿，就像赶农村的大集。对于我们这些孩子来说，既陌生又似曾相识，当然是最吸引人的。

逛厂甸儿，选在大年初三之后。大年初一初二，都是按着大人规定的"规矩"行事，过了初三，就成了放开缰绳的野马，可以随心所欲了。

我们几个男孩和淑婷姐，跟着五嫂挤在穿戴新衣新帽的人群里，东张张，西望望，而且衣袋里揣着崭新的"压岁钱"，想买什么就买什么，那种感觉真是甜甜的。

当年厂甸儿一带的道路并不整洁，半空中飘着黄黄的尘土，那些从邻近县城赶来的小贩自然不顾忌这些，他们摆开卖"豌豆黄""爱窝窝""驴打滚""糖耳朵""棉花糖"的小吃摊，高声叫卖着。尽管那些东西落上尘土，又有哪个在乎呢？买小吃的，照样挤来挤去。小贩的叫卖声嘶哑而高亢，与嘈杂的人声交织成热烈的"交响曲"，烟火气那是一个满满的。凯民叫："五嫂。我要吃驴打滚。"五嫂说："我来买，还有谁要？"浩民说："我要糖耳朵。"五嫂又问："淑婷妹妹，你要什么？"淑婷那时候还小，有些腼腆地说：

"我什么也不要。"五嫂还是给她买了棉花糖。

北京孩子都会一首童谣:"逛厂甸儿,买沙燕儿,冰糖葫芦一串串。"

厂甸儿上的玩具五花八门,"沙燕"和糖葫芦是主打产品。

沙燕儿是一种制作简单的风筝,因有两只尖尖的"脚"而得名。它仅仅比我们小孩子自做的最简单的风筝"屁股帘"略高一筹。价格当然也很便宜。逛厂甸儿的孩子们在离开时几乎是人手一只的。当然,用不了几天,这些沙燕儿就挂在胡同上空的电线上了。

第二种就是糖葫芦了。厂甸儿的糖葫芦有两种。一种是粘冰糖的糖葫芦,这在今天的上海也是常见的,另一种则在上海没有见过。那种糖葫芦也是以山楂为原料,穿成长长的一串,有几十个上百个,足有一尺多高,顶尖上还插着纸做的小旗子。五颜六色的小纸旗在冷风里摇摆着。这种葫芦是粘麦芽糖的,不好吃,却成了既可以吃又可以玩的东西。虽然它不好吃,但凡逛厂甸儿的,几乎都高高举着它兴高采烈地归家。

另一种叫"风车"的东西,是用花花绿绿的纸做成可旋转的小风轮,小轮架在麦秆做的架子上。多的,架子上有十来个小风轮,少的,至少也有四五个。风一吹,纸风轮飞速旋转,同时敲打起旁边的小鼓。

大家伙儿，游游荡荡，就买了两个沙燕和一串糖葫芦，还有一架"风车"。正高兴，忽然一个"大花脸"直冲着我扑来。我吓了一跳，大花脸移开，竟然是五嫂在逗我。她说："这个给你，还有一把大刀。"除去糖葫芦和沙燕儿。我们男孩子还要买上一个用纸浆做成的脸谱。这种脸谱多以"大花脸"为主。戴上大花脸，然后买上木头做的刀枪，自我感觉就成"江湖大侠"了。

五嫂带着我们一群孩子，唱着"解放区的天是明朗的天"，浩浩荡荡离开厂甸。那是最开心的一天，也是五嫂笑得最灿烂的一天。

日子又过了几年，社会主义改造、公私合营那年，大家族的经济维持不下去了，六七十口子老老少少的大家族，不要说别的用度，就是吃饭这一项"挑费"（开销）也让当家的晚上睡不着。按说，分家本来不算什么事，但在董家来说，就不那么容易。老太爷临终时，把几个儿子叫到病床前，用尽最后一口气说："咱们董家，靠的是人多势众，又加上勤恳耐劳，才挣下这份家业。我走以后，不许分家，兄弟抱团，遇上风浪也能挺得过。"

如今，大时代变了，老爷子的遗言，也只能当作耳旁风了。于是，我们董家几房唉声叹气地分家各过。五哥的小家庭就少了收入，他一日两顿的白酒也就改成了一天一顿。

五哥继承了我二大爷的衣钵，也是多儿多女。

比我大一岁的堂哥凯民，早熟，对男女之间的事有了一知半解。有一天，他神神秘秘地跟我说："你猜怎么着，五哥的那东西真大。"我问什么东西？他说："还有什么东西，男人最要紧的，裤裆里的呗。那天上厕所，我看见了，吓我一跳。怨不得，一个接着一个生。"

凯民的说词我半信半疑，不过五哥的小家庭，人口的确不算少。原先没有分家的时候，饭桌上多一双筷子少一双筷子无所谓。到这时候，大船变成了小划子，没风没浪也要摇三摇，何况五哥是游手好闲的主儿。于是，他的小家庭就出得多进得少，感到了危机。眼看着快揭不开锅，二大爷求爷爷告奶奶，总算找到一位贵人。那是我家不远不近的亲戚，我叫三姑的。

三姑是我爷爷续弦时，后奶奶带来的"拖油瓶"。爷爷在世的时候，大伙儿敬她让她，待她不薄，爷爷一走，茶凉了，大家庭里就有人说三道四。又过了两年，后奶奶驾鹤西去之后，三姑的处境自然雪上加霜。三大爷说，赶快给她说个人家，嫁出去算了，省去麻烦。找来找去，媒人说了一个四十多岁的光棍儿，又是做皮货生意的，钱是有点钱，可都没有用在正道上，除了赌博就是酗酒，又加上成天往东三省跑。三姑当然不愿意。二大妈说："按理说，三姑娘也应该姓董,不看僧面看佛面,也别强求孩子,年岁不是还小嘛。"婚事就算泡汤了。到了这年的腊月祭灶一过,我们董家的大人和伙计用人们忙乎了起来:扫房子,写春联,炖鸡鸭,煮腊肉,做馒头,蒸豆包,炸馓子,滚圆宵,弄得鸡飞狗跳。十二三岁的三姑也跟着下厨帮忙。一天,三姑不慎打破了一只碎花描金边的瓷盘,招来了大祸。三大爷硬说那瓷盘是康熙粉彩,少说也值十根金条;三大妈帮腔叫道,这孩子越来越没规矩了,扫帚星转世,不能再留了。大年三十晚上,三姑被关进放杂物的小黑屋,还不让吃饭。饿着肚子,听着外面的鞭炮声,三姑的眼泪都没有地方流。二大妈总算给三姑送来一碗热汤面,又塞给她一叠钱,说:"三妹,这是二哥给的,不算多。过了年,投奔别的亲戚家吧。"三姑就这样出走,当年参加了八路军。后来嫁了一位团长。这位三姑父韩柯原来是北京大学文学系学生,抗战时期去了延安,后来成了晋察冀边区独立团的营参谋长。解放战争时升任了师长。进了北京城以后,官居高位。来我家做客时,一身旧军装,戴着深度的近视眼镜,斯斯文文,哪里像带兵打仗的。

三姑跟大家伙儿介绍时,带着几分得意地说:"我们这个,离开北京年头多了,城里的规矩全不懂啦。有不周到的地方,多多包涵。"

二大爷说,如今改天换地了,哪里还讲那些老论儿

（规矩），新社会有新社会的法律、新社会的做派。五哥埋怨老爸说："爸，您就少说几句，新中国了，您那些老词儿作废啦。您听姑父说说他的革命经历。"

韩柯看了看五哥，觉得眼前这个小伙子精明干练，便问："外甥在哪里工作？"

五哥说："这几年，因为战事，搬来搬去，正式的工作也辞了。"

韩柯说："除了台湾岛，全国解放了。革命战争转入国家建设时期，用人的地方多得很。不知外甥能不能管理财务？"

五哥说："从前也接触过，只是不太专业。反正边做边学，只要想学，天下无难事。"

韩柯很欣赏这句话，想了想，便写了一封短信，交到五哥手里。于是，五哥就在大众机器厂当了个财务科长。本来顺风顺水，皆大欢喜，不料，大跃进那年，查出五哥挪用公款，进了班房吃牢饭去了。

二

　　二大爷犯难了，五嫂更犯难了。五嫂这时候生了四个孩子，还怀着身孕。二大爷再去求三姑父韩柯想辙，就有些"磨不开面儿"了。再说，因为五哥的祸事，韩柯受到了处分，降了半级，弄得韩柯跟三姑闹离婚，三姑因此寻死觅活。二大爷想，那是人家的家事，他管不了，但是，再去求人家不等于火上浇油吗？急得老头子四下里乱撞，吃了不少闭门羹。现在不比从前，当初二大爷面子大，走到哪里都吃得开，求人帮个忙，不就是小菜一碟吗？当然，那时候也用不着求爷爷告奶奶地为小辈去找工作。那时候，都是别人来他门下求情。幸亏，当年二大爷仗义，凡是上门求情的，五行八作，三教九流，只要开口，没有不伸援手的。眼下，世道不一样了。求过二大爷的，听说他的公子进了班房，能躲多远就躲多远；有良心感恩的，只能撂下四五十块，说暂时将就将就吧。世道不一样啦，求人，不兴这个了。二大爷感叹，人情淡啦，别人靠不住了，自己拉屎自己擦屁股吧。三大爷说，要是不行，让老五媳妇去上班？二大爷明晰，虽说四九年之后男女平等了，女人也可以工作，但是儿媳妇一没有正式学历，二没有丝毫的工作经验，三是大大小小五个孩子，忙得脚不沾地，就是有人可以给介绍个工作，也出不了家门呀。

娘家爹进城来看女儿。

宋大夫看着女儿小脸瘦了一圈，心疼得半天说不出一句话来。喝了两杯淡茶，环顾泛黄的糊墙纸，看看破烂不堪的家具，长叹了一口气，说："岫烟，你母亲过世得早，怨你爹有眼无珠，嫁给董家这个不成器的，苦了你了。"五嫂说："爹，别这么说，虽说董志民不走正道，可不能全怨他，谁叫我们有这么多等着吃的嘴呢，他也是没法子。再说，志民一直待我不错，我们还是过了几年舒坦日子的。"

宋大夫朝着发黄的纸糊顶棚大吼一声："老天不开眼啊！"随即撂下五十块钱，抹了抹眼角，没吭声走了。

二大爷想多接济五嫂一点，又碍着其他姐妹，总得一碗水端平吧。再说，老头也宽裕不到哪里去。虽然说，公私合营之后，国家对资本家实行了赎买政策，二大爷有股息收入，但是，接济五嫂，只能是杯水车薪。

五嫂没有正式工作，靠给人家改衣服、洗被褥补贴家用。收入没个准，一家子，一日三餐也就改成一天两顿稀粥。大儿子大龙正是长个儿的时候，身量蹿了老高，就是细胳膊细腿，看着叫人难受。

这年，院子里的那棵八楞海棠树，开花开得特别早，可就是落不下果儿。屋檐下的一窝燕子，去年秋后飞走，开春再没有归来。

二大爷到院子来了几趟，也不进屋，只是围着海棠树，转了两圈，叹口气，走了。过了几天，又围着海棠树转，又是叹气。如是几次，我们孩子都说二大爷老糊涂了，中了魔了。二大妈找来个算命的瞎子要给二大爷驱驱魔，被二大爷一棍子打了出去。算命瞎子在二大爷的棍棒下夺路而逃，跑得比兔子还快。二大妈也醒过味儿来，说："一个瞎子，怎么跑得这么快呢？就像兔子它孙子。"

小姑淑婷把这段故事说给五嫂听，两个人笑了半天，笑出了眼泪。五嫂擦着泪水说："咱爸也是，算命的不过是讨口饭吃，何必那么顶真。"

淑婷说："可不是。过后老爷子想起这件事，也说我这一棍子要是打着了瞎子，还真麻烦了。说着，说着，却抹起眼泪来了。我估摸他是想起当年打我五哥那一顶门杠的事。"

说到这儿，两个人都沉默了。

二大爷年轻时，脾气温柔得像只绵羊，尤其对待我们孩子。不知道为什么，这几年长脾气了，动不动就骂街。

他不仅对着老婆骂,对着子女骂,对着门前的石狮子骂,还对着我们院子里的那棵海棠树骂。一会儿说海棠树种错了地方,一会儿说海棠树没良心,好水好肥伺候着,冬天还包裹得严严实实的,生怕它冻坏了,怎么就不给老董家带来点好运气呢?二大妈埋怨老头子装疯卖傻,子女们都说老爷子是吃饱了撑的,没事找事儿。

共同的危难降临时,人性的负面就会凸显出来。伸出援手者,则彰显着精神的高贵。

这一天,派出所的副所长赵海山来到五嫂家。坐在那里,吭哧了半天才说:"宋由烟同志,你先生进去也两三年了……"

五嫂打断赵所长,说:"赵所长,我叫岫烟,不是由烟。"

赵所长自嘲般笑了笑,说:"我识字不多,大老粗。是这么着,虽然说你家成分不好,可也不能吃不饱饭吧。共产党当政,人民政府嘛。再说,这样下去,对在里面改造的老董也不利。私下里说,老董一直待我不错,人也义气,愿意帮助别人。这次他犯了错误,也有不好直说的地方。所以,想给你找个收入正常的工作。我跟供销社的孙大头说好了,哦,就是胡同口供销社的孙主任说好了,让你去他那里上班。放心,孙主任跟我是朋友,他不会为难你。

就是刚生下的孩子怎么带呀。"

五嫂千谢万谢，最后说："带孩子的事，我能克服。"

供销社分配给五嫂的工作是推着菜车在几条胡同里转悠，卖菜。五嫂用个布带，把出生不久的女儿绑在背后，背着孩子卖菜。胡同里卖菜的菜车，经营者都是吆喝的，五嫂吆喝不出，效益自然比别人就少了许多。赵所长上门来说："岫烟同志，吆喝，就吆喝几声嘛，这有什么犯难的。不然，菜车推到人家门口，谁知道卖菜的来了呢？"

五嫂说："就是吆喝不出，怎么也喊不出。"

赵所长嘟囔："大家闺秀呀，就是大家闺秀啊。"

五嫂说："我算什么大家闺秀，就是拉不下脸。"

赵所长无可奈何地说："先这么着吧。工资低，效益差，养活这一大家子，真是比登天还难啊。怎么办呢？我跟老孙商量商量，慢慢再想辙吧。"

五嫂说："赵所长，工资少点就少点，总算有了正规收入，我已经很感谢啦。感谢政府，也感谢您赵所长。我已经很知足了，您就别多麻烦了。"

赵所长说："有了正式工作，粮票还能多发呢。"

五嫂说："那敢情好。这个比什么待遇都强。谢谢您啦。"那年月，布票，油票，火柴票，什么票都有，最重要的还是粮票，没有粮票就买不到粮食。这可不是闹着玩儿的。

日子像流水一样，就这么一天天流了过去，生下来没有见过爹的老五，叫玉贞的丫头也长到了三岁。一天，五嫂对上小学五年级的大女儿玉秀说："今天你请一天假吧，帮妈妈去卖一天菜，妈今天发烧，实在走不动。"

玉秀说："我不。今天我们要去劳动人民文化宫参观。干吗不叫大龙去？"

五嫂拉下脸说："你大弟弟不能请假，他是男孩子，是'学生'，你不知道呀？不然你爸回来，妈怎么跟他交代？你呀，真不懂事啊。行了，你上学去吧，妈也指望不上你。"

当时，按我们老北京人的规矩，把男孩子叫"学生"，意思就是该上学读书的。至于女孩子，那就是另一回事了。反正女孩子是赔钱货，早晚是人家的人。虽然建国有年头了，但在老一辈人的心目中，积习难改。

玉秀放下半碗玉米粥，背着书包，抹着眼泪走了。过了一会儿，又回来了。五嫂问："怎么了？忘什么了？又要交杂费了？还是粮票没带？"

玉秀说："没有。我走到半道，想想，还是不上学了。"她看着母亲因营养不良而泛黄的脸，心疼地说："妈，我帮您去卖菜。"

五嫂背过脸去，对女儿说："妈这会儿好点了。还是妈去上班。"

这时候淑婷姑姑来了。淑婷是二大爷家最小的女儿，我们小孩给她起了个外号叫老停。这里的老，就是最小的意思。淑婷带来了几张烙饼，说："老爷子让我拿过来给你们尝尝，说尝尝他的手艺行不行。"

五嫂接过那几张烙饼，立马眼圈就红了。那几年，粮食金贵，粮食凭粮票购买。每个人发的粮票不高，基本是吃不饱也不能完全满足需求。政府有困难，大家都能理解。街坊四邻传说，各地收获的粮食都报了虚产。政府按上报的数量征收，下面的粮食自然不够吃了。再说，大批粮食都运到老毛子那里去了，为着还什么阎王债。至于那些阎王债的来龙去脉，有各种说法，谁也搞不清哪个说法靠谱。

为了让大龙、二龙吃饱，五嫂没少想辙。粮食定量摆在那里，家里多不出一斤粮食。高级糕点可以不用粮票，那又是想也不敢想的事。五嫂只能打自己家粮食定量的主意。她把自己的饭量减了大半，经常是多喝几口冬瓜汤，省下一个窝窝头分给大龙和二龙。这两人正是长身体的年岁，成天叫着肚子饿。有时，她还暗地"克扣"玉秀的定量。大龙他们毕竟是"学生"，不能耽误，丈夫回来也好交代。大龙的爷爷在那个年月省出几张烙饼，说说也不容易。公爹前几天过来，环视了一下四周，摸了半天院子当中的那棵海棠树，叹了好几口气才走进厨房。揭开锅盖，见里面只有半碗杂合面稀粥，什么也没说，转身就走了。五嫂知道公公婆婆明白她的苦衷。

五嫂说:"咱爸他老人家也不容易,还省下来接济我们。"

淑婷姑说:"老头儿的一片心意嘛。这几天,咱爸又来看海棠树没有?"

五嫂说:"好像没有吧。"

淑婷姑说:"老爷子可能想明白了。昨天我在公共汽车上听人说,好多地方为了争粮食高产,处处放'卫星',把田里的风水也弄坏了。也许,咱们家的海棠树也跟着吃了挂落?什么时候咱们家的海棠树也放个卫星给大伙儿瞧瞧。"

五嫂说:"净说没用的。粮食放'卫星',跟咱们家的海棠树有什么关系?粮食不够,听说是为了还外国的欠债,咱们国家从上到下都得紧紧腰带,帮着国家渡过难关。毛主席还发誓不吃肉了呢。咱们是国家的人,国家的困难不就是咱们的困难?放不放"卫星"的,那是主事的领导们管的,咱们插不上嘴。放卫星的事儿,可别到外面去乱说。"

淑婷姑说:"算我没说,不然,给扣个封建迷信、散布谣言的帽子,吃不了兜着走。对了,刚才我在路上遇到九号大杂院里的章大爷,他问我,五嫂家有什么困难没有?要是粮食不够吃,找他拿粮票。他说,他就一个儿子在部队里饿不着,他们老两口,粮食富裕。"

五嫂说:"章大爷那是好心,如今晚儿,谁家的粮食还富裕得出来?咱们领章大爷的情就成。"

淑婷姑说："就是。能这么说，就不简单。说明人家还惦记着老邻居。章大爷还说，嫂子下雨的时候卖菜得穿雨衣，不然，淋病了，一大家子怎么办？他还叫我明天到他那儿去拿一件军用的雨衣，说是借给你，他一直用不着。"

五嫂说："章大爷真是有心人。"

淑婷姑又说："章大爷在部队待过，才有军用雨衣的。听说还立过功，不知道怎么了，现在不上班了。"

五嫂叹了口气："是啊。这种事儿，谁说得上来呢。章大爷立过战功倒不假。还去过朝鲜呢。"

淑婷说："我听钱校长也说起过。钱校长还看到过章大爷的军功章呢。"

淑婷临走时不经意地说："差点忘了个事。赵所长让我带话给你，他说，嫂子卖菜，总得吆喝吆喝，不然，谁知道你的菜车到了呢。还有，天冷了，得多穿点，感冒了，可一大家子呢。背着的孩子更得穿暖和喽。赵所长还说，一定要你别不当一回事儿。"

五嫂问："哪个赵所长？"

淑婷说："还有哪个？就是咱们派出所的赵海山呀。"

五嫂说："赵所长怎么跟你说这个？"

淑婷没有言语。

"你去派出所干什么？"

淑婷没说话，扭头走了。

淑婷那年十六岁，人很机灵，就是不会念书，都长成大姑娘了，才读初中二年级。五嫂想，淑婷把心思都放在什么地方了？这丫头！细细想了想，这个鬼丫头别是看上了赵海山了？赵海山三十大几的人，长得高高大大的，面孔有棱有角，粗眉大眼。在街坊四邻看来，这位所长，工资收入不低，又是单身，论条件可以说是没得比了。难怪经常有热心的大妈大婶给他介绍对象，可是，从不成功。

实在说，在几个兄弟姐妹里，五嫂跟淑婷最谈得来。按说，姑嫂是天然的冤家，可是这个小姑处处向着自己。五嫂心里明镜似的。

淑婷走了之后。五嫂把一张烙饼塞给玉秀，说："上学去吧。刚才是妈不对。"

直到五嫂离世以后，玉秀跟我提起这些事，眼圈还发红。她说，那天的事，她总是忘不了，想想就心疼。

玉秀抹着眼泪上学去了。五嫂这才背上小女儿玉贞去卖菜。一个上午，五嫂也没有卖出几斤菜，她极力地想吆喝几声，可是，声音到了嗓子眼儿，就是出不来。正发愁，远远瞥见八号门口站着一位老先生正朝她招手。这位，是胡同里出了名的学究，原来是中学校长，不知怎么一来，校长被罢了，改成打扫厕所的主管。斯文扫地，原先的西装革履变成皱巴巴的中山装，上衣口袋里却仍然别着"关勒铭"金笔。那是前几年评先进得到的奖品。老先生姓钱，大名云圃，字清虚，人们都说像和尚的佛号。钱老先生把五嫂叫到跟前，问："买卖如何？有什么困难？"

五嫂说："多仗着您老经常照顾，没有什么的。"

钱校长从上衣口袋里掏了半天，掏出两张五斤票面的粮票递给五嫂，说："我岁数大了，胃口不济，这张粮票你先拿着。我大儿子在上海当医生，粮食宽裕，还经常给我寄点心。另外一张是对门章大爷托我给您的。前天，我们老哥俩下棋，说起你家，就觉得你们家孩子多，两个'学生'正是能吃饭的年纪，粮食肯定不够吃。大龙昨天从我家门口经过，正巧打了个照面。小伙子很懂礼貌，还给我鞠躬呢。我看，小伙子蛮精神，就是忒瘦了。"

五嫂正推辞，十五号的门开了，李家嫂子风一般地飘过来，热情地说："五姐，就等您来呢。要是您的菜车再不来，我家就要吃白饭啦。"

五嫂说："实在是对不起大伙儿，菜车每天在咱们胡同经过两三趟，就是不知道该怎么叫邻居们知道。"

李家嫂子说："我今天特意等您的菜车过来。溜溜等了一个钟头。"

钱校长说："李家嫂子也是个有心人。"

李家嫂子说："有心没心的，反正人心都是肉长的，她这孩子一大群，又没个主事的，日子可怎么熬呀。"

钱校长低声问五嫂："听说，你家先生就要出来了？"

南桃园胡同的章大爷和钱校长是一对棋友。

五嫂说:"说是这么说,可念叨小半年了,还没个准信。"

李家嫂子说:"要说也是,关了好几年,还不成?屁大一点事呀。这守活寡的……"

钱校长瞪了她一眼,李家嫂子就把话咽了回去,低着头,只顾掰卷心菜表面的烂叶子。钱校长又瞥了她一眼,李家嫂子连忙把烂菜叶丢在了地上。五嫂不声不响弯下腰,把菜叶捡起来放在一个小篮子里,说:"别浪费喽,回家还能做个汤呢。"

李家嫂子抱着一篮子菜回去了,趁五嫂不防备,临离开时往放烂菜的小篮里丢了两毛钱。这个小动作,被钱先生看在眼里,轻叹口气说:"良心倒不坏,就是……唉。"

李家嫂子,娘家姓尚,她常跟外人说,她跟尚小云是当家子。

钱校长说,根本是八竿子打不着的关系。不过,钱先生又说:"她娘家倒是书香门第。你看她的学名,叫尚如水。名字好听,寓意亦佳。如水,源自南唐诗人的《西州曲》,其中有'采莲南塘秋,莲花过人头。低头弄莲子,莲子清如水',取其高洁,出污泥而不染之意。"

五嫂说:"钱校长的话,我最多听懂了一半。"想了想又说:"我听如水说,他父亲是工人阶级呀,怎么又是读书人呢?"钱校长说:"这就说来话长了。李家嫂子的父亲的确是个正儿八经的老工人,当过劳动模范,有一年劳动节还上过天安门呢。原先,认识不了几个字,解放初期才进扫盲班,可是,人聪明,又肯下苦力,没两年就能读唐诗宋词了,还有几个小技术发明,后来经常在报刊上发表文章。所以说,事在人为。李家嫂子要是跟她老父亲学学就好啦,只是,辜负了父亲的一片期许啊。"五嫂说:"我想,她有她的难处吧。"

钱校长真诚地说:"还是五嫂宽容。吾不及也。"

李家夫妻不和,在南桃园胡同里是出了名的。李家大哥在银行里做事,工资不低,上没有老人,下没有孩子,两个人的小日子按说没有什么可抱怨的。然而,李家嫂子怀孕后,一次夫妻大吵了三天,结果女人流了产,从此就再也没有怀上过。听胡同里几个多嘴的大妈大婶说,就是怀上了,也不知道是谁家的种呢。

他们的夫妻不和,很少有人知道真实原因。开始的时候,应该归咎于丈夫。至于李先生对妻子的作为,用今天的话语说,是一种"冷暴力"。李先生在银行里曾经犯过经济上的错误,被降了级。不如意时,经人介绍,与尚如水结了婚。婚后,尚如水给丈夫带来了好运。李先生做了几件大的业务,不仅平反了以往的错误,还受到上级领导表扬,立功受奖,事业如日中天。李先生好了伤疤忘了疼,得意之余,就有些看不上工人出身的妻子了。一会儿说她没有文化,一会儿说她是个典型的小市民,一会儿又说她站没站相坐没坐相，单位里举行活动拿不出手。夫妻之间开始了冷战。久而久之，两个人连夫妻生活也不正常了。

李家嫂子有个胞弟，长得一表人才，人又聪明，在清华大学电机系读二年级。有时候来姐姐家住上一两天，还带几个同学来玩。同学们都说，他这个姐姐是出奇的美人儿，很像演《南岛风云》的上官云珠。巧的是李嫂娘家就姓尚，人家姓上官，她姓尚，意思差不多，也就自我感觉良好起来。酷似上官云珠的这位美女，成天打扮得漂漂亮亮，尤其是客人来家做客的时候。她喜欢穿白鞋，凉皮鞋是白色的，就是在家里也穿白色的"力士"鞋。胡同里的孩子们送她一个雅号叫"小白鞋"。小白鞋为人热情，喜欢打抱不平，又是得理不让人的主儿。哪怕是芝麻绿豆的小事，跟胡同里的大妈大婶发生纠纷，就会闹得满城风雨。胡同里的女人，有哪一个是任人捏的软柿子？得罪哪个都没有好果子吃。李家嫂子的嘴又闲不住，常常惹是生非，于是，名声就臭了八条街。她跟一些男人的不明不白，虽然没人抓到过真凭实据，但就此算得上是个十恶不赦的坏分子了。这个坏分子跟胡同里的大姑娘小媳妇吵架时，什么粗话都骂得出，就更加让人又恨又怕。可是，她对五嫂从来是尊敬三分。她说："做女人做到这份儿上，不敬她，也得让她。"

小白鞋提着菜篮子，往家走的时候，正好有客人光临她家门前。那人三十上下，相貌堂堂。这些客人，小白鞋说是他弟弟的同学。胡同里的大嫂子、小媳妇都笑着说："这些同学长得可够老成的，快赶上大学生他爹了。"况且，这样老成的同学不止一个，街坊邻居们估摸，这就是两口子吵架的原因。

五嫂推着菜车走出胡同口，朝东一拐，就到了供销社门前。她正想走过去，碰巧供销社主任孙大头出来，喊住五嫂："正巧，正要找你，进里边喝口水，歇歇。"五嫂看着孙大头那皮笑肉不笑的脸，心里有些犯嘀咕。

"嗯，今天不错嘛，菜卖了不少啦，这还不到中午呢。"孙大头说。

进了孙大头的办公室，他先给五嫂倒上一杯"高末"，轻描淡写地说："虽然说是高末，二级茉莉花茶也赶不上它。内部价，物美价廉呐。尝尝。"孙大头边说，边往五嫂身上匆匆瞄了一眼。

五嫂没动茶杯，隔了一会儿说："要是没别的事，我就先走了。"

孙大头说："事儿，倒是有个小事。听说，你念过几年书。小学毕业了？"

五嫂说："就是念过两年私塾，后来初中没有念完，算不上什么毕业。"

孙大头说："还是有一定文化基础的嘛。是这样，我跟赵海山是好朋友。既然他介绍你来，我就应该多照顾照顾。

咱们社里的会计沈萍，三天打鱼两天晒网，常常请假，账目也弄得乱七八糟。我想，让你换换她。"

五嫂说："那，小沈怎么办？"

孙大头说："回家闲着呗。他爸是工程师，有的是钱，还缺她挣的这仨瓜俩枣儿的？"

五嫂说："我不能接这个活儿。"

孙大头说："你有这个能力嘛。干吗不接呢？"

五嫂说："不是能力不能力的事，砸别人的饭碗，我还没学过。反正我不能接。"

孙大头有点急，说："我这可是给赵所长的面子。"

五嫂说："那我也不能接。小沈的工作就是做得不够好，也不能说开除就开除。先得提醒她吧，先得做她的思想工作吧？我没有什么水平，可我知道这个理儿。"

孙大头支支吾吾道："就你说的这几句，就很有水平嘛，推车卖菜，真是委屈了。"

五嫂说："没别的事，那我就走了。"

孙大头叹口气说："先这么着，有空再说。对了，你拿半斤高末走呀。我这儿，好几斤呢。"

"我家不喝茶，喝不惯。"五嫂甩下一句话，走了。

孙大头学名孙启财，原是一个小剃头匠，脸色苍白，肿眼泡，眼睛不小，只是黑眼珠特别小，常让人觉得他总是拿白眼儿看人。薄薄的嘴唇，一口整齐的大白牙，只是一颗门牙上镶成金的，特别显眼。解放初，进扫盲班时表现突出，成分又好，很快就入了党，并且提拔进了供销社。做小店员时，经邻居介绍，找了个病歪歪的老婆。老婆不能生育，床上功夫更加不行。而孙大头恰恰相反，这方面的欲望特别强烈，慢慢就养成拈花惹草的毛病。五嫂是这一片数得着的美人，孙大头早就对她垂涎三尺。但是，碍于赵海山的面子，孙大头不敢轻举妄动。

放学的时候，玉秀在路上碰到一个卖切糕的摊子。切糕摊不常出，排队买的人不少。玉秀想起早上不愿意帮妈妈卖菜，心里愧疚，就在书包里掏了半天，终于找到二两粮票和钱。好不容易排队买上了切糕，正往钢精饭盒里装，不料，排在她后面的一个顾客与卖切糕的吵了起来。买主嫌切糕给的分量不足，吵了两句就动起手来，玉秀躲闪不及，切糕跟饭盒一块被碰到地上。玉秀傻了，又不敢与人争吵，连忙把沾了土的切糕，囫囵吞枣地又装进饭盒里。

回到家，玉秀捂着鼻子走进堂屋，五嫂正准备晚饭，见女儿慌里慌张地走进来，问："怎么了？丢了魂似的。"玉秀说："真倒霉，刚进大门正碰上一个掏大粪的要出去，跟他走了个对面，臭死了。"五嫂听到这里，脸一下子拉了下来。玉秀觉得奇怪，不敢问为什么。为了岔开话茬儿，玉秀从书包里拿出饭盒，哭哭啼啼地说："妈，我给您买了切糕，可是，可是……"没有说完，就把饭盒递给妈妈。

五嫂打开饭盒，看呆了。

玉秀说："掉地上了。怎么办呀？"说着大哭起来。

五嫂安慰女儿："没关系，孩子，把土弄掉，不是照样吃吗？妈谢谢你惦记妈，好了，不哭，不哭。"说着掏出手绢给玉秀擦眼泪，"把眼睛都哭肿了。瞧瞧，我们秀儿的眼睫毛多好看，又黑又密。"

玉秀抽泣着说："人家都说，我的眼睛像您。"

五嫂笑了："傻闺女，秀儿的眼睛比妈好看。"说着搂过女儿，给她擦了擦脸蛋："不哭了，不哭了，妈还有正经话跟我们秀儿说呢。"玉秀抽泣着："妈，您说。"五嫂抚摸着玉秀的头发柔声柔气地说："秀儿，你一直想着妈，想帮助妈分担困难，妈知道。可有些话，妈还得跟你说说。你说，一个人活着要靠什么？"玉秀抽泣着说："靠吃饭呗。人是铁饭是钢嘛。"五嫂说："秀儿说得对。可是光吃不拉，行不行？当然不行。咱们家的茅房，要是没有掏粪工人，用不了几天就没法用了吧？掏粪工作也是一份工作，是值得别人尊重的工作。刘少奇主席还在天安门城楼上接见过掏粪工人的代表呢。"玉秀说："妈，您别说了，我明白了。是我不对。"五嫂说："不对在什么地方呢？"玉秀答不上来。五嫂继续说："妈上初中一年级的时候，老师就给我们出过一个作文题，当你遇上掏粪工人的时候，你怎么与人家擦肩而过？秀儿，你说该怎么对待？"玉秀说："跟对待一般人一样，平平常常走过去呗。"五嫂说："这就对了。这是什么，是尊重。尊重任何人，这是做人的本分。秀儿，你刚才说人活着要靠吃饭，光吃饭还不行，那跟小猫小狗差不多。人活着还要靠做人的本分。妈说了这么多，你今天也写一篇作文给妈看看，行不行？"

玉秀不住地点头。

三

晚上,淑婷来五嫂房里帮五哥织毛衣,大龙和玉秀在灯下写作业。淑婷瞥了一眼大龙的作业本,说:"大龙的字,写得越来越好啦,像我哥的手笔。"

大龙瓮声瓮气地说:"没你好。"

五嫂说:"欠揍,怎么跟老姑说话呢!"

玉秀在一边偷偷笑。淑婷轻轻给了玉秀一巴掌,然后对五嫂说:"听说,五哥的刑期又延长了?"

五嫂说:"可不是。欸,这人呐,不是省油的灯。"

淑婷说:"本来不是说我哥在里面改造得挺好的吗?还受到过表扬,怎么一下子又延长刑期了?我哥真是的,没事找事儿。"

五嫂听赵所长说,五哥在监狱里跟人打了一架。

他的同牢房有个狱友姓郭,起了个蛮有文艺范儿的名字叫郭光燃。这位郭光燃长得眉清目秀,伸出的手比女人的还细嫩。据他自己说，小时候，有个弹钢琴的老师教过他一年多，后来，家里没钱了，就把钢琴老师辞了。老师说，这么好的苗子就这么废了忒可惜了。郭光燃还说，上中学时，他在班上语文成绩最好。五哥说，怪不得这位说话爱用文绉绉的书面语呢。郭光燃面孔白净，身材匀称，刚进监狱时，引起小小的震动，几个强奸犯直嘀咕："怎么，男人监狱里关进来个娘们儿？"几个不知好歹的，还想吃他"豆腐"。过了不久，这些色狼们才知道，这小子可不一般，谁要是招惹了他，会给你来阴招，脚底下使绊子，让你吃不了兜着。

　　姓郭的原来在财务局做会计，顶头上司是局长秘书。郭光燃喜欢拈花惹草，不知怎么跟秘书老婆有了一腿。局长秘书抓不到把柄，请局长大人找了个借口，说是泄露局里机密，把他送进来，关了三年。临近释放时，骨头轻起来，他得意忘形地跟五哥说："董哥，你也快回家了。咱们外头见。嫂子这些年也够苦的，守活寡呀，活受罪，兄弟我先出去一步，要不要我去慰劳慰劳……"话还没有落音，五哥就赏了他两三个老拳，接着，在裤裆上又踹了一脚。眉目端正的这位，鼻眼歪斜地走出监狱。这位帅哥，临出监狱大门还热情地跟五哥说："董哥，是我不好，说话没有把门的，没有轻重，我的话得罪了董哥，我向你道歉。等董哥出去了，咱们还是朋友。"一席话说得五哥有些小感动,连忙说:"也是我一时冲动,不该动手。"两个人临别握了握手,算是一笑泯恩仇了。

郭光燃出监狱没有几天,从"市信访办"转给监狱领导一封检举信。信上点名在押犯董志民解放前与土匪头子黑七交往甚密,有过不少欺压老百姓的恶行。信里特别强调,所举报的材料均系当事人亲口跟检举人说的。

接到检举信,管理人员把五哥关进小黑屋,逼着交代还没有交代过的罪行。五哥一脸蒙然,挤牙膏一般,挤了几天,也没有挤出什么。管理员耐不住,提醒他,跟土匪有什么勾搭?五哥想了一天一夜才想起了那个叫黑七的。五哥只见过黑七一面,哪里挤得出什么"油水"。管理人员却一百个不相信,折腾了半年多,也没有搞出啥名堂。管理人员心有不甘,又给五哥加刑了十八个月。

五哥自始至终也不知道监狱管教为什么让他交代跟黑七的关系。

淑婷知道了前因后果,长叹了一口气说:"我哥也是,闲着没事,打哪门子架呢,又得折腾两年。本想着,过几个月出来,给他穿新毛衣呢。"

五嫂长叹一口气,说:"他这个人哪,没事找事,有了事,吃不了兜着,让人家随便摆布,就是想不着屋里这七八张嘴。他在里面,一个人吃饱了,哪里想着外头还有这么多老小呢。就让他在里面享清福吧。"

淑婷说:"嫂子说得倒轻巧,你真舍得五哥在里面待一辈子?听说,里面的活儿没一样轻的,累死累活就有一口饭。一个礼拜也就吃一顿肉,一日三餐窝窝头加老咸菜。"

　　五嫂说:"写信来说,里面的劳动不算太累,伙食还可以。谁信他的?不然大家都进去了。"

　　淑婷"扑哧"笑出声:"看嫂子说得,古今中外都没有这么一篇。监狱就是监狱,能像旅馆一样?不过,我看到一篇文章说,咱们的劳动改造政策是最人道的。全世界第一。"

　　五嫂说:"人道不人道我不懂,反正谁家都想着晚上一家子围着桌子吃顿热乎饭。唉,说来说去,还是他自己不好。关在里头,忍口闲气,不就少受罪了?动手打人,不是自己跟自己过不去吗?"

　　淑婷说:"那个告黑状的,早晚烂舌头。大伙儿都知道,五哥哪里认得什么黑七黑八的?"

　　五嫂说:"反正他在里面跟人家说起过黑七,不然,人家怎么会知道有黑七这个人。"

　　淑婷没有接话茬,对着大龙说:"大龙站起来。"

　　大龙不情愿地问:"干吗?"

　　淑婷说:"起来,让老姑给你比比毛衣。"淑婷姑撑开毛线衣在大龙的肩头比了又比,噘着嘴说:"还是大了点,明年大龙穿正合适。毛衣就给大龙吧。"

　　大龙嘟囔:"我才不要呢,花里胡哨的。"

五嫂看了看儿子瘦瘦的身板："傻小子，不知道好歹。"

淑婷说："就给大龙吧。等五哥出来再给他打新的也不迟。"

五嫂说："毛线钱我得给你。"

淑婷一本正经地说："还有工钱呢。我的工钱至少一百块，现在拿来。"

五嫂笑着说："碰上强盗了。穷疯了吧？"

淑婷说："给不起了吧？那就别给了。这点心意嫂子也不领情？"

正说着，小白鞋推门进来。五嫂瞥了她一眼："野猫似的，走路一点声儿也没有，吓人一跳。"

小白鞋手里搭着一件中山装上衣，挤凑着坐在大龙的那条凳子上，说："人家给你揽来生意，没个好话，上来就给你骂了一顿。大龙，期中考试考得好不好？"

大龙撇撇嘴，不言语。小白鞋说："大龙就是个闷葫芦，将来有出息。我家那个就是这德性，肚子里做功夫。男人就得这样，说话金贵，是个当大官的料。"

五嫂说："你还夸他，当什么大官，当个门插关倒差不多。"

大龙收拾好作业，说："睡觉去了。"闷声不响地走进里间。

小白鞋摊开那件中山装，说："我弟弟穿衣服嘴唶似的，没多长时间，里子就破了，麻烦五姐帮着补补。衬里得用丝绸的，也买了来。多出来的，就先放在你这里。"

五嫂说："上次你剩下的一块布料，还在我这里放着呢。"

小白鞋说："那块料子我也用不着了，就给二龙做条裤子吧。你也别跟我掰扯，我欠你的多啦。"

听了这话，五嫂眼圈有些发热，她知道小白鞋总是想着法子帮自己。

小白鞋的作为，让五嫂感动。这个李家嫂子有不少叫人不待见的地方，可是，又有让人敬佩的时候。人哪，真让人看不明白。五嫂想到这里，不由得想掉下眼泪，她连忙背过身去，装着寻找尺子。

小白鞋拉着淑婷的手，看了又看，啧啧嘴说："这双手多好看，又软又细，脸盘就更别说了，过几年，谁娶了咱们淑婷，真是天大的造化。"

淑婷本来就不待见小白鞋，使劲抽回手，躲到五嫂背后。再说，这个不速之客打断了她跟嫂子的悄悄话，一肚子不高兴，便说有点胃疼，推门走了。

五嫂展开衣服看了看，显然比她弟弟的衣服要大不少。五嫂淡淡地说："等着穿吗？"

小白鞋说："不急，什么时候补好，什么时候我来拿。工钱你得收，不然我去麻烦别人了。"

五嫂点点头。二龙要买笔记本，玉秀也该做条裙子，正愁没有零用钱。

小白鞋把五嫂拉到屋外,四处扫视了半天,压低声音说:"五姐,上面来的消息,特别准,说下个月本来每个人十斤粮票的特白面,说是从加拿大进口的,我盼了一个多礼拜了,这下可好,现在改成黑面粉了,还从十斤减成八斤,您说,找哪儿说理去?我还听说,加拿大的特白面,被老毛子知道了,张着嘴找咱们要,不给不行啊,到头来,还是咱们老百姓吃不了兜着。您说,这是哪儿跟哪儿呀。真他奶奶的。"五嫂说:"只能兜着,老百姓有啥办法。弟妹,听我一句,这种事,少跟外人说,少一句,少一件麻烦事儿。"

五嫂把小白鞋送出大门外。正是晚饭的时候,胡同里没有什么行人,幽暗的路灯照在灰灰的墙面上,幻画着奇怪的图影。小白鞋轻轻说:"国家大事,咱们不说,眼末前的事,总可以说吧。听我一句,少跟八号的那个钱校长近乎。他不是反革命吗?"

五嫂诧异道:"谁说的?没听说呀。"

小白鞋又看了看胡同四周,神秘地说:"不外传的,是内部控制的。不然怎么会把校长也罢了?听说去年写过一篇反革命的文章登在晚报上,明着是给上级提意见,暗地里可没安好心。就像被诸葛亮砍了脑袋的魏延,脑袋后面有根反骨。还听说,他那篇文章老长,拿了十几块钱的稿费呢。稿费到手，还请过好多老师吃杏花村的点心呢。给他登稿子的那个编辑也吃了挂落。反正，妹妹是为了你好。听不听由你。"

五嫂将信将疑。

小白鞋说："差点忘了，工钱还没有给你呢。"说着，掏出两块钱，塞在五嫂手里。五嫂说："用不了这么多呀。"

小白鞋说："先放在你这儿，我又不收利钱。"说完，掸掸白鞋上的土，悄没声地走了。

送走小白鞋，五嫂站在门口出神。月夜，胡同的泥地在月光照射下，显得坑坑洼洼。整条胡同静悄悄的，一阵风刮过来，几个孩子从她面前飞跑过去，可能是在玩"警察抓小偷"的游戏。这阵风过去之后，又归于冷冷的寂静。一根电线杆上的路灯的灯罩与灯泡有些脱节，夜风一刮灯罩乱晃，发出诡异的声响。她抬头看了半天星星，长叹口气，想起丈夫离开时的样子。这几年，他在里面不知道变成了什么模样。瘦，肯定是瘦了，老成什么样子了呢？他回来的时候，孩子们该不会认不得他了吧？哎，老五还没有见过他爸呢。这孩子命苦，生在谁家不好，偏偏生在董家。她又想起刚才小白鞋说的钱先生。她弄不明白，钱先生好端端校长不去做，写哪门子文章，搞得校长做不成，去扫厕所。像钱先生这样厚道的人，怎么会写乌七八糟的文章呢？小白鞋的话，能信她几分呢？不过，她叫我少接近钱先生，倒真的是为了我好。

夜光忽然发亮，星星一下子逃掉不少，留下的几颗星星，用力闪烁着，一个个跟谁赌气似的。五嫂瞥了一眼月亮，那月亮变成了紫色。

这时候，胡同的尽头，隐隐传来一句凄惨的喊声："昨天的月亮，走——喽——"声音时断时续，在夜空中传得很远。

"昨天的月亮，走——喽——"

五嫂心里一震。这喊声，让她心里发酸，又让她感到战栗。像寒冬的风吹过，五嫂觉得心里冰凉。她扫了一眼四周。胡同里一个人影也不见，这些人都到哪儿去了？路灯明晃晃的，却照不到每家每户的门楼。她忆起刚结婚那会儿，董志民带她去逛颐和园，两个人坐在昆明湖边的石台阶上，也是周围一个人也没有，志民趁她不注意，猛然抱着她，像疯子一样狂吻她，那天，昆明湖上冷风一阵阵的，可是心里热乎。

这个傻小子！五嫂几乎说出了声音，想想又想哭。

又是一声："昨天的月亮，走——喽——"五嫂听了有些害怕，赶紧关上了大门。

星期天上午，五嫂推着菜车走进南桃园胡同时，心里就嘀咕，今天千万别遇到钱校长。可是，刚转到胡同口，就见到钱校长正站在门前。五嫂刚想退到岔道上去,却见钱校长正朝她这里招手,五嫂不得不硬着头皮走了过去。

钱校长背着手,卖着关子说:"五嫂,我有样东西给你,猜猜是什么?"

五嫂说:"那我可猜不出。"说着就要走过去。

钱校长说:"看,是这个。"说着,亮出手里的一只铃铛,然后说:"我想了好几天,总算想出办法。用这个就能解决问题啦。"

五嫂傻傻地看着他,觉得这个老头又可气又可爱。但不知道葫芦里卖的什么药。

钱校长说:"五嫂,你不是吆喝不出吗?以后就摇铃铛,这个总不至于做不了吧?"说完,钱校长轻轻对五嫂背着的小女儿摇了几下铃铛,把五嫂的小女儿玉贞逗笑了。钱校长说:"五嫂,你看,女儿也同意你摇铃铛卖菜呢。"然后又用力摇了几下铃铛,接着大声喊道:"卖菜的来喽。五嫂的菜车到喽。芹菜、萝卜、柿子椒、扁豆、黄瓜、架冬瓜咪!胡萝卜、小白菜、大茄子咪。快来看看呀,不新鲜不要钱啊。"

五嫂看着他那认真的样子,直想笑,禁不住说:"还挺像。"

钱校长说:"卖菜的就是这么吆喝嘛。不难。"一边说一边继续吆喝。这样一来,左邻右舍都被吆喝了出来,聚

钱校长说:"五嫂,你不是吆喝不出吗?以后就摇铃铛,这个总不至于做不了吧?"边说边摇起铃铛。这样一来,左邻右舍都被叫出来了。

在五嫂的菜车边看热闹。钱校长停住吆喝，提高声音对大伙儿说："各位高邻，有几句话跟大伙儿说说。五嫂的菜车每天来咱们胡同，可是五嫂不会吆喝，大家伙儿也不知道她什么时候到哇。怎么办呢？五嫂想了个主意：摇铃铛。以后，大伙听到铃铛响，就知道五嫂的菜车来了。想买菜的，就请出来。好不好？"大伙一听，纷纷议论起来。有的说主意不错，有的说摇铃铛得有个规定，要不然谁知道是五嫂摇的铃铛呢？大杂院里的许尔康出主意说，摇铃铛规定个暗号，比如三快一慢呀，或者，摇两下，停一下，再摇两下。与许尔康住同院的章大爷说："这不成了搞地下工作的啦？"许尔康说："像搞地下工作的也不错，都是革命者。卖菜也是革命工作嘛。"

章大爷撇了撇嘴，嘟哝："把革命庸俗化了吧。"

章大爷早年是地下党，解放军围城那会儿，他冒着生命危险，给城外的部队送过情报，后来参加了抗美援朝，算是立过大功劳的。可是三反五反时，在上海的一位地下党的领导出了问题，牵扯到章大爷，他从天上落到地上，莫名其妙地被审查了两年。后来总算恢复了名誉，但工作热情没有了，躲在家里成天写毛笔字。

眼下邻居们七嘴八舌给五嫂出了不少主意。两位嘴甜的大婶逗着五嫂背着的老五玉贞说："这丫头越长越好看了，像你家志民。"另一个说："我看更像五嫂，董志民哪有这么水灵。"小白鞋说："长得再好,能顶饭吃?五嫂又当爹又当妈的,搁谁头上也受不了。往后,多照顾照顾五嫂的买卖才是正理儿。"钱校长忙帮腔道："李家嫂嫂这句话说到点上了。"大伙儿都应声说,钱校长说得对,往后咱们一听到摇铃铛就出来买菜。人们情绪高涨之时,忽然有个声音响了起来,在嘈杂的人声中显得那样怪异、那样凄惨。那声音叫："昨天的月亮,走——喽——"

人群声一下子静了下来。只见高台阶那家门里,走出来常家二少爷。常家二少爷慢慢走向人群,人们像躲避瘟疫一般朝后闪开,给他让开一条路。他又喊了一嗓子："昨天的月亮,走——喽——"

常二少爷住在南桃园胡同的十七号。他家门前左边有棵梧桐树。风水先生说,门前种树,不利财缘,需建高台以避之。于是,他家门前修了三级台阶。我们孩子就叫那家高台阶。高台阶常家是旗人。常家老太在世时,安安静静的,对街坊四邻和和气气,从不招惹是非,每每有叫花子上门讨饭,从来是热饭热汤招待,在南桃园胡同里口碑没得说。她那双玲珑的小脚,经常被老辈子的姥姥奶奶们称道,说,在整个北京城里也很难找到这么匀称的小脚啦。按说满族人不兴裹足,常家老太的这个例外,就成了街谈巷议的谈资。有些喜欢搬弄是非的娘们说,常家老太为了在胡同里讨好邻居,把自己装扮成汉人。她在胡同里这么

五　嫂

善待邻居，也是为了赎早年的罪孽。知根知底的人还说，常家老爷年轻时是个穷光蛋，时来运转在溥仪被冯玉祥赶出皇宫的那年。常老爷的叔叔在宫里当差，贴身伺候皇上。皇帝老儿被撵走了，他也就顺坡下驴出了故宫。幸好这个叔叔早有打算，提早"顺"了不少宫里珍藏的古玩字画出来。叔叔出宫之后就住在常老爷家里，除了花天酒地就是盼着皇上回宫，复辟大清王朝。美梦没有成真，转年就撒手人寰了，留下一堆财宝，就成了常家老爷做买卖的本钱。常家老爷就此开起了当铺。又过了一年，常家老太也过世了。长年被严格管教的二少爷成了放出鸟笼的金丝雀，一下子放开了手脚。老太爷本来就宠着惯着这个公子哥儿，由着他游手好闲，不务正业，久而久之便走了邪路。二少爷长得一表人才，西装革履，走到哪里都像模像样，吃喝嫖赌样样都来。解放军进城那年，赌瘾倒是戒了，却恋上了八大胡同的一位"姑娘"叫月霜的，说破大天也要买月霜来家做媳妇。常老爷和他大哥打死也不同意，双方僵持了两个多月，常二少爷急了，以死相拼，抄起菜刀，照着自己的脑袋连砍了三刀，即刻血流如注。不知道伤着哪根神经了，从此，常二少爷额角落下一条一寸多长的伤疤，人也变得疯了、傻了。不过，精神病并不常犯，不犯的时候，静静地看书写字，从来不打扰别人。我们这些孩子愿意找常二少爷逗闷子，问他："二爷，月亮呢？"常家二少爷从不答话，还会和颜悦色地说："去，你们一边玩去。有空看看书，别学我。"可是，有时候，二少爷犯了病，大伙儿不知道，找他一问："二爷，月亮呢？"他就会吼道："昨天的月亮，走——喽——"

胡同里的大姑娘小媳妇、大妈大婶，对常家二少爷半是同情半是嫌弃。倒是有两个小伙子很瞧不上他，说为了一个窑姐儿，至于这么寻死觅活的吗？忒没出息了，就是欠揍。这种人也包括大杂院里的许尔康。

这时候，许尔康哼着京剧《二进宫》朝常家二少爷踱了过去，嬉皮笑脸地凑上前问道："常二爷，月霜走了没有？"

常二少爷愣了愣，没有接话茬儿。许尔康又要说什么，被章大爷从背后狠狠踹了一脚，他回过头去正要骂人，见是章大爷，就把要出口的一句骂人的话咽了回去。章大爷虽然受过处分，降了职，在南桃园胡同里还是令人正眼相看的人物。况且，许尔康知道，自己还有"小辫子"捏在章大爷手里。许尔康朝旁边闪了闪，嘟囔道："章老爷子，惹不起哟。"

常家二少爷环视了一下胡同里的老少爷们儿，又捏了捏菜车上的黄瓜，对着众人笑了笑。他看了看五嫂，掏出一块钱，递给她，然后拿了两根黄瓜，就往回走。五嫂连忙说："用不了这么多，我找您钱。"

常家二少爷摆了摆手，默默走回家。

大伙儿舒了一口气,接着挑菜、买菜,闹哄了半天。有贪小便宜的趁机把卷心菜外面的叶子剥去几片,有的掰开黄瓜咬一口看看苦不苦,然后又把半截黄瓜扔回菜车。折腾半天,五嫂的菜卖出去不少,掰下的菜叶、咬了一口的黄瓜、被捏烂了的西红柿也被丢了不少在菜车上。

章大爷看着叹了口气,摇着头走回家。

众人散去之后,钱校长说:"我帮你收拾收拾。"

五嫂把那些烂菜装进小篮子里,说:"扔了怪可惜的。我拿回家,还能做一顿饭呢。"钱校长把那些烂菜揽在自己身边说:"这些菜还是卖给我吧,该多少钱,算多少钱。"

五嫂说:"这可不行。领导知道喽还不骂我?"

钱校长说:"我看见你昨天就弄了不少烂菜啦。成天吃烂菜,孩子们会生病的。我已经去供销社打听过了,你的这些烂菜,也按好菜的价钱算给供销社的。"

五嫂没有搭腔,忽然脸色一白,默默推着菜车离开。没走几步,五嫂只觉得眼前一黑,昏倒在地上。钱校长书呆子一个,见状慌了手脚,又是掐人中,又是搭脉搏,想背五嫂去医院,又背不动。真巧,赵海山骑着自行车路过,赶紧过来帮忙,两个人七手八脚地用自行车把五嫂送到地段医院。检查下来,医生板着脸对两个人说:"你们也太不像话了。营养不良,知道吗?这样下去要死人的。注射了葡萄糖,等缓过来,就接回去吧。给她做点好吃的,最好有点鸡蛋和肉，肉票别都卖了。太不像话了。"好心的医生嘟囔着离开了。

吃晚饭的时候，小白鞋来了。她把一只饭盒放在饭桌上，劈头盖脸地说："五姐，你要是今天跟我客气，从此咱们就不来往了。"

五嫂说："什么事儿，这么大张旗鼓的？有话好好说。"

小白鞋说："你得答应我，不能说个不字。"

五嫂点了点头。小白鞋随即打开饭盒，里面是香喷喷的红烧肉。二龙看了看红烧肉，连忙别过头去。

五嫂说："这个我不能要。太金贵了。"

小白鞋说："听钱校长说，您今天饿昏过去了。这样可不行，您病了，一大帮孩子可怎么办？"

五嫂轻描淡写地说："没您想得那么邪乎。一两顿饭不吃，还能饿死。"

五嫂家里每个月都有肉票，可是，除了过年，都把省下的肉票换了粮票。

小白鞋说："刚才你起了誓的，不要也得要。"她看看大龙和二龙，又说："小伙子正长个儿，天天吃素怎么成呢？我看，连和尚都不如，济公和尚还喝酒吃肉呢。"

五嫂长叹了口气，眼泪就掉了下来。

小白鞋说："热热闹闹吃饭，掉哪门子眼泪？快吃饭吧，肉凉了就不好吃啦。今天早上，街坊邻居都捧场，菜也卖得比原来多,就该庆祝庆祝。"

五嫂背过身去,擦了擦眼睛,又对孩子们说:"那就吃吧。谢谢你婶。"

二龙不由分说夹了一块肉放进嘴里,边嚼着,边嘟嘟囔囔说:"谢谢婶子。"

小白鞋摸摸二龙的头:"这孩子,真懂事。这一阵子长高了不少呢。"

五嫂说:"长成傻高个儿有什么用,就不知道好好念书。不像大龙。"

小白鞋说:"听钱校长说,二龙踢球踢得好,区里中学生比赛,他们学校得了冠军呢。"

五嫂说:"冠军又不能当饭吃。"

二龙低声嘟囔:"就知道吃饭。"

五嫂听懂了儿子的牢骚,伤心地想,吃饭就那么容易?这几年,家家户户为了吃口饭,费了多少心思啊。政府又费了多少心思?听说,国家为了不让老百姓饿着,还拿出钱找外国去买粮食呢。可是,有的那些外国佬,还不依不饶地逼着国家给他们粮食,还专门找好的。他们要的苹果一定得一般大的,要的鸡蛋也得一样大小,这不是鸡蛋里头挑骨头吗?这简直是趁火打劫嘛。这有多难吧。国家也实在不容易,国家就像一个大的家,哪一点想不到都不行啊。欸,孩子小,不懂啊。五嫂想出了神,呆呆地站在那里。小白鞋捅了捅五嫂，说："发什么愣？想你家董志民了？"五嫂勉强笑了笑，说："想他什么？死在牢里才省心呢。"小白鞋说："又说那些没边没沿的。我看你一口饭也没吃呢。"五嫂看看小白鞋，说："也真是的，忙了一整天，就是不觉得饿。"小白鞋有点心疼地看了看五嫂，说："又是不饿，又是不饿，等饿得再昏倒了，看你怎么说。"五嫂低声对小白鞋说："当着孩子们唠叨这些，想把孩子吓着哇？"小白鞋想想也对，便把话头岔开，抹着二龙的小平头，笑着说："二龙出息成俊小子了。"说着，把五嫂拉到门外边，低声说："今天早上真解气。"

五嫂说："说什么呀？"

小白鞋说："你忘了，章大爷狠狠踹了许尔康那一脚，真痛快，给我报了一箭之仇。"

五嫂说："猴年马月的事儿，你还记着仇呢？"

许尔康在我们胡同里算是臭了半条街的人物。他是大众机器厂的钳工，脑子活泛，人长得有模有样，三十好几却还打着光棍儿。前几年大哥死了，大嫂带着一个孩子远嫁他乡，老娘又瘫在床上，几经折腾，欠下一屁股债。虽然说，在厂里评上八级钳工，收入不低，但除了给老娘看病，都还了债，搞对象就八字没一撇了。

有一次，许尔康趁小白鞋的先生不在家，上门去调戏小白鞋，被人家用扫帚赶了出来，正巧被章大爷看到这一幕。小白鞋不依不饶，还要接着揍许尔康，多亏给章大爷拦住了。章大爷不是喜欢多事的，这件丑事从来没有跟别人提起过。谁知小白鞋唯恐天下不乱，到处嚷嚷，没几天就闹得满城风雨。许尔康受到厂里处分，降了一级工资。许尔康误认为是章大爷搞的鬼，一直怀恨在心。

送走小白鞋，五嫂想，苍蝇不叮无缝的蛋，许尔康为什么不去调戏别人？光看到别人的毛病，怎么就不知道自己的问题呢？

五嫂的生意火了起来。孙大头有些纳闷，一打听，才知道五嫂受了高人指点。

下了班，孙大头把五嫂叫进自己的办公室，说："你的工作很有进步，同事们都夸你呢。"

五嫂说："我算什么，跟大伙儿比，还差得远呢。"

孙大头问："我听说，你的菜车上有个小篮子，里面经常有些菜，是怎么回事？"

五嫂说："那是人家买菜的时候，掰下来的菜叶子，捏坏了的西红柿，我放在小篮子里头，省得浪费了。"

"噢，是这么回事。可是呢，还得注意影响，人多嘴杂。你也别介意，我全是为了你好。"孙大头慢条斯理地说。

五嫂说："刚才主任说，人多嘴杂是什么意思？"

孙大头说："意思还不清楚？说你偷菜。不少人说你往家里偷菜。"

五嫂一愣，缓了口气，说："有这么偷菜的吗？都是烂叶子、捏软了的西红柿。有的菜，人家丢在地上都踩烂了，我怕浪费，捡在小篮子里，回家当正经菜吃。再说，那些烂菜我都是按好菜的价钱付给社里的。"

孙大头笑笑说："你说的我全理解。我也是跟别人这样解释的。提醒你，是爱护嘛，也是我的责任嘛。人言可畏啊，五嫂，我是为你着想，你还不明白吗？"

五嫂说："谢谢领导关心。"

孙大头走到五嫂跟前，说："你太谦虚了嘛。有了成绩，继续努力争取更大进步嘛。我慎重考虑了一下，你可以调到社里来管管进货，想接小沈会计的工作当然更好。"

五嫂说："我还是卖菜吧，街坊邻居都熟了，大伙挺支持的。"

孙大头挨着五嫂坐下来，说："你看，你这个大宅门里出来的，干这个，真是难为你了……"说着，拿起五嫂的手揉搓了一下，"这细皮嫩肉的……"

五嫂用力抽回了手，猛然站起来就要走。孙大头拦住她，嬉皮笑脸地说："别那么一本正经的，我知道赵海山对你好，你心里也有姓赵的，我不计较。守了这么多年活寡，怎么着，也算对得起姓董的啦。别紧张，都下班了，社里一个人也没有。"说着又死死地拉住五嫂胳膊。

五嫂一把推开那个家伙,夺门而出。

孙大头脸涨得通红,摸了摸自己的脖子,喃喃道:"别不识抬举,敬酒不吃吃罚酒啊!"

这时候,会计沈萍一头闯进来,看了看孙大头,怪里怪气地说:"吁,主任,你在屋里呀?我以为您早回家了呢。怎么了,好像您有点不舒服?要不要我陪您去医院?"

孙大头横了沈萍一眼,走了出去。

一天下午,五嫂推着菜车走到铁香炉胡同口,正看见赵所长骑着自行车迎面过来。来到五嫂跟前,赵海山下了车,说:"怎么不摇铃铛?其实,我让几个片警都跟这一带的邻居们打过招呼,只要听到铃铛声,就知道五嫂的菜车到了。"

这出乎五嫂的意料,她感激地说道:"赵所长,您真费心了。"

赵海山说:"应该的嘛,谁让我给五嫂找的差事呢。"说着,从上衣口袋里掏出两张糕点票:"这个给孩子,我用不着。我不喜欢吃甜的。你不收,就浪费了。"五嫂无奈地接过,说:"要不然我给你几张粮票?"赵海山说:"真像做买卖了?我粮票不缺,有人送。再说,我是一个人吃饱了,全家不饿。你就拿着吧。"想了想,又从挎包里拿出一只拨浪鼓,说:"在包里装了好几天了。"说着,朝五嫂背着的孩

五嫂在铁香炉胡同遇到了赵所长。赵所长说:"我让几个片警都跟这一带的邻居们打过招呼了,只要听到铃铛声,就知道五嫂的菜车到了。"

子玉贞摇了两下，小姑娘被逗乐了。赵海山开心地说："你看，你看。小丫头笑得……"说完，把拨浪鼓递给五嫂，"给小丫头玩吧，也想不出买什么。"他看了看五嫂背孩子用的厚厚的背包，叹息道："这些天还好。再过些日子，背着孩子要热得够呛。"说着，看了看手表，"还有事儿，就先走了。"说完，忽然在小丫头胖嘟嘟的脸蛋上亲了一下，蹬上自行车，风一般地走了。随即喊："摇铃铛，摇铃铛啊。"五嫂望着赵海山的背影出了半天神。

四

这年的腊月二十九中午，五嫂正给几个孩子做午饭，淑婷陪着大姐过来。五嫂说："快过年了，大姐家里的事做得完？还来看我们。"

大姐说："过年了，才惦记着你们。刚才我去看过咱爸，老爷子嘱咐我一定得过来瞧瞧。"

五嫂说："本来我应该去看大姐的。可您瞧这一大家子……忙得连一点工夫都抽不出来。"

淑婷说："大嫂，你就别婆婆妈妈的啦。要说难，家家都难，可是，最难的还是大嫂家。"

大姐说："淑婷这话说得在理。"说着拿出两张十斤票面的粮票和三十块钱，又说："弟妹，你也别推辞，咱爸那儿也有。这是你们小家的。"

五嫂还要推辞，说："今年过年的供应比去年好得多了。居委会还特别给我们照顾，多给了几张鸡蛋票呢。"

淑婷拉了拉五嫂的衣角,接着说:"这是咱爸的意思,嫂子要是不收,我怎么跟咱爸交代?"

大姐说:"就是。"说完又拿出一罐猪油罐头,说:"你姐夫有个远房亲戚,从香港寄来几罐,分给你家一罐。东西不多,是个心意,也能凑合过个年。行了,你也要上班了。噢,对了,这钱和粮票里头也有二姐一份,她觉得太少,不好意思过来。就这么着吧。本想着志民年前能回来,一家子团团圆圆过个年。这下别想了。这个志民啊,真苦了你。"说着抹了抹眼角走了。

二大爷几个子女中,大女儿嫁得最好,丈夫在区政府里做事,共产党员,人又随和,经济上也宽裕,一直叫妻子隔三岔五地过来看看五嫂一家。

五嫂望着他俩的背影,看看桌上的东西,觉得心脏一阵阵发紧。

二龙悄悄说:"妈,这回过年,咱们能吃顿好吃的啦。"

五嫂摸着二龙的头说:"行,让你吃个够。"她说着,勉强笑了笑。

是啊,家是母亲的期望,孩子是母亲的爱与责任,母亲的笑,是阳光,穿透寒冷的岁月,走向温暖。

大年三十,五嫂给大龙和二龙各做了一套学生装。五嫂还想给玉秀做件绣花棉袄,玉秀说什么也不让。说,那太费钱,再说她身上穿的那件套衫,半新不旧的,洗洗照样过年。五嫂知道女儿大了，懂得母亲的难处。

正在为难的时候，二姐来了，还背了一个小包袱。打开来，是件绿呢子长大衣。二姐说："前两天扫房子的时候，翻箱倒柜，找出了这件衣服。是当年结婚时做的，结婚之后没舍得穿，现在试了试，根本穿不下了。想想也是，这些年，生了两个孩子，胖了有十来斤，早年的身材再也回不去了。想到秀儿这丫头，就拿来给她试试。"玉秀试了试，不大不小正合适。二姐说："那太好了，就给秀儿吧。"

五嫂说："这么贵的衣服，秀儿可不敢要。"

二姐说："弟妹不要，那就还压箱底儿？有什么用呢？还费我的卫生球呢。"

五嫂无可奈何地说："那就谢谢二姑。秀儿，给二姑拜个早年吧。"

二姐满意地走了。临出门时，一再叮嘱："大年初三，都去我家过。大姐一家，还有咱爸都去。说好了。房子是小了点，正巧，隔壁邻居老夫妻俩去天津看女儿了，答应借给咱们用几天，这真是百年一遇的机会啊。"

二龙一听，第一个跳了起来："没想到今年过年会这么热闹。"

玉秀对二龙说："到二姑家，一定得规矩点，千万别惹祸。"

二龙斜着眼睛看看姐姐，说："那是当然。你也一样，

080

规矩点儿。"

到了初三，全家准备出门时，大龙突然说："我的寒假作业还没有做完，我就不去了。在家里写作业。"

玉秀很扫兴地说："又出什么幺蛾子。你不去，全家都没劲。"

二龙也说："哥哥就是不合群儿。"

五嫂看看儿子为难的样子，说："就由着他吧。"

大龙等家人离开不久，骑上自行车往大观楼电影院飞奔而去。原来，他约了女同学路小琴去看电影《渡江侦察记》。

在玉秀的记忆中，这个年，是自从爸爸被关进监狱之后，她过得最快乐的一次。如果说，有什么不足，就是，大龙没有参加全家的聚会和二龙把妈妈辛辛苦苦给他做的新衣服弄得一塌糊涂。

到了大年初五迎财神的时候，二龙想把前几天舍不得放的一挂鞭炮放掉，左找右找都找不到，实在没有办法就问玉秀。玉秀说："你的那一挂鞭炮，我给你扔了。"

二龙急得跳起来，吼道："玉秀，你怎么可以乱丢别人的东西。那是我的东西，你有什么权利把它丢掉。你赔，你赔我。不然，从今天起，我再也不叫你姐姐了。那挂鞭是我用压岁钱买的，你就随随便便给我扔了。你知道不知道，这是浪费！"

玉秀冷笑着说："你也知道浪费不浪费？咱妈给你做一套新衣服花了多少心血，熬了几个夜里，你还这么不爱护，没有几天工夫就穿得这么脏。这就不是浪费了？"

二龙不想搭理玉秀，说："你穿了一件呢子大衣就知道稀罕了，我的新衣服就不稀罕？"

"那为什么搞成这样子？你说！你怎么这么不懂事，不想到别人的感受？"

二龙哼了哼，没答话，走了。

过元宵节时，晚上，五嫂在饭桌上摆了七碗元宵。五嫂说："一碗是留给你们爸爸的。原先，你们爸爸说好今年回家过元宵节的，现在不能回来，但也给他留着。盼着明年，老天开眼，政府开恩，让咱们全家过一个团圆的正月十五。行了，大家吃元宵吧。每人八个，不多不少。"五嫂说完，又把自己碗里的元宵，拨出两个给了二龙。大龙、小龙和玉秀都用奇怪的目光看着母亲。五嫂笑了笑，说："你们用不着奇怪，这两个元宵是奖励咱家二龙的。初三那天，咱们去二姑家过年，当天，二龙把新衣服弄得要多龌龊有多龌龊。为这个，大龙还跟他吵过，秀儿也骂过他，是不是？可你们不知道的是，二龙为了救一个掉进冰窟窿里的小孩，才弄成那样的。这里还有一封孩子家长写来的感谢信。你们都看看。"

五嫂把信递给大龙，大龙垂着头，不看；递给玉秀，玉秀接过信，还没有看就哭了。小龙凑过去，想看，玉秀说："你又看不懂，凑什么热闹？"

小龙不服气，说："二龙哥是救人英雄。我干吗不能看？我要向二龙哥学习。"说着，在自己碗里舀了一个元宵放进二龙碗里。

二龙说："你想撑死我哇。"

玉秀含着泪笑道："撑死你倒好了，省我们家的粮食了。"

小龙说："咱妈也用不着成天给他补鞋啦。"

众人都笑了。

大龙默默离开了饭桌。

五

兴隆街和铁香炉胡同交会处,有家小酒馆,取名叫盛兴馆,后改名为大众店。说是酒馆,可什么杂货都卖。香烟火柴,油盐酱醋,象棋扑克,针头线脑,什么都卖,就像一个小型百货店。不过,小店主要经营的还是二锅头烧酒。小店生意不错,酒客来来往往的,总有那么两三桌的闲人在那里划拳行令。酒桌是用大缸上面搭两块半圆木板拼合做成。下面大缸盛酒,上面就是酒桌了。这家酒店处在赵所长管辖地段,又加上店里二锅头的味道不错,赵副所长请朋友小聚,经常就来这家小酒馆。即使不图便宜,至少店里不会短斤缺两。

这一天,孙大头把赵海山约到酒馆里。两个人坐定,孙大头开门见山说:"先说好,今天我会账,你别跟我争,争来争去让熟人看到不好。"

赵海山说:"本来说好这回我请嘛。"

孙大头说:"今天是特殊情况,区供销总社给我发了奖状,评了先进。特意找哥们儿庆祝庆祝。"

赵所长说:"依您这么说,当然是您会账,今天喝你的喜酒。"

孙大头说:"不能叫喜酒,得叫庆功酒。"

赵所长说:"对,对,叫庆功酒,庆功酒。"

店主上来几个下酒菜:一盘炸花生米,一碟盐水蚕豆,半斤猪头肉,外加一盘炒鸡蛋。酒过三巡,菜过五味,两个老朋友话匣子打开,天南海北地聊起来。聊着,聊着,就聊到海瑞上书,这是当时的热门话题。这个城市向来以关心天下大事,立于大小城市之林,以此自居,以此为傲。小到庶民,大到市级领导,三句话不离政治。仿佛开出租车的可以去中南海议政,卖猪头肉的能够到市政府讨论民情。眼下这两位,大小也算个芝麻绿豆的领导,自然关心国家大事。

孙大头说:"哥们儿,你说也是,这个海瑞是不是吃饱了撑的,闲着没事,上的哪门子书呢,给皇帝老子提意见,这不是找不痛快吗?皇帝不比你有水平,能听你的?你说白,他就说黑,你说人多好办事,他说,人多粮食压力大。这不是明摆着吗?这刚刚吃了几天饱饭,又折腾。"

赵所长笑笑,说:"话不能这么说,海瑞是个清官,为民请命是他分内的事。"

孙大头提高了声音，说："为民请命说起来好听，可是，众口难调，一万个民有一万个请求，你请什么命呢？"

赵所长说："小声点，大喊大叫的，卖大力丸呐。我看，这次批《海瑞罢官》来头不小，前不着村后不着店地想起了批海瑞，一定有原因。《人民日报》整整一大版。看起来山雨欲来风满楼啊。"旁边两个喝酒的老北京走过来插话道："这位爷说得好，咱们就是吃饱了，就得折腾。一不折腾，腿肚子就转筋，难受啊。"另一个年纪稍长的说："阶级斗争嘛，抓一抓，就灵，不抓就不灵。这理论深了去啦。依我看哪里有那么多阶级敌人？不是自己吓唬自己，就是别有所图。"他的同伴说："老魏，像您这么说，可不是闹着玩儿的，要是赶上反右派的时候，您不是一划一个准？"那个老魏连忙说："嘴没把门的，胡咧咧，算我没说，算我没说。"两个朋友回到自己的桌边，喝闷酒去了。

赵所长看了看那两个人，咂咂嘴说："这种大是大非的事儿，确实不好多议论，换个话题吧，咱们不讨论这些事了，又不是在中南海上班。反正，我们小小老百姓不该管的少掺和。"

孙大头抓抓脑袋，说："你这么说，我倒是觉得了。看来出了什么事。"

赵所长说："咱们还是等着瞧吧。戏台底下掉眼泪，替古人伤哪门子心呢。"过了一会儿，那两位老北京又在争论起来，说话的声音越来越大，吵架似的，不禁引起店主的干涉。年过半百的店主说："两位爷，咱们说话小声点儿行不，吵着别人就不滋润啦。"店主知道，北京人一向喜欢谈论时事政治。北京嘛，首都嘛，皇城根嘛，百多年形成的气候、习惯。一般说来，让老北京人不谈论时事，比抽了他的筋还难受。可是这两位不是熟客，不知道他们眼前有一位是派出所的所长，万一捅出什么篓子，很对不起来客。于是老店主趁给两位老北京添酒的当口，轻声跟两个人嘀咕了几句，那两个人就不再争吵了。赵海山把这一切全看在眼里，低声对孙大头说："你看，这哪跟哪儿呀。"

两个人都不言语了，闷头喝了半天酒，酒酣耳热，酒气上头，说起话来就有点颠三倒四胡言乱语。孙大头说："哥们儿，有句话我一直想问你，你这个派出所管的片不算小啦，为什么独独对五嫂那么关心？她是你远房亲戚，还是过命的恩人？怎么就……"他压低声音继续说："五嫂人长得水灵，又守着活寡，哥们儿，是不是……"

赵海山沉下脸，打断孙大头，正色道："老孙，你别胡想八想，我跟五嫂的男人是朋友。朋友妻，不可欺。这个道理哥们儿还是明白的。"

孙大头一愣，说："真的，这我倒是没有听说过。"

赵海山说的倒是实情。当年，董志民在大众机器厂做财务科长的时候，赵海山还是个杂务工。有一天，海山在抬钢条时，不慎让钢条砸伤了脚面。当时正巧董志民路过现场，当即批了现金，安排工友坐上厂里送材料的车赶往医院，保住了海山的脚。医生说，再晚送半个小时，这人的脚恐怕就保不住了。海山为这个感动得直想哭，两个人渐渐有了交往。后来，董志民知道海山也喜欢钓鱼，休息天两个人就相约到南城外东四块玉一带的水坑边去垂钓。这样，两个人成了不远不近的朋友。为什么这样说呢？因为地位有差别。董志民本来就不把一个小科长当回事，并非是藐视权贵，而是藐视生活。从小养成的怪脾气，使他对待什么都不认真，小小的财务科长对他来说根本不算什么。而海山可不是这样想，打小受苦受歧视，让他遇人遇事总觉得低人一等。跟董志民交往，常常感到压力。他从来不敢在董志民面前称兄道弟。这也成了他要出人头地的动力。他曾经下定决心一定得混出个人模狗样，才能与恩人董志民平起平坐。后来，董志民吃了官司，他曾有一阵子暗暗高兴，觉得跟董志民在地位上拉近了。可是，良心又一再敲打他，觉得这么想连一点人味都没有了。夜深人静之时，他告诫自己，万万不能恩将仇报，这才绞尽脑汁为五嫂在供销社谋了个差事。

虽然说，海山跟孙大头关系不错，但这其中的来龙去脉，海山可没有对孙大头细说过。由于海山出身好，又加上个人努力，不久就调到居民委员会当了个干事，后来又调到派出所当片警,再后来升为派出所所长。

孙大头想了想,话锋一转说:"哥们儿,不是我说你,你也老大不小的了。又当着所长,怎么就不想成个家呢?是不是心里有人了?你嫂子跟我念叨过几次,想给你介绍一个。"

海山说:"过两年再说吧。不急。"

赵海山虽然当着派出所所长,收入不算低,可是,家乡有六十几岁的老母亲和两个还在念书的妹妹,哪里敢想着娶媳妇的事呢?这个困境,海山没有跟孙大头说过。他知道,孙大头是很看不起穷光蛋的。每当孙大头问起自己家乡的情况时,赵海山总是吹得天花乱坠,让对方羡慕不已。

两个老朋友话不投机,冷了场,各顾各地喝闷酒。忽然海山的眼睛里放出一束光,看定一处,接着,猛然起身,一把抓住了一个半大不小的男孩。那个男孩子看上去十四五岁,穿戴齐整,梗着脖子说:"干吗?你干吗?"

海山说:"干吗,你说干吗?告诉你,我是派出所的。"

那个男孩一下子软了下来,喃喃自语:"倒霉,踩着狗屎了。"

海山说:"没别的,跟我走一趟派出所吧。"

店里的几个酒客,一齐朝海山这边投来疑惑的目光。海山说:"没什么大事。一个小偷,抓住一个小偷。我是派出所的。你们只管喝你们的酒。"

孙大头帮腔道："他确实是警察，派出所所长。"

原来，海山在喝闷酒之际，眼睛四处打转，职业习惯让他无时无刻不观察周围动向。那个男孩进来时的异样，没有逃过海山的眼睛。他想，这样半大不小的男孩子是不大光顾这样的小店的。一般说来，男孩子本不愿意买东西，尤其是油盐酱醋之类。但是，眼前这个男孩不一样，只见他进店之后，小眼睛四下里溜来溜去，眼神飘忽不定，不看上头，却往人们的腰间巡睃。海山表面上平静如水，眼睛的余光可时时刻刻没有离开过那个男孩。那男孩在店里慢慢走了两个来回，这才走到柜台前，买了一包劳动牌香烟和半包火柴。他买好香烟后慢慢走到一个酒客身边，悄悄伸出手到酒客的腰间……

两个人押着小偷走出小店，孙大头问："哥们儿，你怎么看出他是小偷呢？"

海山没有多说，只淡淡说："买一盒卷烟，却要买六盒洋火，有点不正常。"

逮个小偷，对海山来说是再平常不过的事，但是，孙大头亲眼目睹，那就不得了啦。孙大头把这件小事添油加醋，说得神乎其神，一篇神话很快传遍了那几条胡同。当然，在捉小偷的整个过程中，孙大头也是助了一臂之力的，而且是关键的一臂之力。

五 嫂

孙大头偶遇钱校长，兴致勃勃地撺掇钱校长给晚报写篇文章，宣传宣传这件事。钱校长老实从命，熬了两个晚上，写就一篇报告文学，篇幅不大，却是字斟句酌、文采不俗，钱校长自己也欣赏了半天。文稿以孙大头和钱校长合作的名义寄给了《北京晚报》。

这天，五嫂的菜车推到胡同里，铃铛一响，钱校长走了出来。他笑眯眯地说："五嫂，这些天，菜卖得不错吧？这个铃铛还挺管用的。"

五嫂说："多亏了您老出的主意。"

钱校长连连点头，买了两斤芹菜、一根胡萝卜。

五嫂想起来，说："钱老师，听说您写了文章表扬赵所长呢。"

钱校长谦虚道："小文章，小文章。事先给几个同仁看过，都说可以。估计过几天会登出来。"

正说着，章大爷也出来买菜，见到钱校长，说："钱老师，听说你写了一篇表扬派出所赵所长的好文章？"

钱校长说："您老是怎么知道的？谁跟您老说的？"

章大爷说："还能有谁？孙主任呗。这个老孙跟我说，在逮小偷的过程中，他孙大头出的力气比赵所长还多。这个，你信吗？我干过地下党，我可不信。"

钱校长说："我的那篇文章可不是这么写的呀。"

章大爷冷笑："文章是死的，人是活的。文章可以改的。"

钱校长说:"若是这样,我把我的署名撤掉。"

这恐怕就难啦。

五嫂对钱校长与章大爷的交谈似懂非懂,只是听到钱校长的文章要发表,就说:"到时候文章发表了,请钱校长念给我听啊。"

钱校长说:"五嫂一定能读下来的。文字浅显,不难的。"

五嫂说:"我能看懂一半就不错了。"

五嫂盼着文章登出来。钱校长更盼着文章见报。可是,半个月过去了,两个月过去了,文章石沉大海。孙大头见到钱校长,开始还问怎么还没有登报呢?后来连问也不问了。

章大爷偶然遇到钱校长,说:"《北京晚报》那边没什么情况吧?没情况就好。多亏你的文章没有见报。"

钱校长很郁闷,写信给在上海中山医院心外科做医生的儿子。儿子回信来说,万幸,万幸,幸亏没有登报,省去麻烦,不然,不知道什么时候一篇文章让你吃苦头。

没想到,钱校长的儿子一语成谶,不久,全国各种报纸上,今天批张三,明天批李四,弄得热热闹闹。钱校长吓出一身冷汗,想,幸亏那篇文章没有见报,这次总算避过风头。

可是他没有想到,这次的风头不比以往,不是一天两天就过去的。

生活的不确定性，让钱校长既恐惧又抱有希望。只是，不久的将来，展现了更恐怖的一面。

六

一天晚上,五嫂一家人围在一张三条腿的八仙桌吃晚饭。那张桌子本来质地不错,五嫂记得她过门的那年,还用它上了贡品迎财神,后来不知怎么弄折了一条腿。公爹有一次来,看到五嫂家里的一堆烂家具里,竟然连个桌子也没有,就把它搬了过来。五嫂心灵手巧,找了个破木头棍子,把瘸腿的八仙桌支平了。

吃过晚饭,五嫂正在收拾桌子,小白鞋来了,啧啧嘴说:"不巧,不巧,来搅和了。"

玉秀不待见来客,收拾碗筷准备拿到厨房去,五嫂说:"你去写你的作业。"说完,拿着碗筷进了厨房。小白鞋脚跟脚地也进了厨房。她说:"五姐,我来帮你洗吧,看你累成什么样子了。一个大美人儿呢,我看着都心疼。"

五嫂瞥了她一眼,说:"要说美人,眼前倒有一个。整个咱们南桃园胡同,哪个比得上。"

五嫂洗好碗筷回到房间,小白鞋又跟屁虫似的,跟进屋子,絮絮叨叨地说:"你说,这些文人真是闲不住,刚批完九评,就又批什么官。"

二龙说:"海瑞罢官。"

小白鞋说:"还是二龙有学问。"

大龙哼了一声,收好报纸,躲到一边去看报。小白鞋拿出一块钱,放在桌子上说:"买两斤鸡蛋给孩子们补补,这几天鸡蛋降价。我看你家的鸡蛋票也用不完。"

五嫂说:"拿钱出来干吗?"

小白鞋说:"上次改的裤子,还没有给工钱呢。给我拆洗的两床被子也没有给钱。"

五嫂说:"不是给了?"

小白鞋说:"我弟弟说,改两条裤子还要洗被子,只付一块钱,少了,这是补的。"

五嫂还要推辞,小白鞋继续说:"有件事还要求姐姐呢。是这么回事,昨天晚上,我弟弟拿来几本书,要放在我这里。我一看,都是张恨水写的小说。我弟弟说,怕以后很难买到了,成了宝贝。放在学校怕给同学拿走,说放在我这里保险。过后我一琢磨,不对呀,我叫如水,他是恨水,这不是犯冲吗?想来想去,还是放在姐姐这里合适。"

大龙说:"我们不要。说不定是毒草。"

五嫂说:"小孩子家家,懂什么。别出去乱说。"

玉秀说:"张恨水的书?我听人家说,是鸳鸯蝴蝶派的作家,写得挺邪乎的。我能看看吗?"

小白鞋说:"姑娘家的,不兴看这个。放着正经书不看?"

大龙说:"我才不要看这个呢。反正,别放在我们家里。"

五嫂说:"又不是给你。"随即又对小白鞋说:"那就先放我这里吧。到时候,我可要收保管费呢。"

小白鞋笑着说:"还有利钱呢。行了,我走啦,鸡蛋票别忘了买。"

夜里,五嫂在灯下给二龙补球鞋。这小孩子喜欢踢足球,不像他哥文文静静的。二龙很看不上他哥,说成天啃书本,简直像个书呆子。大龙经常在五嫂面前告二龙的状,说二龙欺负女同学:在纸上画个小王八贴在人家后背上;今天踢球,踢到了一个大同学的身上,被人家狠狠揍了一拳,二龙跟人家对打,打不过人家。五嫂说:"你弟弟打不过人家,你为什么不帮你弟弟?"

大龙支支吾吾道:"学校不许打架,老师要批评的。"

五嫂叹了口气,觉得这个当哥哥的不近情理。五嫂更不愿意大儿子常常告密,她觉得这样不大光明磊落,不像男人做的事。有一天,大龙又到五嫂面前嘀咕二龙的"劣迹",五嫂不耐烦地说:"以后,碰到这事,你当着二龙的面说,别背后嘀嘀咕咕的,像个丫头。学学你爹,你爹从来不干这个。"

大龙从此觉得母亲偏爱弟弟。

大龙刚刚修好的那个座钟打了十一下,玉秀睡醒一觉睁开眼,揉着惺忪睡眼说:"妈,干吗还不睡,都几点啦?"

五嫂说:"你睡你的,妈给弟弟补鞋。过几天又得给二龙买鞋了。"

玉秀说:"二龙也是,也不知道妈的辛苦,成天折腾。"

五嫂说:"你弟还小,过几年就明白了。"

玉秀揉了揉眼睛,说:"妈,我帮您补。"

五嫂说:"快睡吧,用不着你。明天不上课了?念好书,比什么都强。"

玉秀犹豫片刻,说:"妈,我说个事,您可别骂我。"

五嫂停下手里的针线:"你说,妈听着呢。"

玉秀:"说好了,您可别说我嚼舌根。"

五嫂说:"行。"

玉秀喘了口气,说:"大龙给人家写情书呢,全校都传遍了。"

五嫂一怔,说:"怎么会,怎么会全校都……"

玉秀吭哧吭哧地说,大龙班上有个女同学叫路小琴,人长得活泼可爱,班里都叫她白雪公主。大龙在班里的作文数一数二,白雪公主恰恰作文成绩不好,就经常问大龙该怎么写作文。班上有个坏小子叫胡铁，外号叫牛魔王，他专门欺负女同学。有一回，白雪公主打抱不平给了牛魔王一巴掌。牛魔王怀恨在心，却不声张，把报复的心憋在肚子里找机会。他看见大龙经常帮白雪公主写作文，于是坏主意来了。一天放学的时候，牛魔王对大龙说，我们一起回家。大龙说，我们不同路嘛。牛魔王说，今天我去姑妈家，姑妈过生日，让我吃长寿面去。路上，牛魔王对大龙说，你傻小子，知道不知道路小琴对你有意思。大龙说什么意思？牛魔王说，傻呀，她肯定喜欢你，不然干吗成天找你？大龙说，她作文不好……牛魔王打断大龙说，那是借口，她想跟你好呢。大龙傻傻地站住，喃喃说，不可能，我们家那么穷，她看不上的。牛魔王说，路小琴懂什么，她就看上了你这个人，穷不穷的她才不管。再说，她老爸是大学副校长，有没有钱，她不在乎，她喜欢的是有才。牛魔王凭着烂舌头，把大龙说得晕头转向。大龙问，那怎么办呢。牛魔王说，怎么办？给她写份情书呀。大龙说，这个我可不会。牛魔王说，这个都不会？不会我教你，你写好了，先给我看看，我帮你把关。想不到，大龙真的糊里糊涂地写了一封情书，交给了牛魔王。谁知道，牛魔王把它拿出来，在操场上，大声念了一遍。路小琴大哭一场，三天没有来上课。大龙受到处分，班主任让大龙写了检讨书，让家长签字。

听完玉秀东一榔头西一棒槌的讲述，五嫂半天没有缓过神儿来。儿子没出息，在全校出丑，也许这一闷棍，断送了他一生的前程。难道真会落个跟他爹一样的下场？想到这里，不觉深深叹息，这也许是命中注定的？玉秀不知道妈妈叹的什么气，嘟嘟囔囔说："全怨牛魔王那个坏种。"

五嫂沉默了一会儿说："谁也不怨，怨你弟弟糊涂。"想了想又问："那处分书不是让家长签字吗？在哪儿呢？"玉秀不言语。五嫂立即明白了，肯定是大龙冒充自己签了字。孩子大了，好面子。

暑假开始的几天，大龙闷头做暑假作业。二龙跟妈妈告状说，大龙哥成天发疯地做功课，跟老师要求的不一样。五嫂说，你要是有意见，跟大哥直接说，干吗跟妈说？背后说人家，妈不待见。二龙闹了个大红脸。

第二天上午，五嫂推着菜车经过章大爷门前。真巧，章大爷正走出门，便在菜车上捡了几根黄瓜，然后问："五嫂，你会腌黄瓜不会？"

五嫂说："会呀，下了班我帮您腌去。"

章大爷说："好嘞，下了班等您。不过，我得给工钱，不然，我不麻烦您了。"

五嫂说："这么着，您也别给什么工钱，您拿两件穿不着的旧衣裳就行啦。"

章大爷爽快地说："得嘞，就这么着呗。我还有两床被子要拆洗。洗被子的钱，你不要，大爷我可要生气了。你婶子这些天总是腰疼，洗不动。唉，人上岁数了，就是不中用啦。"

五嫂说："大爷您身子骨这么硬实，少说也得活到九十。"

章大爷笑笑："那就托五嫂的福喽。"随即悄悄说："孙大头这小子不地道，你得防着，有什么不对，跟大爷我说，我给你撑腰。"

前两天，章大爷去利民澡堂洗澡，听到两个在区供销社上班的人悄悄议论，说区供销社主任包庇孙大头，明明有人实名举报孙大头的贪污和男女关系问题，区供销社主任就是压着不闻不问。

五嫂说："天底下还有王法，我不怕他。大爷，谢谢您的好心。大妈的身子骨得多当心，虽然说天还没有凉，年纪大了还是不能用冷水。今晚上我就去您家拆洗被子。您借给我的那件雨衣可帮了我的大忙，我还没有好好谢谢您呢。"

章大爷挥挥手："小事，小事，不值一提。"

吃过晚饭，五嫂就去了章大爷家。章大妈睡在床上，章大爷正在给她按摩，听见脚步声，她微微欠起身子，章大爷一不留神，触到老伴儿要害处，害她连声"哎哟"。五嫂听到动静连忙赶到屋里，说："大妈我来了，您可别动，

五　嫂

碰着筋骨可不得了。"

章大妈说："他五嫂，真麻烦你了。下午就听老头子唠叨，说是请你来帮忙，我的心一下子落了地。我家老头子笨手笨脚，干什么不像什么。前几天，让他拆洗床被子，您猜怎么着，他连被里一块儿泡进了水里。您说，还不是干一个大钱的活儿，要三大钱的工钱吗？"

正说着，一直给老伴儿按摩的章大爷忽然手头过重，章大妈疼得叫了起来。

五嫂说："大爷，还是我来吧。"

五嫂轻轻地给章大妈按摩了一会儿，章大妈伸了伸腰，说舒服多了，还是他五嫂手脚对路。

五嫂说："大妈，您要是觉得管用，我常常来给您按摩。"

章大妈说："那敢情好。我们老头的手太粗，按在我的腰上，就像擀面条、捅煤球炉子，谁受得了？"说得五嫂和章大爷都笑起来。三个人又闲聊了几句，五嫂说："光顾说笑话了。差点忘了正事儿。"说着，挽起衣袖，开始洗白菜、洗黄瓜、洗菜缸、弄盐卤，不一会儿就把腌菜弄好了。

章大爷一边看着学着，一边不住赞叹。章大妈说丈夫："你看看人家五嫂，这才像干事儿的。"随即又对五嫂说："也难为我家老头子了，拉爬犁的黄牛，叫他去跑马场上赛马，根本不是那么回事儿。"

章大爷嘿嘿笑着，并不跟老伴儿争辩。五嫂说："章大爷真是好脾气。"

章大妈说："那是你没有看见他发牛脾气的时候。"缓了口气又说："他五嫂，不是赶你走，天不早了，赶紧回去吧，孩子们都等急了。欢迎你经常过来，明天能来吗？"

五嫂说："您要是不嫌弃，我明天再来。再给您按摩。"

章大妈说："那，太好了。"说着朝章大爷努了努嘴。大爷会意，拿出一袋肉松，说："五嫂，肉松快过期了，就算帮我一个忙，帮我分担分担困难，不然浪费了。"

肉松在当时可以说是稀罕之物，五嫂接过来一看，那袋肉松离过期还有小半年呢。五嫂说什么也不要。章大妈说："他五嫂，您要是不接，从今往后就别来我家了。"

五嫂把肉松带回家，二龙、小龙都说从来没有见过这东西。二龙在早饭时，就着肉松一连喝了三碗玉米楂粥，上学的路上撑得直揉肚子。小龙笑他大傻瓜。事后小龙把这件事告诉了妈妈，五嫂只觉得心里发疼。

从那天起，五嫂隔三岔五就去章大爷家帮忙，帮章大爷烧饭洗衣服、拆被褥、打扫卫生，给章大妈按摩。一天夜里，天突然下起了大雨，五嫂连忙起来，看看自己家的屋子有一处漏了雨，连忙叫起了大龙和玉秀，三个人手忙脚乱地堵漏，忙乎了半夜，才算解决了。五嫂筋疲力尽地收拾好瓶瓶罐罐，刚躺下，忽然又坐了起来，重新穿好了衣服。玉秀说:"又怎么啦?"

五嫂说:"我得去看看章大爷家。他家的房子也够年头了,这么大的雨,不知道房子漏不漏。我得去看看。"说着就朝外走。玉秀说:"披上雨衣呀。"

五嫂头也不回地走到雨里去。幸亏,章大爷家的房子没有漏雨,五嫂很快就回来了。可是第二天就发起高烧来。

玉秀说:"妈,你发烧了,不能出去卖菜了。"

五嫂说:"不出去怎么行?人家等着菜做饭呢。"

玉秀想了想,说:"要不然,我替妈去。"

五嫂琢磨片刻后说:"绝对不行。你想想,昨天夜里,我冒着雨去过章大爷家,今天就不上班了,人家会怎么想?是不是因为昨晚上淋着雨了?章大爷心里多不落忍。"

玉秀想了想也是。她觉得母亲遇事想得周到,于是说:"妈你晚点出去,我去地段医院拿点退烧的药回来,您再去上班。"

五嫂说:"还是我们秀儿想得周到。就这么办。"

直到上午十点多,五嫂才挣扎着出去卖菜。来到钱校长门前,铃铛一响,钱校长出来买菜,看了看五嫂,觉得不对劲,问:"五嫂,有什么事,怎么无精打采的?"

五嫂心里一惊,生怕钱校长看出来,连忙说:"刚才上台阶,怕是不小心脚崴了一下,走路就慢了些。"

钱校长说:"走路可得当心点。如今这几条胡同,年久失修，坑坑洼洼的。到岁数啦，胡同到岁数啦。老北京五六百年，咱们这条南桃园胡同，少说也有一百多年啦，岁数到啦。"

五嫂笑着说："瞧钱老师您说的，胡同还有什么岁数不岁数的。"

钱校长说："五嫂，你别不信，万事皆有灵啊。别说是胡同，就是一棵树、一朵花、一个水坑，都有灵魂的，都跟咱们人类有关系。"

五嫂说："钱老师把事情说深了，我听不懂啦。"五嫂虽然这么说，却不由得想到公公经常去看院子里那棵海棠树的事。难道说，真像钱校长说的，一棵树、一朵花都有灵魂？小时候，爸爸给她讲过不少稀奇古怪的故事：什么灾荒年间老榆树开花结出麦子，救济灾民啦；什么石头狮子半夜三更变成活的，咬死快饿死的野狼啦。长大后知道这些都是哄小孩子的。但是，往深里想想，这是老百姓的一种愿望、一种期待，故事的背后，都在说着两个字"饥饿"。今天，钱老师这么一说，让五嫂觉得更不着边际了。

钱校长见五嫂有些发愣，摆摆手说："胡乱想的，当笑话听呗。"

五嫂的感冒就这么在钱校长跟前掩盖了过去。

天放晴了，五嫂感觉也好多了，似乎退了烧，摸了摸自己的额头，好像没有了热度。到了中午，便回家准备做饭。一进家门，就看见大龙提着一个小铁桶兴冲冲地过来，把小桶递给五嫂看。桶里是十来条活蹦乱跳的小杂鱼。五嫂诧异地问："哪儿来的？"

大龙喜滋滋地说："您不用问，能吃不？"

五嫂说："当然能吃。妈问你从哪儿来的？"

二龙说："是哥钓来的。他跟两个同学去东四块玉那边钓的，那里有不少水坑，鱼可真不少，用蚯蚓挂在鱼钩上就行。哥说，要是再钓一个钟头，说不定有一倍呢。哥说，怕赶不上中午饭，就早回来了。"

五嫂问大龙："是真的？"

大龙得意地笑笑，点了点头。

"啪"，一个耳光扇在了大龙的脸上。

大龙吃惊地看着母亲，不解的眼神里有怨恨，有委屈，还有无数问号。

五嫂气鼓鼓地说："不知道为什么打你是不是？你就这么点出息是不是？正经的事不去做，专门弄这些歪门邪道，真像你爸，真像你爸啊，长大了跟你爸是一路货。"

大龙摸了摸发烫的脸，嘟囔着："我是为家里好嘛。弟弟妹妹，几天没有见荤腥了，你看玉贞瘦得就剩下皮包骨头了。"

五嫂想了想，这一巴掌打的是有点理亏，说："妈不该动手打你。你爸也一直主张不打孩子。可你想想,你干的什么事?家里揭不开锅,也用不着你操心。行啦,洗把脸去,等着吃饭。"又强作笑容说:"咱们今天做个贴饼子熬小鱼,天津人就爱吃这个。"

一家人坐下吃饭。大龙不动筷子,好不容易拿了一个棒子面饼子,吃了两口给了玉贞,就回里间屋了。玉秀要去叫他,五嫂说:"让他去吧,他心里不痛快。妈也是,火气上来,就不管三七二十一了。"

玉秀擦擦嘴,说:"到点了,我也该去上班了。"

暑假开始,玉秀就退了学,在地段医院找了份清洁工的工作。五嫂倒也没有拦她。姑娘家嘛,不上学就不上学吧,谁叫咱们家有这么多吃饭的嘴呢?将就着吧。

玉秀洗了把脸,对着镜子梳辫子。

五嫂在一旁问:"同事待你好吗?"

玉秀说:"挺好的,两个阿姨都不让我干重的活儿。"

五嫂说:"人家那是疼你,你可别拿客气当福气。"

玉秀说:"我知道。"

五嫂对二龙说:"看好你妹妹,就在院里玩,别出院门,妈也放心。一边看着妹妹,一边把暑假作业写好。"

二龙说:"知道了。那我什么时候能去踢球呢?"

五嫂说:"明天吧。等你哥顺了气,让他看妹妹,你再出去玩儿。"

二龙又说:"妈,哥在屋子里哭呢。"

五嫂说:"受冤枉了,让他哭会儿吧。男孩子,不挨几棍子,长不大。"说到这儿,五嫂感到有一丝酸楚涌上心头,她记得丈夫曾经跟她说起过小时候挨父亲打的那一棍子。如果当初没有被打坏了脚踝,董志民的命运也许会顺利得多吧。

晚饭前,五嫂把一张糕点票给玉秀,说:"到供销社去买一张票的核桃酥,要稻香村的。今天有,晚去了就卖没了。"

玉秀说:"点心票不给爷爷了?"

那几年,买平价糕点要糕点票的。五嫂每个月用糕点票买了点心给二大爷送去,剩下的几张,都换了粮票。一张糕点票能换两三斤票面的粮票呢。

大姐好几次劝五嫂说:"你家的糕点票,别总是买了点心给咱爸了。爸他也有糕点票,你姐夫每个月还给他买些高价点心,就用不着你操心了。再说,几个孩子也得吃啊。"我二大爷的大女儿嫁得很如意。姐夫是在政府机关里做事,职务不低,收入不错,人又知书达理、待人谦和。他知道五嫂家困难,经常让大姐帮助五嫂一家子。

五嫂口头答应,仍旧照样给二大爷买点心。老爷子急了,特地叫淑婷写了一封信,说:"以后绝不收五嫂送过去的点心。"可是五嫂就当没有接到过那封信，照样送。二大爷没辙了，让大姐夫想想法子。大姐夫也没辙，只好隔一个月半个月送给五嫂家几斤黄豆，谎称是单位的福利，工作好的人都可以每月不花钱去领几斤黄豆作为奖励。每次送来，五嫂自然推辞，大姐夫说："你大姐有肠胃炎，吃不了这个，我就更别提，一吃豆制品胃里就泛酸，我们那两个丫头，更是挑食，黄豆连看也不看。你说，黄豆搁我家有什么用？"

五嫂信以为真，其实，大姐那几斤黄豆，都是花高价钱在黑市上买的。

大姐一家总算把事情解决得圆满。因此，五嫂家的几个小孩子，这两年几乎没有尝过核桃酥的味道。

晚饭时，核桃酥摆到桌上。二龙惊喜地叫道："还有这个呀。这个叫什么？"

玉秀说："核桃酥。傻瓜，连这个也不认识。用糕点票买的。"

二龙问："什么是糕点票？"

大龙捅了弟弟一下。

二龙伸手就要去拿核桃酥。

五嫂说："每人只许吃半块，大龙两块，他中午没吃饭。"

大龙只吃了一块，剩下的给了小龙和玉贞。

晚上，十点钟打了点，五嫂把大龙叫到她屋里。

大龙问："姐呢？"

五嫂说："她值夜班，代一位阿姨，人家家里有病人。"五嫂停了停又说："大龙，你大了，懂得为家里操心了，妈感谢你。白天的事，是妈没有想周到，怨妈。可是，妈不稀罕你管家里的柴米油盐，妈要你好好念书，将来上大学。这样才能对得起你爷爷，对得起你爸，对得起你们董家。"

大龙还想辩解，支支吾吾说："我暑假作业做完了，我想，我想……"

五嫂说："用不着多说，你是为家里好，妈还不知道这个？可是，妈不希望你这样。妈心里一急，当着弟弟的面打了你，是妈没想周到，妈对不起你。可，还是那句话，妈希望你一门心思念书。"

大龙从母亲房里出来，心里发闷，踱到院子里去看月亮。他掰下一片海棠树叶，闻了闻，叶子发酸。那棵老树，一年不如一年了。都说，今年水果的收成是"大年"，可这棵树怎么就半死不活的？只结了几个果，花骨朵儿就打蔫了。海棠树叶子在夜风里沙沙作响，它似乎在发泄心中的不平。是啊，人们只知道向老树索取，却从来不想到树木的感受，如果它有感受的话。眼前，大龙觉得自己就像这棵老树，成天成夜地站在那里，人们想到了就过来看一看、摸一摸，想不到的时候就不理不睬。母亲的教训他不能完全接受。暑假了，钓钓鱼怎么啦？再说，这是为了改善家里的伙食，让弟弟妹妹吃得好一点。又有什么错？妈为什么管我这么严？对玉秀、对二龙却那么宽松。爸爸不在，要是爸爸在家，妈妈的脾气也许就好一些。可是，爸爸就这么不管不顾地离开家？是的，他犯了错误。当初，就不应该犯那些错误，让家里人大大小小都跟着遭罪。唉，做人真是难啊。大龙觉得有点悲哀，正想回屋，夜空中，突然传来凄凉的喊声："昨天的月亮，走——喽——"

"昨天的月亮，走——喽，走——喽——"

寂静的夜晚，那声音传得很远、很远。瞧，这又是一个生活不如意的。大龙知道，常二少爷又犯病了。常家大哥怎么就管不住他呢？

大龙记得自己刚记事的时候，胡同里就传出常二少爷的种种故事。那时候，常二少爷穿着笔挺的毛呢中山装，头发一丝不乱，走在胡同里步履生风。人们背后议论，一个疯子还那么讲究。大龙知道，常二少爷不发病时，跟他们这些孩子有说有笑，肚子里满是故事，学问大了去了。还教他们英语，讲安徒生的童话故事。那个《卖火柴的小女孩》的故事，常家二少爷至少讲过五遍。每讲完一次，必定说，小女孩到了天堂，总算冻不着了，她毕竟是幸福的，没有痛苦。有时候孩子们会问，你有痛苦吗？常家二少爷就会说，人生下来都会有痛苦，不然，小孩子刚生下来怎么都哇哇地哭呢？你们见过刚生下的小娃娃哈哈大笑的？大伙都被逗笑了。这时，常家二少爷眼睛里就会透出一种奇异的光。那时大龙就不明白，这个疯子怎么这样奇怪。只是，常家二少爷从来不愿意跟成人拉近乎，他说他怕那些大人们。那些大人们，成天口是心非、道貌岸然，他看着就觉得恶心。常家二少爷讲着讲着，就会激奋起来，手伸向前方，还用力挥动着，让人想到电影里那些革命者宣传革命道理的样子。那时候，大龙就觉得常家二少爷就是电影里的人物，风流潇洒，英姿勃勃。可是，这才过了几年，常家二少爷的风采一点也没有了。

　　想到这里，大龙有点想哭。可为什么哭呢？自己也想不明白。

七

这天下班的时候，五嫂正跟会计沈萍结账，赵海山来了。五嫂问："有事？"

赵所长说："有点事，好事。"沈萍说："你们说重要的事，我避一避。"赵所长说："不保密，用不着避嘛。"沈萍还是悄没声地走了出去。

赵所长说："喜事。老董在里边表现好，为了更有利于在押人员的改造，监狱方打算中秋节安排家属去探望一次，说是还吃个饭呢。准备准备。"

五嫂说："谢谢赵所长了。"想了想又问："到时候，能带点月饼吗？过中秋节嘛。"

赵海山琢磨了片刻，说："我想可以吧。还是得听政府的安排。这事还没有正式定下来，我先告诉你，让你高兴高兴。会有正式通知的，等着吧。"赵海山说完，推门出去。沈萍小猫似的，不知什么时候溜进来，望着赵海山的背影看了半天，咂咂嘴说："人的命就是不一样。有人处处关心你，有的，走到眼跟前，也看不见。"然后又换了一副面容说："恭喜你啊，五姐，姐夫在里面表现好，大伙儿都高兴。估计也快出来了吧？"

五嫂想说什么，只低声说了一句："谢谢你，小沈。"

五嫂不想跟沈萍走得太近，但也不想对她过分冷漠。

小沈出生在知识分子家庭，平时不大说话，开会时能不发言就不发言，实在逼得不能不表态时，就捡报纸上的一段社论对付。五嫂听供销社里的同事说，沈萍的父亲在大众机器厂是副总工程师，级别工资都高。前些年，有过一篇长达七八千字的书面发言，被打成了右倾。沈萍吸取了老爸的教训，因此处事小心翼翼，穿戴也尽量低调：不是灰衣服就是蓝衣服，连皮鞋也很少穿。

晚饭时，赵所长带来一位穿制服的年轻人。

赵海山朝后面让了两步，把那个穿制服的青年人让到前面，说："监狱方的小王同志，特意送来通知。哦，这位是小王同志；这就是董志民家属。"

小王是个面目冷冷的人，他环视了一下屋子，说："正吃饭呢。不好意思，来得不是时候。你就是宋由烟？"

五嫂忙说："我就是。"

小王冷冷地看着五嫂，慢慢拿出一封公函。

赵海山心里的一块石头落地。他真怕五嫂去纠正小王的错误读音，那可能会闹得不愉快。如果是那样，倒霉的自然是五嫂。

赵所长看看饭桌上的几个菜团子，一盘酱疙瘩（一种咸菜）和一碗冬瓜菜皮汤，感觉鼻子有点酸。再看看大龙、二龙几个孩子吃得狼吞虎咽的，就知道这顿饭食对董家的几个孩子来说已经算是不错的了。想到这里，生出一些悲悯之情。玉秀好像已经吃好饭，在一个小本子上记录着什么，见赵海山看着家里不像样子的饭菜，有些难为情，就掩饰般地对海山说："这两天，大龙肚子不舒服，医生说吃得素一点，全家就跟着吃素啦。"说得海山心里更是酸楚楚的，便说："五嫂，几个男孩子都在长个儿，该注意营养还是得注意营养。"

小王说："是这个道理。孩子是祖国的未来嘛。"

五嫂拿过那封公函看了看，递给大龙说："你念一念。"大龙吭吭唧唧地念道："兹鉴于在押犯董志民在劳动改造期间表现尚好，且有检举立功之表现。报上级批准，现决定于九月十六日（即农历中秋节）可与家属见面一次，按要求家属必须积极配合。"

小王指着信，说："在右下角签字吧。记住地址和日期，到时候别找不着了。"

赵海山代答道："不会，不会。到时候，一定会准时到的。"

小王环视着破陋家具，又在饭桌边上抹了一下，看看手上有没有油腻，才慢条斯理地说："第一监狱新搬了地方，条件比以前好多了，去了就知道了。"

五嫂眼里含着泪水，傻傻站在那里，不住地点头。

赵海山提醒说："还不快谢谢王同志。"

五嫂的眼泪就下来了，含糊不清地连连道谢。

董志民关进去这几年，五嫂只去看过他三次。丈夫是个大大咧咧的人，把坐牢看得轻飘，他对五嫂说："不就是这么点事嘛，还能关我一辈子？"五嫂宽慰他说："这样想就好，不然，度日如年，出来时半条命也没有了。"话虽然是这么说，但五嫂心里对丈夫说的是："可这几个孩子该怎么办呢？你做爹的责任在哪里呢？"五嫂心疼丈夫，又埋怨丈夫，恨不得自己替丈夫去坐牢，让他在家带孩子。她想，我现在这样，不是也跟坐牢差不多吗？

无论五嫂怎么想，接到通知，心还是跳了半天。

五哥关在京师模范监狱，后来改名叫北京第一监狱。

五嫂后来跟我们说起探监的情况，好像一点点细节她都记得清清楚楚。

那天，中午十二点来钟，太阳火辣辣的，晒得沥青地上直冒油，踩上去软绵绵的，像是要陷下去。赵海山带着五嫂和大龙走进第一监狱。这里是新的地址,五嫂第一次来。还没有到大铁门前,她的心就跳个不停,手也有点哆嗦。赵海山碰碰她的手,说:"别紧张,是好事嘛。"

大龙第一次到这种地方来,东张西望四处打量。五嫂说:"大龙,见到你爸别哭,听见没有?"

大龙说得很痛快:"我不会。"

监狱里又闷又热。一道道铁栅栏门打开,那种特殊的气味越来越浓。那是犯人身上散发出的酸臭气。到了监狱的会客室,气味总算淡了些。

会客室经过了一番布置:简陋的房间,挺大,带着铁灯罩的电灯上挂着颜色纸做成的彩带。

屋子中间摆着五张方桌,其中四桌已经有家属坐在那里。

接待他们的仍旧是那位面孔铁板的小王。这天,小王穿戴整齐,戴着军帽,态度好了许多。他轻轻地说:"中秋节了,是团圆的日子,我们领导为了更好地对在押人员进行改造,做了这样的好安排,也请家属好好配合。"

赵海山代五嫂答道:"多谢政府有这么好的安排。一定好好配合,一定好好配合。"

小王看了一下五嫂,说:"家属有什么要说的?别紧张,过节嘛。"

五嫂说:"我们所长代我说了。我们都是这么想的。"

小王勉强笑了一下,说:"好吧。等一会儿。"说着走了出去。

不一会儿,上来几个热腾腾的菜。接着,五哥被小王和另一个管教带了进来。也许是为了照顾大龙是个未成年人,五哥没有穿号服,而是一身中山装,颜色还蛮深。显然,在里面是头一次穿。五嫂记得那套中山装,那是当初被带走时穿的,现在显得有点宽大。五嫂鼻子一酸,就滴下两滴眼泪。

几个人坐定,小王说:"监狱领导还要来,再等一会儿。"

大龙不理会,刚要动筷子被五嫂狠狠瞪了一眼。

室内稍有响动,监狱长进来了。五哥连忙站了起来,轻声说:"报告政府。"

其他几桌的人也纷纷站了起来。

监狱长态度蛮和气,朝大伙儿点点头说:"今天是中秋节,我代表全体管教人员向家属们道一声平安。既然是团圆的日子,大家吃好。也希望家属多多配合,以利于服刑人员的改造。"说完,点点头就走了出去。

赵海山说:"菜还热着,趁热吃点吧。"

大龙就不管不顾地吃起来。五嫂几乎没有动筷子,五哥吃了两口,深叹了口气,低下头去。五嫂静静看了丈夫半天,才轻轻说:"在里面多照顾自己。家里的事,用不着担心。"

五哥说:"岫烟,我,我对不住你,对不住你们。"

两个人说着说着,声音就低得听不见了。过了好一会儿,五嫂对大龙说:"看你,饿死鬼似的,跟你爸说说话。"

大龙还是不吭声。

五哥看看大龙,说:"长高了不少。大龙,长成大人了,你多照顾你妈,你妈不容易,不容易啊。听到没有?"

大龙"嗯"了一声。

会见的时间就要结束了。五嫂打开布包,拿出一盒五芳斋的月饼,要递给丈夫。站在一边的小王说:"监狱里今天也有,拿回去吧。"

五嫂说:"进来时检查过了。"

小王生硬地说:"还是拿回去。"

几个人站起来,准备离开。五嫂对大龙说:"跟你爸说句话。"

大龙不语。

五嫂说:"说呀。"

大龙突然说:"爸,我,我恨你。"

五嫂、五哥和赵海山都是一愣,谁也没有想到大龙会有这么一句。五哥没有反应,低垂着头,看了五嫂一眼,就跟着管教往回走了。

小王在把五嫂他们送出去的时候,趁机跟赵海山轻声说:"转告128号家属,哦,董志民在狱里表现不错,还有立功表现，可能会对他减刑。别直说，点到为止。就是让他们那一家子，能平安渡过难关嘛。"

海山连连道谢，说："放心，我知道该怎么说。谢谢你。"

小王淡淡笑了笑，又说："监狱有规定，月饼是不能收的，请家属谅解。"赵所长连忙说："理解，理解。"

出了监狱的大铁门，没走几步，五嫂脚跟一软，一头栽倒下去。那盒月饼全掉在了地上。

大龙连忙把妈妈搀扶起来。五嫂怔怔地看着儿子，忽然抬起手来，就要往儿子脸上打去，手却停在了半空中，又无力地垂了下去。

大龙啊，大龙，你怎么能跟你爸这么说？你爸再有错，可他是生你养你的亲人。你没有看见，你爸听到你这么说，他是用怎样的眼神看你吗？

八

　　五嫂探监回来，几天几夜没有睡好觉。她总是回忆大龙那天跟他爸说的那句话。这是怎么啦？大龙不是规规矩矩老老实实的好孩子吗？他学习好，肯上进，能照顾弟弟妹妹。可是，可是，他怎么会对父亲有着那样的情绪。

　　五嫂想不明白。

　　过了一天，孙大头把五嫂找去，说监狱里能安排他们去探监，而且有吃有喝超级待遇，这完全是他的功劳。监狱方曾经来调查过，幸亏他孙大头，说了不少好话。不然，怎么会有这么好的事呢？五嫂想想也是，也许孙大头真的为自己做了件好事。五嫂千谢万谢。孙大头说："自己人用不着，你心里明白就是了。"毕竟，供销社是她的单位，如果单位领导不说好话，后果真不知道会怎样呢。五嫂听了这话，心里直打鼓，不知道这个人到底打什么主意。

　　这一天，五嫂推着菜车经过钱校长家门口，钱校长正等在那里。招呼五嫂过去,说:"志民,还好吧?"

五嫂说:"钱校长知道我去过了?"

钱校长说:"赵所长告诉我的。董先生表现得还真的不错,希望能早点出来。唉,一大家子人,不容易啊。有什么难处跟我老头子说,别一个人憋着。远亲不如近邻,大伙儿都帮衬着点,日子就好过得多,您说是不是?对了,章大爷也知道了,他让我转告五嫂,好日子就快来了,心里别太过不去。"

五嫂说:"我知道,多亏得邻居们。玉秀能进地段医院,还是钱校长帮的忙呢。"

钱校长说:"是孩子有造化嘛,我也帮不了什么。碰巧,医院里有我儿子的一个同学,他帮着说了句话。"缓了口气,又说:"关照玉秀,在医院里少说话。孩子小,不大懂。我是过来人,知道这里面的深浅。"五嫂说:"谢谢钱校长提醒。"

这天夜里,十一点钟刚打了点,玉秀陪妈妈给小龙补袜子,忽然一块石头打破窗户纸,接着一个厚信封从纸洞被丢了进来。玉秀吓坏了,想去里屋喊醒大龙。五嫂说:"不急,看看信再说。"打开信封,出乎意料,竟然里面有二百块钱。

包钱的是块手绢,右下角上用毛笔写着一个"七"字。

玉秀说:"真是天上掉馅饼啦,老天爷看着咱们忒穷了，施舍咱们。"

五嫂说："净说没影的。这钱来路不明，咱不能要。"

玉秀说："又不是偷来抢来的，家里处处等着钱花，大龙要交书本费，二龙得买双力士鞋，还有电费也要下来了，处处得花钱，咱们先用了再说呗。"

五嫂听女儿这么一说，挺感动的：女儿到底大了，家里的大小杂事都在她心里搁着，懂得为妈妈分担困难了。可是，这来路不明不白的钱，怎么能使呢？五嫂连连说："不行，就是不行。"

声音一大，吵醒了里间的大龙和二龙。弄明白是怎么回事之后，大龙像个大人那样说："也许是阶级斗争新动向，万万不能动这钱，最好明天就交派出所。"

二龙不同意，玉秀也不同意。

五嫂开始怀疑是孙大头丢进来的钱，那就更不能收了，转念一想，这个孙大头是个钻钱眼儿的主儿，他不会把二百块钱就这么出手，二百块啊，这可不是小数目。要么是钱校长？似乎也不像，钱校长要是想帮忙，他会直说，或者用巧妙的办法。章大爷也会这样。他们想接济，会用别的方式，让你觉得你不亏欠人家。这就是好邻居做人的道德，虽然帮助了你，却不让你觉得低人一等。想来想去，还是听大龙的，管他什么动向不动向的，先把钱交给派出所再说。

第二天，五嫂推着菜车就上了派出所。赵海山正好在，忙招呼着，还对厨房的张师傅说："给咱们送菜上门了，免得你跑一趟菜场啦。"

张师傅认识五嫂，知道她的难处，也知道赵所长看得起五嫂，便说："甭管什么菜，我们食堂都用得着。这么着，见面分一半，你这一车菜，我们食堂留下一半，反正够我们吃三五天的。"

五嫂说："少买点，放的时间长喽，不新鲜了，还会烂。"

张师傅说："我放菜有窍门儿，用不着你担心。还有，我给我那二丫头买了双回力鞋，她嫌样式不好看，我退也不能退，给你家二龙凑合着穿，行不行？算帮了我一个忙。"

五嫂说："我家二龙穿鞋真费，您这是雪中送炭。鞋钱得给张师傅。"

张师傅说："您给钱，就是小瞧我了。帮助我解决困难，谢还来不及呢。"

五嫂知道张师傅是在变相帮助自己，长叹了口气，说："那就代我家二龙谢谢张大爷啦。"同时想，他家二丫头功课不太好，经常请老师去家里给孩子补课，不如借这个机会让大龙去他那里给他女儿补课。五嫂把打算跟张师傅一说，张师傅一百个愿意，说："那敢情好，大龙的功课没得说，帮我家二丫头，不是手到擒来的事儿，就是大材小用了，高射炮打蚊子。"五嫂说："看张师傅您说的，我家大龙指不定还应付不了呢。"张师傅又说:"补课费我得给。"五嫂轻描淡写地说:"行啊,先记在赵所长的账上。"张师傅还要争,一个小警察赶过来说:"师傅,菜都过了称,给多少钱,你得去跟会计说。"张师傅只好不争了,赶紧走了。

赵海山知道了五嫂送钱来,也知道了这二百块钱的来历,犯难了。琢磨好半天,说:"还是你拿回去吧。我这里没法立案,钱也无法入账啊。"

五嫂说:"怎么入账我管不着,反正这钱我交给政府了。"说着就要走。

张师傅办好事,走了回来,听了赵海山的为难之处,拦住了五嫂,说:"五嫂,这么着,您把钱先拿去用,派出所呢,给您备个案,等查清了钱的来龙去脉,再跟您联系。这样,您也别让赵所长犯难,您也暂时解决点困难,我们知道,您是罗锅上山——前(钱)短。"

五嫂勉强笑了笑,说:"就张师傅会说笑话。反正我铁了心了。"说着,把钱往桌子上一放,推着菜车走了。

张师傅与赵所长对视了一眼。赵所长说:"没办法,她就是这么个人。"

张师傅叹息着说:"这么个妇道人家,可真难为她了,又当娘又当爹的,怎么活哪。真是那句话,红颜薄命啊。这个董志民也是,放着天仙似的女人在家,非得折腾进班房。想不明白。"

五嫂把来历不明的钱交给了政府，觉得一身轻松。还是大龙懂事，这钱放在自己手里，不是吃不好睡不着吗？可是，二龙的鞋虽然有了着落，小龙的书包也要买，还有玉贞……眼不见心不烦，可这么多的烦心事都是在眼前的，不去想也办不到，就指望月底玉秀发工资了。

　　推着菜车走着，只顾想心事，铃铛也忘了摇，不觉来到供销社门前。她急走两步，想赶紧走过去。事不凑巧，孙大头正从里面走了出来。孙大头热情招呼："是五嫂哇。真巧，我正要找你，快进来。"

　　五嫂无可奈何地跟着孙主任走进办公室。

　　孙大头说："我给你想了一个更好的办法，你看。"说着拿出一个电喇叭，"利用科学技术嘛。你看，不用摇铃，当然更不用吆喝。只要一按这个按钮，就可以放声音。你听。"果然，孙大头一按电钮，喇叭里传出吆喝声。

　　孙大头得意地说："我想了两天，总算想出这个好办法。几个菜车都用上，节省大家伙儿的劳动力。"他说着，朝五嫂那边瞥了一眼，他觉得此刻五嫂像电影明星一般，风姿绰约，如同盛开的花朵。一个女人受尽了磨难，又是奔四十的人，怎么还会这么好看？他真想上去抱一抱她。但是，此刻他抑制住了自己的欲望。他觉得今天为大伙儿做了件好事，那就好人做到底吧。孙大头站在那里，发愣，像丢了魂。

五嫂问:"还有事吗?"

"哦哦,没事了,没事了。"他说,"电喇叭的电池已经给你装好了。电池以后可以报销的。"

五嫂走了。孙大头长长吐了口气,他暗暗佩服自己。

到了月底,五嫂指望的玉秀的工资,只拿到一半。

五嫂问:"剩下的工资呢?"

玉秀不言语。再问,玉秀说:"买了一件衬衫和一条裙子。"

五嫂说:"那,衣服呢?"

玉秀说什么也不言语了。

唉,都长成大姑娘了,还是不懂事。你不知道,家里等着钱用?想当年,自己在玉秀这个岁数已经准备出嫁了。

玉秀说:"要不然,我把衣服退掉。"

五嫂说:"说的都是废话,买进来的东西能退吗?就这么着吧。晚上,你把二龙的袜子补一补,大龙的脏衣服也洗洗。"

玉秀如遇大赦,高兴地说:"还用妈嘱咐。"

五嫂想这么"惩罚"一下女儿,告诫她,碰到什么事,先跟妈妈商量商量,买东西也一样,别自作主张。

晚上,玉秀正在厨房里洗衣服。忽然,又有一团手绢从窗口丢了进来。她连忙进屋，拿给母亲看。这一回，手绢里包了三百块钱，还有一张字条，上面写着：这些钱是光明正大的，以此报恩，不要交给政府。手绢右下方，仍旧有一个"七"字。

五嫂说："这可怎么办？"

玉秀说："指名道姓是给咱们的，还喂了狗不成？"

五嫂竟然爽快地说："那，咱们就收下。"

其实，五嫂此刻已经有了主意。原来，下午碰到赵所长，他支支吾吾说："五嫂，有个好事，可又是难办的事。前两天监狱的小王同志来说，董志民在里面表现不错，挪用的钱如果退赔出来，可以考虑减刑，还可能给一段保外就医。"

五嫂问："得退多少？"

赵海山说："大概是两百七十几块。这可是不小的数目啊。"

五嫂想，今晚这三百块钱，真是老天爷降福，差人送来了及时雨呀。

第二天，她就拿着钱去了派出所。果然，不久就传来好消息，说董志民过几天就会出狱保外就医。

中午，五嫂特意买了几条小黄鱼、二斤猪头肉，又炒了一盘香椿炒鸡蛋、一盘红焖茄子、一盘五香花生米，满满摆了一桌。二龙看着哈喇子都要流出来，一再问大龙，今天过什么节，比过年时好吃的还多嘛，说着就要夹一筷子猪头肉。大龙打了一下弟弟的手，说："你没看见妈在等吗？"

"等什么？"

"等姐呀，姐还没有下班呢。"

正说着，地段医院打扫卫生的阿姨找了来，对五嫂说："您就是董玉秀的妈妈吧？玉秀快下中午班的时候，忽然昏倒了。"

五嫂一愣，心一下子跳到嗓子眼，眼睛也发直了。

那位阿姨说："您别急，现在缓过神儿来了。医生说，没什么要紧，就是营养不足，血糖低了。这孩子，真是的，自己省得不行，在食堂里净买白菜、冬瓜汤什么的，这营养怎么够呢？就这样，月底发工资的时候，还拿出一半借给了李阿姨。李家也是作孽，丈夫在工地上做架子工，不小心摔伤了腿，俩月不上班了。说是临时工，没有什么工伤补贴，幸好，平时跟工友们处得不错，大伙儿捐了些钱，领导看着造孽，也给了补助。可是，祸不单行啊，一个女儿又得了急性脑膜炎，住了医院，再找领导、工友帮忙，开得了口吗？就这么着不够挑费了。穷人借钱不容易啊，只有玉秀这样的才肯拿出钱来借给李阿姨，让人佩服。"

五嫂听了，眼圈红了，哽咽着对几个孩子说："你们先吃饭吧，妈去去就来。"

大龙说:"我们等姐姐回来再吃。"

二龙抢着说:"我们也要等大姐。"

小龙和玉贞跟着叫:"我们也要等姐姐。"

过了几个小时,玉秀被接了回来。没事人似的,连连说:"妈,我没事儿,一点事儿也没有。就是昨天看小说看的,没有睡好觉,一不留神,摔了一跤,用不着大惊小怪的。"

五嫂含着泪说:"知道,孩子,妈全知道。"

第二天,五嫂给玉秀买了一件暗花的衬衫。

玉秀说:"干吗又胡乱花钱?"

五嫂说:"妈前天给钱校长改了一件呢子大衣,挣了十来块呢。"

玉秀直想哭,她知道妈妈的心意。

五嫂又问:"秀儿,这个礼拜天休息不?"

玉秀说休息。

五嫂高兴地说:"那,妈礼拜天也请半天假,秀儿跟妈去逛一趟王府井百货大楼。"

玉秀笑着说:"妈闲着没事干了。"

五嫂说:"妈说正经的呢,你爸过几天就要保外就医。妈想给你爸买两件像样一点的衣服,不然叫邻居们看到笑话。"

玉秀依偎在五嫂的怀里,撒娇地说:"能见到爸了?"

能。

有几天？

说是半个月呢。

玉秀哭了。

说起来，爸爸离开家的时候，自己才上三年级。爸爸还没有被关的时候，她每次在灯下做作业时，父亲总是坐在身边，还特意把电灯挪得靠近一些。爸爸常常盯着作业本，看着、看着，一会儿点头，一会儿摇头，等功课做完了，总会笑呵呵地说："嗯，不错，字写得越来越像样儿了。"玉秀暗暗数过，这种又像夸奖又不像夸奖的话，至少说了有二十次。当时，玉秀还觉得老爸啰唆，觉得老爸没有多少词汇。可是这样的日子一去不复返了。就是爸爸回来，也已经不会再有那样的夜晚，不会再有那样写家庭作业的温馨画面了。

外面起风了，吹得海棠树叶哗哗作响，好像听得到海棠树叶子窸窸窣窣往下掉落的声音。落下的叶子又被小风吹起来，满院子扫过来扫过去。日子就是在这样的平淡之中一年一年地过去了。再没有那个伏在桌前，在灯下吭哧吭哧写作业的小女孩了；也再没有反复说着那句不咸不淡话的老爸了。

北京王府井百货大楼真是热闹，尤其是星期天。五嫂和女儿东看西看，忘了买衣服了。五嫂说："咱们干吗来了？"

玉秀笑了："光顾看热闹，忘了正事儿：上百货大楼买衣服吧。妈，给爸买新鞋不？"

五嫂说："就回来几天，用不着了吧。再说，家里那双皮鞋还半新不旧的。"

玉秀说："不。得买新鞋，用我的钱。不然，新衣服旧鞋，不成套。"

五嫂说："那就买。不过，咱们得把几块大洋换成现钱才行。"

昨天晚上，五嫂就盘算过，怕钱不够，这才把压箱底的几块大洋钱拿出来。前两年，快揭不开锅的时候，五嫂也没舍得拿出来。那是她早年做姑娘时攒的压岁钱，是自己少女时代的念想，是自己的命根子。

母女俩走进银行，把大洋换成了人民币。五嫂有一种如释重负的快感。然而，那几块埋在箱底多年的大洋，像是跟她连着筋一样，割舍掉，心里总有些惆怅。

好在是为了丈夫。

钱包鼓鼓的，这回不怕了。说不定还能给二龙买一双力士鞋，那是二龙念叨了几个月的高帮的力士球鞋。

五嫂和玉秀在百货大楼买了一套深蓝色的中山装；犹豫了片刻，又在盛锡福鞋帽店买了一顶解放帽；在女儿的一再坚持下，买了一双深咖啡色的牛皮鞋。玉秀本来主张买小牛皮的，五嫂说，那种皮鞋不经穿，身份也不对，那种鞋都是领导干部或者是搞文艺的才穿呢。玉秀不懂,只好听母亲的。当然,五嫂只是为了省两块钱。

买好东西,玉秀还想多逛一会儿。

许久没有来王府井了。

玉秀记得,那还是自己读小学二年级的时候,爸爸妈妈带她和大龙来王府井买东西、吃饭。爸爸买了一袋小人酥糖,还给她买了一件花裙子。那时候多高兴啊。爸爸还指着吴裕泰茶庄说:"过一会儿咱们去买一级的茉莉花茶。"玉秀问:"贵不贵?"爸爸说:"当然贵,都是高级干部和有名人喝的,一般人想都不敢想。这回咱们也开开荤……"

想着,想着,玉秀忽然说:"妈,咱们去买半斤小人酥糖吧,二龙最爱吃的。"

五嫂笑笑说:"你就不爱吃?"

玉秀说:"当然爱吃。可我不敢吃,小白鞋说,吃糖容易胖……"

五嫂突然拉下脸说:"说什么呢?小白鞋也是你叫的?"

玉秀连忙改口说:"是,尚如水姑姑说的。"

五嫂说:"背地里说人家的'不是',缺德,咱们不能做这种事。如水姑姑经常帮助咱们,咱们不能忘恩负义。"

五嫂忽然想到,前两天尚如水来家说起玉秀。她说:"五姐,你家玉秀越长越像你了,将来一定出落成个大美人儿。让她去当电影演员,也让咱们胡同里光荣光荣。"

五嫂叹了口气。想到胡同里那些大妈大嫂背地里说小白鞋的那些坏话，不由得心里一紧：小白鞋还想着整条胡同，好像胡同里的什么人出了名，她也会感到光荣似的。可是，胡同里的大妈大婶有几个会这么想？就冲这一点，不能小瞧人家。人哪，都是有优点又有缺点的。可胡同里不少女人就是不知道这个，成天张家长李家短的。何必呢？唉，做女人真是不容易。

　　玉秀默默走了几步，然后说："咱们回家吧，二龙等着小人酥糖呢。"

　　五嫂诧异地问："你怎么知道？"

　　玉秀瞒不过，只好说："临出门时，二龙央求过我的。"

　　五嫂说："要是钱不够，没有买小人酥糖呢？"

　　玉秀看了看母亲，不说话。

　　五嫂还是去买了小人酥糖。母女俩正往回走，玉秀说："我去新华书店买本小说。"五嫂说："快去快回，我慢慢走，等你。"玉秀如遇大赦一般，一阵风地刮进当时北京最大的新华书店。五嫂知道，孩子为了这个家，很少出去逛街，玉秀这丫头也真不容易。五嫂慢慢走着，低着头正看那顶崭新的解放帽。五嫂想象不出五哥带上这顶解放帽是啥模样。在她的记忆里，五哥好像没有戴过这种正儿八经的帽子。低着头想着想着，猛然撞到人群中一位时髦姑娘。五嫂抬头正要道歉，不料，双方都是一愣。原来，那位不是别人，却是供销社的会计沈萍。五嫂惊喜地说:"呀,是小沈啊,这么漂亮,我都认不出来啦。"沈萍的确打扮得与平时判若两人:穿一件淡灰色红碎花的连衣裙,脚上是半高跟的白皮鞋,头发细心打理过,前额的刘海用火嵌烫成好看的曲线;眉眼描得很精细,双颊略施了胭脂,嘴唇也有淡淡的口红。五嫂拉起沈萍的手,说:"电影演员似的,真一点认不出来。"五嫂没有意识到,沈萍并不愿意在这种场合碰到五嫂,她喃喃说:"我三姨妈让我去吃喜酒,我妈非要我打扮打扮。其实真没意思,走在街上,忒别扭。"这时,玉秀捧着一本小说《红岩》兴冲冲地回来,说:"妈,总算让我买到了。"沈萍看看玉秀,说:"你女儿?"五嫂说:"是我丫头。秀儿,快叫阿姨,嗐,还是叫大姐姐吧。"玉秀跟沈萍打过招呼,沈萍说:"宋姐,你女儿长得真好看,随你。"五嫂说:"还是小沈好看。"沈萍没有接话茬,抬腕看了看红表带的坤表,说:"对不起,宋姐,我得赶快走了,耽误了。"说着匆匆离去。五嫂望着沈萍离开的背影,发呆,她不知道是清醒还是梦中,一个人真的会有两面啊。平时沈萍打扮得再朴素不过,一身洗得辨不出原来本色的衣裤,头发干净,但是发型显得呆板,涂脂抹粉当然更没有了。想不到,刚才出现在自己眼前的这个沈萍竟然是这样。她禁不住叹了口气。玉秀误会了,问:"妈,买的什么不称心啦?"五嫂笑了笑,说:"买的一个秀儿有点不称心。"

九

　　昨天下午，区供销社的领导过来检查工作，对孙大头主持的这家供销社表示了不满。

　　的确，最近他们的营业额连续几个月断崖式下降。不错，物价是上涨了一些，可是，工资还是那点工资。有多少年没有涨工资了？老百姓买东西越来越精打细算了。能不买的就尽可能不买。除了食品，别的商品出售额越来越少，尤其是服装和化妆护肤品，有时候一天的销售额就是一个大鸡蛋。孙大头心里明白，区供销社的领导难道不明白？孙大头自认为工作还算负责，千方百计想提高效益，但是大形势摆在那里，他一个小小的供销社能左右大局？不过，领导就是领导，人家说什么都得听着。

　　区供销社主任很不满意地说："不能躺在功劳簿上啊，小孙同志。如今国内外形势都不错，国内市场购销两旺，老百姓的购买力逐年提高，怎么就你这边跟不上形势呢？

听说，你们的政治学习松松垮垮。丢了纲，一切就都丢了。你是我一手提拔的，我真的不希望你这里出现政治问题啊。小孙同志，再这样下去，可要考虑考虑自己的前途哩。"

主任的语重心长，不仅是政治上的关怀，他知道，更是警示。这可不是闹着玩的。

今天开局不顺，大清早就吃了一顿教训。孙大头心里很不痛快，中午饭也没有吃，买了一瓶二锅头，坐在办公室里整整喝了一个钟头。半瓶酒下肚，烦恼更增添了几分。半醉半醒的时候，忽然间看见五嫂从会计室出来。

孙大头把她招进室内。

上回孙大头待她好像诚心诚意的，五嫂便放松了警惕，坐下来问："主任，有什么事吗？"

孙大头说："也没什么大事。最近咱们供销社的成绩不理想，只有你们几辆菜车业绩还不错，给咱们社争了面子。"

五嫂说："这是您领导得好。"

窗外传来暮秋的蝉鸣，一阵一阵，忽远忽近。

孙大头努力睁开醉眼，瞄了瞄五嫂，说："看你累成这个样子。来，喝杯北冰洋汽水。"说着，就把汽水打开了。

汽水的泡沫溢了出来。

孙大头说："快喝。"

汽水白白的泡沫泛出瓶口，随着窗外的蝉鸣，不停地冒了出来。五嫂不好意思回绝，何况北冰洋汽水也有年头不喝了。

泛着白色泡沫的汽水有一点诱惑。

孙大头催促道:"喝吧,用不着客气,打也打开了。"说着拿过一个杯子,把汽水倒了半杯,递给了五嫂。五嫂依稀看到那只玻璃杯里好像还有些透明液体。

五嫂拿起杯子喝了两口,孙大头把另一半也倒了出来,说:"全都喝了,不然浪费了。"

五嫂只好把杯里的汽水全部喝光了。孙大头的声音忽强忽弱:"小宋同志,你的工作……"

只过了片刻,秋蝉的叫声显得那么刺耳,忽强忽弱,忽远忽近。

她觉得头有些发昏,眼前罩了一层雾,似隐若现。窗外太阳的光斑闪闪烁烁,窗户的形状也扭曲起来。她想站,又站不起来。迷迷糊糊地,她看到孙大头朝她走了过来,扶住了她,亲切地说:"怎么了五嫂?不舒服?"

五嫂觉得头皮发胀,眼前的东西游动着,桌子、电话、挂钟都扭曲着。挂钟"当"地打了两下,可现在十二点才刚过啊。

孙大头凑近五嫂,说:"涂雪花膏了,怎么这么香?"

五嫂更加迷糊了。她看着,看着眼前这个男人跟她凑得更近了。一个模模糊糊的人影,像孙主任又有点不像,忽然自己的丈夫董志明走近了她,抱住了她,紧紧地抱住了她。

董志民凑上来，然后开始解她衬衫的纽扣……

与此同时，会计沈萍早就离开了会计室，已经跑到派出所门口了。

在孙大头的办公室里，静静地，午后的阳光慵懒地照进来。办公室里的那个挂钟又"当"地打了四下。这钟也怪了，怎么乱打点呢？钟声传得远远的，又好像传了回来，在屋子里荡来荡去。慵懒的阳光照着办公桌上的办公用具，反射的光迷离恍惚。

五嫂觉得董志民还在抱住他，亲吻她的额头、眼睛、脸和嘴唇。

时光好像停滞了，朦朦胧胧的，有一种莫名其妙的声音朝她逼近，在朝她喊："五嫂，五嫂，五嫂……"突然一只手把似是而非的董志民拉开了。然后，又有一个拳头打过来，是一记重拳，那个人被打倒了。那不是董志民，还是孙大头这个人。

五嫂经过这样一下有些清醒了，她只看到了眼前的孙大头，而董志民消失了。

五嫂模糊地看到办公桌上有一把裁纸刀，闪闪发光的裁纸刀。孙大头抄起那把刀，猛然朝另一个人刺去、刺去。

那个人好像是赵海山。

赵海山住了一天医院，额头上缝了好几针。

孙大头行凶伤人，受到了处分。区供销社主任把他找了去，啧啧嘴说："啧啧啧，真是祸不单行啊，小孙。叫我怎么说你，给我们整个供销系统丢人啊。你说，为了一个半老徐娘，至于丢这份人吗？"他看了看孙大头的狼狈相，又说，"人说，徐娘半老风韵犹存。不错，那是书本上这么说，你是书呆子呀！好了，两份检讨：一份政治学习的，一份犯错误的，写好了，一块交给我。赵所长那里，别得罪，抽空儿，去看看人家，表示一下友谊。"

孙大头怯怯地说："这，这合适吗？"

主任瞪了瞪他，说："不合适也得去。现在你犯了大错误，只能低头装孙子，把老脸掖在裤裆里也得去。知道吗？仅仅给你降了半级，要不是我替你说好话，过得去吗？"

孙大头说："谢谢老领导。"

主任叹息道："都什么时候了，偏偏拣这种时候犯错误，知道吗？运动已经来了。"

五嫂当天吓出一身冷汗，回到家里发烧了。淑婷抱着一个西瓜来看望五嫂。

淑婷说："咱爸知道你受了欺负，非要找那个姓孙的算账，幸亏被我拦下了。你想想，七八十岁的老头子，打又打不过，说也说不过，不是白耽误工夫吗？再说，要是真动起手来，哪怕打人家一巴掌也得进监狱。老胳膊老腿的，进去了,还出得来吗?"

五嫂说:"那是爸的一片心意。你回去告诉爸,说那个人已经受了处分,就算报了仇,别惊动他老人家了。"

淑婷说:"我也是这么说爸的。戴着个资本家的'帽子',还不老实。"

五嫂说:"你是资本家的女儿,就老实了?说正经的,以后在单位尽量少说话。"

淑婷说:"我又不傻,什么轻,什么重,我还不知道?"

正说着,小白鞋来了。淑婷借故走了。

小白鞋给五嫂送来了一锅子鸡汤,说是给她补补身子,别把魂真的吓丢了。五嫂笑了:"哪有什么魂了?"

小白鞋说:"丢了魂的事,在我们乡下还真有。有一年,我婆家的三舅妈,一天半夜里上茅房,不知道冲撞了哪方神灵,回到屋里就开始说起胡话,声音也不是她的了,分明是我那死去十几年的老爷爷的。说什么在那边不顺,净受人家欺负,还说冬天了,买柴火的钱也不够,七七八八说了一大套,大家伙儿都吓坏了,请来了邻村的刘仙姑,说是丢了魂儿,得招魂儿……"她还要说下去,玉秀从医院里请来了一位小周医生。小白鞋只好走了,临走时还说:"赶明儿,再跟你说招魂的事儿,那真是邪乎,说说就把人吓个半死。"

周医生开了药,说:"没有什么大病,静心养养就行了。"

玉秀说，就是这位周医生介绍她进的地段医院。

周医生说："钱校长托我，没说的。我是钱校长儿子的要好同学，很哥们儿的。毕业后，他分配到了上海，我留在北京。钱校长是个很善良很有学问的长者，我读大学的时候，常去他家。他让我们听贝多芬、勃拉姆斯、柴可夫斯基，还请我们吃凤梨酥。他说，医者，仁者也。多接近艺术，可以让人变得慈悲。得，得，扯远了扯远了。可最近，钱校长无论如何不让我去他家了。他说，不方便，不情愿。我知道那是借口，怕我们受到牵扯。唉，也不知道这是怎么啦。"

玉秀说："批了'三家村'，区中心医院里的两个老医生成天溜着墙根儿走，不像原来那么神气了。"

五嫂说："秀儿，不许这么说人家。"

周医生说："董玉秀毕竟年轻，对政治一点都不懂。不过，在医院里，尽量别乱说话。"

周医生临出门时直嘟囔："可惜了，听不成柴可夫斯基了。的的的，咚咚咚……多美的旋律。"

送走周医生，五嫂说："小周医生真是好人。"

玉秀说："医院里好多人说他神经病。可我看，那才是真正的好人，没有虚情假意。"

五嫂抱住女儿，说："秀儿，妈没白疼你。"停了停，又说，"我想去看看赵所长，你看行吗？"

玉秀说:"怎么不行?为什么不行?"

"妈怕别人说闲话。"

"让他们去嚼舌根子。有什么啦,怕听蜥蜥蛄叫,还不种庄稼了?!"

这天傍晚,五嫂提了个点心盒子,进了派出所大院。真巧,遇到食堂的张师傅。

张师傅高兴地说:"五嫂,你来啦?我今天一直琢磨,这五嫂怎么也不来看看赵所长呢?别人不来,情有可原,可五嫂不应该不来呀。赵所长可是为了五嫂受的伤。那个什么大头,真不是个玩意儿,表面上人五人六的,其实一肚子坏水儿,说是赵所长的朋友,比他×的敌人还敌人,知人知面不知心啊。老实跟五嫂说,这个姓孙的还救过我老伴儿一条命,我应该感谢他,可我从心里就觉得这小子味儿不对。好了,我不啰唆啦。五嫂,你总算来了,我这心就放下了。走,我带你去所长的宿舍。"

赵所长住在派出所大院最后面的一溜平房中的一间。房子年久失修,阴暗潮湿的外墙上布满苔藓。石台阶上堆着不少炉灰,旁边的一个煤气炉倒在墙边,门窗上的玻璃有的已经被打破,用废报纸粘着。走到门口,张师傅说:"进去吧,可别待的时间太长,免得有人说闲话。"

五嫂走进房里,见窗上挂着一条洗得辨不出原来颜色的窗帘。屋子里暗黢黢的,五嫂站了一会儿,慢慢才看清赵海山躺在床上。五嫂走近他,赵海山挣扎着想坐起来。五嫂忙止住他,说:"躺着,别动,身子骨要紧。"

赵海山说:"你怎么来了?我没什么要紧的,耽误你上班了。"

赵海山头上缠着纱布,一点点污血渗了出来。五嫂问:"缝了几针?"

海山说:"没缝几针,小伤。"

五嫂背过脸,说:"都是因为我。"

"没影的事。我是为了别的事找他算账的。"

五嫂不言语。

海山说:"你回去吧。太麻烦你了,别耽误了上班。"

五嫂又朝前走了两步,更靠近海山,她看清了眼前这个男人的眼睛里闪烁着一丝奇异的热烈的光。那是她没有见过的,可又是她期待的。

五嫂打开点心盒,说:"吃块点心吧。食堂的张师傅说,你有一天没吃饭了。"

海山勉强笑了:"就是不饿。躺着不动,省粮食。"

五嫂直想哭,她回过头说:"赵所……海山,我,我对不住你,我知道,我全知道,你一直护着我。"

海山说:"别这么说,都是我应该做的。谁让我是董志民的朋友呢?孙大头那小子真不是东西,我还一直把他当朋友，想不到，唉，真想不到。五嫂，我真对不住你，让你担惊受怕了。"

五嫂连忙说："怎么能这么说，这种事，谁想得到呢？是我给你添了不少麻烦。"两个人都沉默着，过了片刻，赵海山说："你回吧，五嫂，谢谢你。"五嫂没有说什么，突然伏下身去，抚摸着海山的额头，说："还痛吗？"

海山说："小伤，一点都不疼。"

五嫂轻轻抚摸着，抚摸着赵海山的额头，突然，伏在海山的胸前嘤嘤地哭了起来。她喃喃说："海山，我知道你一直心里有我。我知道啊，可我得等志民啊，我，我不能亏欠了我家志民……我就是对不住你。"

海山轻轻地摸了摸靠在他胸前的五嫂的头发："岫烟，岫烟，我知道你的心思，你是个贤惠的妻子。可是，好人的命不应该这么苦啊，不应该啊。"

五嫂哽咽着说："我没法报答你啊，海山，我没法子……我对不住你……这辈子，对不住……"

五嫂轻轻地哭着，她望着眼前这个男人有棱有角又饱经风霜的脸，现在彼此靠得是那么近。五嫂从来没有这么近地看过这个男人，但她知道，他们之间永远隔着那么短短的距离，这段距离是一生一世逾越不过的。

过了一会儿，五嫂直起身来，背过身擦了擦眼角，说："我，我该回去了，海山，你保重。"

赵海山说:"五嫂,你等等。"说着从床边的小柜子里找出一只鞋盒,打开是一双白色的、高帮力士球鞋,说:"岫烟,这个给二龙。一直没机会给他。二龙有出息,将来一定能够成材。"

五嫂犹豫着是不是要接的时候,一个人影从窗外掠了过去。

赵海山的伤好了,刚刚上班,中午孙大头就约他在利民小酒馆里见面。

孙大头斟满酒,恭恭敬敬地举起,轻声细气地说:"赵哥,您能前来,就是给我孙某极大的面子,我谢谢你。"

赵海山不声不响,端坐在那里。本来赵海山不想赴这个约,孙大头请了两次也没有答应。无可奈何的孙大头,想到了派出所食堂里的张师傅。

张师傅家原先跟孙大头住同院,孙大头当了供销社主任后,单位给他分了房才搬了出去。这天,孙大头提了一盒杏花楼的点心、一网兜苹果,敲开了张师傅家门。张师傅开门一看,微微一愣,然后脸上勉强堆起笑,说:"哟,是孙主任。您可是稀客,快请进。"张师傅的老伴听见声响,从临时搭建的简陋厨房里走进屋子,热情地说:"是救命恩人来啦,快坐啊。老张,傻站着干什么,沏茶呀!"

张师傅手忙脚乱地招呼,又是洗茶碗,又是找茶叶。

张师傅的老伴撕开一包"红塔山"香烟,给孙大头点上了一支,有些愧疚地说:"过年的时候,老张正赶上咳嗽的老毛病犯了,没有去您那儿拜年。"

孙大头说:"用不着,用不着的。现如今,不讲这些老规矩了。再说,过年那几天,成天在单位值班,也没有时间招待客人。"

张师傅的老伴说:"做领导的就是辛苦。"

前两年,每逢年关,张师傅两夫妻总要去孙大头家里拜年、道谢。这件事是有缘故的。当初,孙大头还没有高升,还与张师傅住同院的时候,发生了这么一件事。一天早上,张师傅还在班上,他老婆忽然肚子疼起来,而且越来越厉害。当时孙大头刚要上班,见状,连忙跑到公用电话亭,打电话去派出所找张师傅。不知道怎么,电话就是没人接。孙大头不敢耽误,从公用电话亭慌忙跑回来,推着自行车把张师傅的妻子送到医院。医生说,幸好及时送来,病人是急性阑尾炎,已经穿孔,再晚一点送,恐怕命就难保了。张师傅欠了孙大头一个人情,也牢牢记着孙大头对自家的好。

眼下,孙大头不节不年的,提着点心盒子登门,一时间让张师傅摸不着头脑。尤其是前几天,孙大头出了那件丑事,他的出现更让张师傅觉得奇怪。

张师傅与孙大头面对面地坐了下来。孙大头喝了一口茶，赞道："好茶。"

张师母说："穷人家哪里有什么好茶，还是春天老张的侄子托朋友带来的，一直也没舍得喝。"

孙大头问："张师傅还有在南方的亲戚？"

张师母说："同父异母哥哥的孩子。那孩子有出息，上海交通大学毕业，留在学校当老师。比我们那两个丫头强多啦。"

张师傅说："我那个哥哥上过大学，儿子也就受了影响，成了大学副教授。这些天不是传着那么一句说什么，龙生龙凤生凤老鼠的儿子会打洞。想想，还真是那么回事儿。"

孙大头说："现在看，书读得多有好处，可不知道什么时候倒过来呢。"

张师傅说："孙主任莫非听到什么？"

孙大头没有正面回答，岔开话题说："大丫头在石河子农场还好吧？"

张师母说："能好到哪去？不是今天少这个，就是明天少那个，十天半月不给她寄东西就活不下去了。"张师傅也说："不管怎么说，咱们日子还混得下去。比咱们收入低的人家，要是有一两个支援边疆的，就难啦。你说是不是？"

孙大头说："条件当然比不上咱们北京，工业品少了点，想买高级一点的东西可能没有。不过，听说那边的粮食定量，比咱们北京要多不少呢。"张师母说："油啊，肉啊，都难买到，肚子里没有油水，可不就是多吃粮食。副食品供应好了，粮食就省下来了。"

孙大头感觉谈话涉及了政治，他不敢接话茬，便默默地抽烟。

屋子里静静的，谁也不说话。到这时候，张师傅也不知道孙大头到访的目的。张师母又给孙大头点上了一支香烟。孙大头猛吸了一口，终于开口说道："惭愧，惭愧啊。"

张师傅对孙大头的来意还是不清楚，不好接话茬。停了好一会儿，孙大头长长地吐出一口气，闷声闷气地说："醉酒乱性，醉酒乱性啊。"

张师傅明白了孙大头指的是什么，但是，还是不好接话。又尴尬了一会儿，孙大头说："我来呢，是请张大哥帮我一件事。"

张师傅总算接上话，说："孙主任，有什么事直说嘛。我能帮忙的，还不是一句话。"

孙大头看了看张师傅，又看了看张师母，才说："前几天，我犯的那个错误，你们一定也知道，我那天喝多了，又挨了领导批评，心里不痛快，就，就……反正我对不起五嫂，也对不起海山兄弟。我想正式给海山面对面地道个不是，可我约了他两次，都给我撅回来了。所以，请张师傅帮我这个忙，一是向五嫂道个不是，二是替我约约海山。"

张师傅看着孙大头满脸诚恳的样子，只好答应去说。又补充一句说："孙主任，我可以去说，不过不知道海山能不能给我这个面子。"

孙大头知道海山与张师傅关系极好，只要肯去说，没有不成的。张师傅还没有把话说完，孙大头就连连谢，吐了一口气，很快站起身来。

在利民小饭店里，赵海山坐着，看着对面这个多年的朋友，怎么看，怎么不认识了。人说，女怕嫁错郎，男怕选错行，其实，男人还怕交错朋友。男人交友不慎，会祸害自己半生，想不到他也摊上这种事。他觉得寒心，并不是因为自己挨的那一刀，而是为五嫂感到委屈。不管怎么说，附近几条胡同，人来人往的，哪里有不透风的墙？尤其这样的事，传得比闪电还快。胡同里的大妈大婶，巴不得有点什么风吹草动，尤其是有关男女之间的事，不管真假，添油加醋地还不唠叨个十天半月？五嫂每天要推着菜车子穿街走巷，如果看到别人在背后指指点点，她该多么伤心。五嫂又是极好面子的人，那些风言风语不是要了她的半条命吗？想到这里，赵海山觉得很对不住五嫂，更觉得眼前这个家伙可恨。

孙大头举着酒杯，举了半天，赵海山也没个响应，长叹口气，又放下了酒杯，说："赵哥，你就原谅我这一次，我是酒后乱性，我该死，我是个畜生，千不该万不该，我……我求求你……"说着扇了自己一个嘴巴子。他见赵海山还是没有原谅他的意思，腿脚一软，就跪了下去。

赵海山见不得这个，连忙上前搀扶。

"哥，你原谅我了？"孙大头被扶起来的一刻，由心地喊了一句，同时又狠狠地抽了自己两个嘴巴。

孙大头此时此刻真心地懊悔了，真心地向赵海山道歉。但是，五嫂那个美丽的影子一直萦绕在他脑海里。他恨自己没有志气，被一个半老徐娘迷得晕头转向，找不着北。可是他又知道自己本来就没有什么志气。一个胸无大志的人，看得最重的是自己的小利和那么一点点欲望。在赵海山面前他就这么低三下四地低头认错，说什么以后再也不敢打五嫂的主意了。

第二天，赵海山在派出所食堂里遇上张师傅。张师傅悄悄问："他找过您了？"海山说："找啦。唉，没法子，磨不开面儿，只好说既往不咎，原谅他了。"张师傅说："让您为难了。所长，我这个人也是一样：大事临头，就是磨不开面子，想把人家撅回去，就是张不开嘴。委屈您了。"海山说："谈不上委屈不委屈的，孙大头跪在我面前求我原谅他，一看他跪，我就一点辙也没有，我只好认了。我这个人，就不会做得绝一点。我这个男人没用啊。"

张师傅说:"就是因为太善良,坏人才会通行无阻。"海山笑着说:"老张,您这话说得有理。听您这话,有点哲学家的劲头。"张师傅哈哈大笑,说:"有掂马勺(炒菜的大勺子)的哲学家吗?太阳从西边出来了。"

两个人对视,一起大笑。笑过之后,赵海山琢磨张师傅那句话,就是我们不少人心地太善良,常常会宽恕那些心怀鬼胎的小人,常常会被他们的虚情假意所迷惑,也就助长了一些心怀鬼胎的家伙屡屡得手。

过了几天,董志民保外就医,回家了。

他先到二大爷的院子里,见过了老父亲。二大爷前些日子扭了腰,躺在床上,流着老泪,傻傻地看着宝贝儿子,口齿不清地说:"子不教父之过啊,志民,是你爸从小没有好好管教你,害了你了。"

董志民说:"爸,您千万别这么说,是儿子自己不好,犯了错误。儿子在监狱里面,认真想过,不应该做那些事,对不起您,也对不起岫烟。等儿子正式出来,好好孝敬您。"

二大爷喘了几口气,说:"要说对不起,你呀,对不起你媳妇啊。你知道他们在外面都、都过着什么日子?"

在旁边一直没有说话的五嫂这才说:"我和孩子们没什么,就是盼着你好好改造,早一天出来。"

二大爷看了看五嫂，长叹了口气，眼角滴下一滴眼泪。他明白，这些年不是五嫂辛辛苦苦支撑着这个家，真不知道会成什么样。二大爷定了定神，对五嫂说："你爹，我那个老亲家，有日子没有见着了，也不知道身体还好不好？"

五嫂说："我爸还好，经常惦记着您。听说您扭了腰，特别嘱咐我，多来看看您。还说，多劝劝您，如果能动，就得动动，活络活络筋骨，气血运行通畅，对身体有好处。就是别再登梯爬高的，到底是上了年纪，不能逞能啦。我爹还问我，给您开的丹方，记着抓药。苦是苦了点，可很管用，是我家祖传的秘方。"五哥说："良药苦口，良药苦口那是没有错的。"

二大爷不看儿子，却对着五嫂长长叹了口气，说："谢谢你爹的关照。唉，董家对不起宋大夫，对不起宋家啊。丹方我一直在用，有淑婷管着，不吃不行。你爸托人捎来的高丽参和云南三七，我还没用呢。跟你爸说，别那么用心惦记我老头子，一时半会儿还死不了。阎王爷嫌弃我呢。"

五哥说："爸，您想到哪去了。我，还没有好好孝敬您呢。"

二大爷看了看儿子，忽然提高了声音，说："志民，这两年爸常想，新社会了，老理儿行不通了。以往，不劳而获，当甩手掌柜，饭来张口，衣来伸手，可以。咱们家当初有那个条件,这就把人惯坏了。如今,干什么都得丁是丁卯是卯,不能干些歪门邪道的。从前,这个理儿我没有彻底想明白,现在我悟到了,你要好好想想啦。手里有钱,是好事,但也不见得。有钱,看你怎么想,仗着有钱,好吃懒做,出来的就是废物点心,没用!"五哥连连点头,给老父亲擦了擦头上的汗才退了出来。

从二大爷院子里出来,五哥悄悄拉着五嫂的手,半天没有语言。多少年了,他们这样手拉手地走在一起,这是多么大的奢望啊。

五嫂靠近丈夫,脚步放缓,想尽量把这段路走得时间长一些。

五哥攥紧了妻子的手,说:"手怎么这么凉?"

五嫂撒娇地说:"人家紧张嘛。"

五哥笑起来:"老夫老妻的,在一块走,有什么紧张的。来,挽着我的胳膊。"

风吹过来,暖暖的风吹过来,几朵柳絮飘过,拂到五嫂的脸上,痒痒的,让人心里有说不出的小小骚动。将近傍晚的阳光透过树叶的缝隙照射下来,五嫂觉得这天的夕阳是那么迷人。温暖的光,把人影拉得长长的。五嫂正背着阳光,她像少女一样,看着自己和丈夫的身影,缓缓地移动着。她想,这样的瞬间,有时候是那么难得啊。这么想着,就觉得握着丈夫的手有些发热。他们就这么走走停停地回到家。

晚饭时,五哥被二龙缠着,把那身新衣服穿好后才坐到饭桌前。玉秀还要爸爸穿上新皮鞋,五哥说什么也不穿。五嫂说:"算了吧,天也黑了,新皮鞋穿给谁看呢?明天再穿吧。"

淑婷带了一锅红烧肉炖粉条来,说:"我也来凑凑热闹。肉是爸烧的,他扶着墙,就是要烧这碗肉,怎么拦也没有拦住。"

二龙第一个下筷子,夹了一块红烧肉,大龙刚要责怪,就见二龙把那块肉放到五哥的碗里。五哥叹道:"二龙也懂事了。"

只有小龙和玉贞怯怯地看着父亲。五嫂说:"玉贞生下来还没有看到过爸爸呢。"

好菜好饭,一家子吃了个风卷残云。热热闹闹,筷子碰碗,碗碰筷子。五嫂给丈夫准备了啤酒,五哥也没动,说:"酒不喝了,改邪归正,改邪归正。"五嫂有些心疼地看着丈夫,这个董志民从前可不是这样的,哪顿饭离得开酒?就是家里最困难的时候,酒量减下来,也得抿几口。眼前这个人,真是变得规规矩矩、老实巴交、滴酒不沾了?不是,他只是克制自己,他看啤酒瓶的那个眼神,就知道他真想喝啊,但是,为了表示对家里人的歉疚,才没有喝这瓶啤酒吧。用志民自己的话说是，改邪归正了。这个有棱有角、桀骜不驯的汉子，就这样成了个小绵羊？五嫂看着丈夫胡乱地想象着，发起呆来。玉秀悄悄拉了拉她的衣襟，说："妈，你怎么不动筷子？"五嫂这才回过神来。

到睡觉的时候，五嫂对玉秀说："孩子，你将就着睡堂屋吧，铺盖给你准备好了。"玉秀说："我今天值夜班，值一个礼拜的夜班呢。"

五嫂知道，孩子懂事，她自己早就安排好了。

五哥疲惫地依在床头，翻弄着隔了几天的报纸。五嫂端进一盆水，说："志民，我给你洗洗脚。"

五哥坐直身子，说："不用，不用，我自己洗。"

五嫂说："前几天我就想好了。今天晚上，我一定给你洗脚，好好服侍你。"

五哥笑了："老夫老妻的，用得着吗？还是我自己来。"

五嫂说："今天不比平日。这些年，你在里面吃了不少苦，是为了咱们全家。我心里明白。"说着就蹲下去，给五哥洗脚。原先丈夫的脚细皮嫩肉的，如今黢黑粗糙，青筋也暴出来了。她有一点心酸，默默垂下头。五哥说："怎么，有点不高兴？"五嫂勉强一笑，说："怎么会，高兴还来不及呢。"

五哥摸摸五嫂的脸说："瘦了，吃苦了。不瘦也难啊。"

五嫂说："老啦，这么几年啦。"

五哥说："老，倒是不老，还是那么好看。算我有福气，娶了宋大夫的宝贝闺女。我董志民欠你的太多了。"

五嫂笑笑："净说没用的。夫妻图个什么？苦难夫妻图啥？行了，滚上床去吧。"

两个人睡在床上，五嫂有些不自在。多年了，没有同房，初婚似的。五哥在解五嫂的衣扣时说："还是那么白，怎么就晒不黑呢？"

五嫂笑着说："还不是老样子。白不白的，有什么用。"

五哥搂住媳妇，抚摸着她。多年来，他想象这一瞬，想象夫妻间的恩恩爱爱，那亲肤之情的温柔与缠绵。可是，刚开始就打了退堂鼓。五哥叹息："不行喽，不行喽。"

五嫂安慰道："不要紧的。过两天，习惯了就好。"

五哥也是这么想，好几年了，不习惯了。但慢慢会好的。

第二天，董志民穿戴整齐，还穿上那双新皮鞋，带着小龙想去供销社买香烟。路上，遇上小白鞋。小白鞋老远就打上招呼："哎哟，志民大哥回来了，恭喜恭喜。瞧，多神气啊，新姑爷似的，哪里像……哟，小龙又长高了。"

董志民客气地应着："是出来保外就医，不算释放。不过，也快了。您一向可好？"

小白鞋笑笑说："还不是凑合活着。志民大哥，我跟你家嫂子，亲姐妹似的。这几年你不在家，可苦了五姐。有句不中听的话，只能亲人之间说，如果你听到什么闲言碎语，可不能当真，胡同里嚼舌根子的，就怕天下不乱。"

董志民听了小白鞋不咸不淡的话，心里很不是滋味，买香烟的心情没有了。想了想，敲开了钱校长家的大门。

钱校长热情地说："志民好啊，前几天就听说要保外就医，一直替你高兴。瘦是瘦了点，可蛮精神。小龙，一晃也成大孩子了，该读二年级了吧？"

五哥说："钱先生说得不错，该读二年级了。听我家岫烟说，这几年多承您老照顾，一声谢，是表达不了的。"

钱校长说："哪里，这么说就见外了。"

正说着，郑妈送上茶来。郑妈是位近七十岁的江南妇女，操着上海话说："先生请用茶。"看了看小龙又说："迭鹏小朋友，卖相蛮好，登样。"

钱校长说："这位郑妈，是光复那年从上海带过来的。郑妈从年轻时就服侍家父，父亲过世后就一直照顾我。我是连油盐酱醋都弄不明白的，这么多年，要是没有郑妈在，我怕连西北风都喝不上啰。"停了停又说，"说起来惭愧，我和贵府也算得上世交。抗战胜利后的第二年，我从上海回北京，不料这个小院竟然被国军一位营长的姨太占着。多亏你三叔请了他的朋友，一位很有骨气的律师，居然打赢了官司。从此以后，我与你三叔成了莫逆之交。"

五哥说："我三叔曾经提起过这件事，那个营长的二姨太也太霸道了。不过道理在钱老师这边，况且还有房契，就是没有我三叔的帮忙，这官司也是打得赢的。"

钱校长说："那就不一定喽。国民党溃败的那两年，什么坏事做不出？简直疯狂到了极点啦。树倒猢狲散，狗急了跳墙，这帮人就像一阵风一样被狂风刮走喽。"缓了缓口气，问道："你三叔近来还好吧？"

五哥说："自从去年我三婶过世之后，三叔的哮喘一直没好，心境也差了许多。我的堂妹一家又去了南方，没有人照顾，日子过得不容易。"

钱校长只好叹息。现在，他又帮不上什么。他无奈地说："人啊，好汉不提当年勇。想当年，你三叔可是个走路生风的人物，结交的人物多，神通广大，说一不二。要不是当年他能请到那么好的律师，说不定我还要不回来这个院子呢。事后我想重谢你三叔，他说什么也不干。最后没法子，他说请他看场京剧就行啦。我没辙，请你三叔去吉祥大戏院看了一出《苏三起解》，我还记得清清楚楚，是梅兰芳扮演的苏三，萧长华演的崇公道。那真是绝配，顶呱呱的角儿啊，如今再也看不到喽。看看，我这满嘴跑火车，扯远了，扯远了。"五哥想，三叔的确有为朋友两肋插刀的豪气，可是外人不知道的是，他还会拿菜刀砍亲兄弟呢。三叔就是这么个人。

沉默片刻，五哥喝了喝茶，说："好茶。"

钱校长说:"这次保外就医,能有几天?"

五哥说:"说是两个星期。钱老师,这几年,我媳妇常常得到您老照顾,我……"五哥欲言又止。

钱校长问:"还有什么事吗?"

五哥说:"听邻居说,胡同里有些闲言,不知道有没有说什么?"

钱校长说:"贤侄,可不能听那些不着边儿的话。常言道:人言可畏,人言可畏啊。贤侄,听我老朽一句,别往歪处想那些。五嫂是走得正,光明磊落的人。"

五哥从钱校长家里走出来时,心情还是沉重了不少。

钱校长说得有道理,但那都是大道理,解不开他心里的纠结。

当正反两面的消息同时出现时,人,往往会选择负面。墨菲定律常常在无形之中左右着人们。

夜里,五嫂五哥同房时,五哥总是想着尚如水那几句不咸不淡的话,兴致也就大大减弱了,直到重回了监狱。

他们不知道这究竟是什么原因。没有人知道。

保外就医期间,五哥忽然想到了郭光燃,总觉得对不住那个白面书生,特地约他到"沙锅居"吃了一顿白切肉,算是赔礼道歉。席间,两个人像老朋友一样天南海北地聊了两个多钟头。五哥说:"在里边,心情不好,动不动就上肝火。"

郭光燃说："都一样，坐大牢哪有好心情的，高高兴兴坐大牢，我还没听说过。改造嘛，思想改造嘛。"

五哥说："这一生一世当中，有过这么一段，也算是痛苦的插曲吧。"

郭光燃说："董哥，你的这句话还蛮有诗意呢。"

两个人对视了片刻，竟然一同哈哈大笑起来。五哥居然笑出了眼泪。郭光燃说："来来，把酒干喽。今天是一醉方休。"

五哥也说："一醉方休。干。"

郭光燃说："我们是不打不成交啊。"

五哥说："提起来惭愧，我有点对不住兄弟。"

郭光燃说："不提了。"停了停，又说，"董哥，我说一句添堵的话，您别在意：当初您踹了我裤裆一脚，给我帮了大忙，至今我媳妇也没有怀上孩子。医院给我做了检查，说白了，就是跟太监差不了多少。不过这样子更省事儿啦，养个孩子有多麻烦呀。"

从沙锅居出来，五哥就更觉得对不住这个狱友。保外就医这些天，好几件事都不顺，五哥带着沉闷回到了监狱。五哥觉得，世上一切相遇，皆有其缘，碰到郭光燃，不是没有缘由的。这辈子欠下这笔孽债，什么时候算了结呢？

十

暴风雨来了,政治的风雨。

这一回,不像钱校长想的那样,轰轰烈烈一阵子就过去了。

没有一个人这样想到。

这一天,一群戴着红袖章的年轻人闯进了五嫂的家。带头的一个环视那些破烂不堪的家具,那多年不曾修葺的房间,说:"他×的,到这鬼地方来干什么?"

一个穿着旧军装、扎着铜头皮带、带着红卫兵袖章的中学生从人群里走出来,说:"他们家是坏分子家庭,必须得抄一抄。"

"革命不是请客吃饭。抄!"说话的这个胡铁,是大龙的同班同学,外号叫牛魔王。领头的红卫兵瞅了瞅胡铁,嘟囔着:"有他×的什么,就抄?一堆破烂儿。"他身边的一个女红卫兵说:"总得意思一下。"

胡铁来劲了，接着说："既来之则安之，搜他×个底朝天再说。"

几个戴红袖章的年轻人搜了半天，没有一点结果。两个毫无兴趣的人，随便砸了两个茶杯，说："没有他×什么反动的东西嘛。"

带头的那个年轻人说："说有变天账，在哪儿呢？什么变天？变得哪门子天？就这个破家，就这几个破人想变天？连小爬虫都算不上。"

牛魔王说："把那小子带上来就知道了。"

几个红卫兵押着大龙走进了房间。

五嫂一惊，说："你们，你们想干什么？"

玉秀扯了扯妈妈的衣襟。

大龙嘟嘟哝哝地说："我必须跟家里，跟你们划清界限。"

"界限，什么界限？你不姓董啦？"五嫂说。

大龙的声音更低了，说："这，这是革命行动。"玉秀朝着大龙嚷道："什么革命行动？你，你革到家里来啦。你糊涂了！"

打头的红卫兵说："啰唆个×啊，别他妈废话。董大龙，你老实交代，你老子是干什么的？"

大龙说："他，他是贪污分子。"

"说得清楚点。地、富、反、坏、右，他属于哪一种？"

大龙吭吭哧哧地说："他是、他是坏分子。"

牛魔王说:"还有呢?"

"他里通外国。"

"有什么证据吗?"

"没有。"大龙支支吾吾地说,"没有证据。但是有外国特务给我们家送钱。"

"嘀,有这种事?"挑头的红卫兵有了兴趣,提高了声音说,"证据呢?"

"没证据。"

一个女红卫兵长得很漂亮,扎着两根小辫子,说起话来却粗声粗气的。她说:"他×的,别废话了。证据有什么用?过去八百辈子的事,要他×什么证据?董大龙,你说,还有什么反动活动?"

"还有,我们家,有……"

"有什么?"

"封资修的书。"

几个红卫兵立刻来了劲头,七手八脚翻箱倒柜,终于把张恨水的几本书翻了出来。

"这就是变天账。"那个女红卫兵捋着袖管,指着五嫂说,"把她的头发剪了再说。看她还想不想顽抗到底。"

一个红卫兵翻出了一把剪刀,就要去剪五嫂的头发。

突然,二龙像猛虎下山般扑了上去,一口咬住那个红卫兵的手。剪刀掉到了地上。那人看看二龙,骂道:"他×

的，属狗的你啊。"

二龙疯狂地大叫："就是属狗的，就是属狗的，怎么着吧。不许你们欺负我妈。"然后对着大龙吼道："呸，你这个混蛋。"

那个女红卫兵上去打了二龙一巴掌，顺势又踢了两脚。二龙疼得倒在了地上。

五嫂不顾一切地扑过去，抱住了二龙。五嫂见二龙的嘴角流下了血，慌了，叫道："秀儿，快，快抱着弟弟去医院。"

二龙讷讷地说："是我，是我自己咬的。快，快把剪子藏起来。"玉秀朝地上的剪刀那里挪了几步，趁人不备把剪刀藏在鞋里。

那个女红卫兵骂道："真他×的是狗。狗崽子，你再咬我，我也要剪你妈的头发。"说着四下里寻找，嘟囔道："他×的见了大头鬼了，怎么一下子没了？"无奈地解下皮带，就要朝二龙打下去。突然，一只大手攥住她的手腕。女红卫兵睁大眼一看，竟然有一个七尺壮汉死死盯着她。而且那人竟然也戴着红袖章。那人声如洪钟，说："啊哈，自己的毛还没有长全，就打孩子啦！"

女红卫兵问："你，你们干什么的？"

"干什么的？你说呢？"大汉哈哈大笑，回过头，对站在他身后的几个人说："你们说，咱们是干什么的，哥们儿,她还问咱们呢!"

二龙这时候仔细看去,看到了许尔康正带来了十几个工人造反队员,一个个皮带扎腰,右胳膊戴着红袖箍。人群里竟然还有沈萍。沈萍看了看大龙,奇怪地说:"你,怎么,也造你们家的反?"大龙无言以对,低下了头。许尔康斜眼看看大龙,哈哈大笑道:"行啊,是爷门儿啊,大龙!不揍你妈两巴掌?"大龙猥琐地朝后退了几步,不敢正眼看许尔康。

许尔康哼着歌,走到那个女红卫兵跟前,说:"红卫兵小将,这里我们造反派接管了,没你们什么事儿,就这么痛痛快快地给我滚吧。我们是严肃的革命行动,革命不是请客吃饭。打小孩算什么本事?这就算你们的革命行动了?"

挑头的高个红卫兵走过来对着许尔康说:"我们造反,用得着你们指手画脚?你们是干什么的?"许尔康抬起胳膊给那个红卫兵看他的袖章,没好气地说:"瞜清楚,工人造反派。工人阶级领导一切,知道不?"那个红卫兵抬起手想去撸许尔康的袖章。许尔康后面的一个壮汉伸过手,对那个红卫兵只一捏,那个年轻人就"哎哟"着后退了几步。女红卫兵看看架势不妙,对站在一边的几个说:"我们走。把那几本反动的书拿着。"然后对五嫂说:"你们记住,我们还要来的。好好写你的检讨,向革命人民低头认罪。"

许尔康一把拉住那个女红卫兵,说:"书,给我留下,快滚!"

几个人丢下几本书,押着大龙就往外走。站在一边吓得直哆嗦的玉秀,突然发了疯似的,追到门外,对大龙喊:"大龙,从今以后,我没有你这个混蛋弟弟。"

大龙垂着头,跟着红卫兵走了。

五嫂透过敞开的房门,望着大龙离去的背影。看到那午后的阳光,把一个个人的影子拉得长长的,投射在青砖地上;听着那群人叽叽喳喳的怪叫和嬉笑声。而大龙被甩在最后,被那个女红卫兵押着走出大门口。她想,大龙这是怎么了,脑子中了什么邪?还是被人逼迫,不认亲娘了?大龙是那么老实,那么欢喜上学,那么用功,怎么一下子变得不认识了?

她想不明白。

许尔康带着他的小兄弟回到大众机器的厂长办公室。他们这支工人造反队,在厂里算是力量最强、人数最多、权力也最大的,厂长办公室也就顺理成章地成了他们的指挥部。

厂长室办公桌上的玻璃早被打破了,台灯的玻璃灯罩也不知去向,沙发上的白色罩布满是脚印。许尔康倚在一把椅子上翻着那本《啼笑因缘》,他看着看着,来了兴趣,不停地翻阅着。说实在,许尔康平时几乎不看小说,甚至连报纸也不看一眼。当然,现在革命了,报纸不能不看,那上面的文字就是一颗颗子弹啊。可眼下的这本封资修的东西,看起来却那么引人入胜。

厂办公室的嘈杂声不停地传到许尔康的耳朵里,让他不能专心地研究这棵大毒草。这让他有点心烦意乱。于是,他挥了挥手,大声说:"都,都散了吧。"

那个高大的工人师傅说:"许司令,晚上还有什么行动?"

暂时没有。

大个子师傅又说:"今天咱们跟那些红卫兵干了一架,大方向有没有问题?"

"有什么问题?'文化大革命'是斗小孩子的?是胡闹吗?这是一场你死我活的大革命,是严肃的阶级斗争,懂吗?如果你家三柱给人家打了,你不放个屁?那些毛孩子戴个红袖箍就吓唬住咱们了?毛孩子就是毛孩子,顶不了大梁。搞革命还得靠咱们工人阶级,搞无产阶级文化大革命,更要靠我们。工人阶级领导一切嘛。你没有学过社论?"

大个子不说话了,过了片刻嘟囔道:"那些红卫兵可不是吃素的,过几天他们又来闹腾,怎么办?"

"怎么?我们革命工人造反队就是吃素的?这一片就是我们的阵地,我们的地盘儿,有地盘就有权,我们就是主子。别人休想抢我们的。懂吗?放心,老廖,出了问题我兜着。"

许尔康瞥了一眼坐在门边沙发上的沈萍，对那个大汉又说："暂时没有什么行动了，等命令吧。今天大伙儿辛苦了，回去休息。"

众人往外走的时候，许尔康说："小沈，你先留一下。"沈萍不情愿地又坐回沙发。待众人走出后，许尔康靠近沈萍说："你爸在里面有吃有喝的，也没怎么挨打，你放心。"

沈萍埋怨："本来你答应我，放我爸出来的。"

许尔康说："现在？现在放你爸出来，不是找倒霉吗？你不是不知道，今天这个造反派过来，明天那个造反派过来。哪个造反派都有权斗你老爸。其实，关在里面最安全，少吃多少苦头。再说，厂里的情况你不了解。我们这里分成三四派，你盯着我，我盯着你，恨不得吃了对方。现在放了你爸，不是害了他？"

沈萍的爸爸在大众机器厂是副总工程师，算是学术权威了。近来，连同厂长和几个工程师、车间主任等都被关进了厂里的材料仓库里。为了这个，沈萍才走进了大众机器厂求许尔康帮忙。

许尔康察觉到沈萍的不高兴，便拉起沈萍的手，说："放心，只要有机会，一定先放你爸爸。现在放，可以，我一句话就可以放你爸出来。可是，你爸出来了，又被别的造反派关了起来，我可就没办法了。到那时，后悔都来不及啦。我这是为你着想。听你的，如果你一定要放，我现在就去布置。"

许尔康的话,把沈萍说得没有了主意。她喃喃说:"就没有别的办法了?"

许尔康说:"现在是最好的办法。看看再说。"

沈萍不高兴地扭过头,不看许尔康。许尔康讨好地把那本《啼笑因缘》递到沈萍眼前:"给,偷偷拿回去看。以后可没有机会看这种书了。"

沈萍把书打到地上,说:"我才不要看这些封资修的东西。我要你放我爸爸出来。"说着轻轻哭了起来。

许尔康蹲下搂住沈萍的脖子,说:"好了,好了。我一定尽力。"然后摸了摸沈萍的脸颊,说:"看,把白嫩的脸哭皱了。"

沈萍抬起泪眼,说:"可别骗我!"她镇定了一下情绪,说:"尔康,我就奇怪,你干吗去帮五嫂他们?"

许尔康欲言又止,犹豫着说:"打小孩,我看不顺眼。"

沈萍说:"我才不信呢。"

的确,许尔康冒险去帮五嫂,是为了报答几年前董志民对自己的帮助。但是,还有更隐秘的原因:五嫂的美貌让他一直动心,他有些舍不得。这些,当然不能跟沈萍说。

五嫂被抄家,大龙造反,离家跟着造反派走了。玉秀把这个惊天动地的消息原原本本地跟淑婷姑说了。玉秀说:

"我真的奇了怪了,大龙像中了魔一样,造自己家的反,还把有人接济咱家钱的事儿也说了出来。谁都不知道这钱是哪位好心人给的,大龙竟然说是外国特务给的。这不是没影儿的事吗?"

淑婷来看五嫂。看见五嫂拿着刚洗干净的大龙的衣服,坐在床边发呆。

淑婷用手在五嫂眼前晃了晃,五嫂一激灵,长出了一口气。淑婷说:"大嫂,你怎么了?迷症了?大龙糊涂,傻,鬼迷心窍了?不认亲妈了?这是怎么啦?"

五嫂站起身来,问:"咱爸那边没有抄家吧?"

淑婷说:"想得倒美,能不抄吗?房顶差点儿捅了个窟窿。可老爷子瘫在床上,红卫兵也不能抱着他斗吧?翻出几根金条,拿走了事。你说也怪,爸藏了那么多年的金条,我从来就没有找到过,红卫兵怎么一抄就抄到了呢?这帮红卫兵我算是服了,神通广大。金条让人家拿走了,老爷子还说,早晚得还回来,早晚得还回来,又不是他们的,早晚得物归原主。我心想,真是白天做大梦。人家抄走了,会还给你?要还,干吗还抄走呢?费那牛劲,不是吃饱了撑的?"

五嫂说:"咱爸那是心疼那些金条,心里找个安慰。还回来,恐怕是难。你可别跟咱爸挑明了。"

淑婷苦笑道:"当然拣好听的跟老爷子说啦。让他做梦吧,总比整天念叨强。我应该跟老爷子说,等金条还回来时，说不定还会给点利息呢。"五嫂说："可别这么说，这么一说，咱爸会不相信的。"淑婷说："我当然不会这么说，谎话说大了，就会露馅儿。"五嫂亲昵地说："你个鬼丫头，将来嫁了人，让你婆婆好好整整你。"淑婷说："哼，我才不嫁人呢。"五嫂说："到时候就由不得你啦。"

自从大龙跟红卫兵走了，五嫂就眼睛发直，一天吃不了三两米。她让二龙到处打听，怕大龙冻着、饿着，会不会让人家打。二龙总算打听到哥哥的下落，高高兴兴地向五嫂汇报。

五嫂问："你哥住哪呀？夜里有被子吗？"

二龙说："咱们真是戏台底下掉眼泪。人家有吃有喝，冻不着，饿不着，滋润着哪。"

五嫂板下脸说："怎么说话呢，那是你哥。"

二龙吐吐舌头说："我该打。正式向您汇报。"

原来，大龙跟着那群红卫兵走了之后，就住在牛魔王胡铁家。大龙不想白吃白喝人家的，就到地铁工地去做小工。当时，北京第一条地铁已经开建。那时没有盾构机，用的是开挖式，就是从地面向下开挖的，土方工程量非常大。大龙很容易找到了工作。五嫂听了二龙的详细报告，长出了一口气："孩子大了，由不得妈啦。可是，他怎么就不回家来看看呢？"

大龙从此十来年没有回过家。上山下乡一来就报了名，和胡铁一起去了黑龙江农场。

五嫂认为,从此丢了这个儿子。她常常想起大龙的做事认真、为人老实、读书用功,遇到大事会帮大人出主意。五嫂无妄地问自己,是上辈子欠他的呢?还是他这辈子来讨债的?

五嫂常常在睡梦里梦到大龙穿着军装回来,向她敬了一个标准的军礼。五嫂笑着,大龙也笑着。五嫂问,怎么就不往家里捎个信呢?大龙说,我现在是做保密工作,为了国家安全,舍小家,为大家,一点也不能含糊。大龙的个子又向上蹿了一截,肩膀也宽了,面孔也有棱有角,变成浓眉大眼的愣小伙子了。五嫂说,让妈好好看看你,大龙却突然往后退,退着退着,脸上露出一丝苦笑,然后像雾一样蒸发了……醒来后只有凄凉的月亮挂在窗外。

日子就这样冷冷清清地过去。本来说,这场运动弄个一年两年就过去了。可是,没完没了啦。

有一天,小龙跟五嫂要了一毛钱,说好多日子没有吃冰棍儿了,想去买冰棍儿吃。小龙买了两根,想着一根给哥哥二龙。不料还没有回到家,肚子就疼起来。小龙朝家里跑时,看见附近有间公共厕所。小龙顾不得手里的冰棍儿,丢下心爱的冰棍儿,到处找手纸。忽然瞥见墙上贴的大标语的一角被风掀了起来。小龙慌不择路,上去一把撕下一角，进了公共厕所。

不想，那张大标语是非常革命的，上面大书：无产阶级文化大革命就是好，就是好。

这样的豪言壮语，竟然有人撕毁、破坏，成何性质？事情报到革命委员会，委员们认为，这样的反革命行动，背后可能有长胡子的人指使。

小龙成了小反革命。仔细一查，父亲是坏分子。

当时，孙大头因为在区供销社对社主任的斗争中表现得坚定勇敢，受到革命造反队的拥护，因而成了街道革命委员会主任。

孙主任决定开一次批斗大会，彻底打压董小龙的反革命气焰。

地点选在铁香炉胡同的小广场。

那铁香炉原是一个死胡同。胡同到底有个不到一人高的小庙，供着财神赵公元帅。早年，小庙前有只半人多高的铁质香炉，胡同故而得名。大炼钢铁那年，香炉被人拿去炼成了铁疙瘩，小庙却暂时保留了下来。有庙没有香炉有点不像话，于是热心而糊涂的人，不知道从什么地方找来了一个石头刻的小香炉，代替了那个铁的。有人还偷偷地在石头香炉里插上香，给赵公元帅烧香跪拜。周围邻居们说，这个小庙换了香炉，居然更灵验了。说是有个糊涂老婆，把一个月的工资弄没了，丈夫急得跳脚，扇了糊涂女人两个耳光，逼得女人要跳护城河。幸亏丈夫求了小庙的财神菩萨，老婆居然在枕头套里找到了救命钱，一家人皆大欢喜。街谈巷议的事儿，当然真假难辨。人们在转述中添油加醋，更是把这个小庙说得神乎其神。到了"文化大革命"，人们觉醒了：这不是明摆着宣扬迷信吗？于是，红卫兵小将们三下五除二就把小庙扒了，把财神的头取下来，当了足球。胡同里的居民趁机拿走砖头回家改装灶台去了。就这样，胡同走到头的那块地方，也就成了可以容下四五百人的空场。平时，孩子们在这里踢小皮球，小伙子们半夜三更还在这里打排球，搞得四邻不安。有人一张状子告到革命委员会。管委会来人训斥说，如今革命了，而且是文化方面的革命，体育也算是文化吧，这个不懂吗？于是，孩子们老实了，小伙子们也收敛了。一时间，胡同安静了几天。想不到，这个破地方有朝一日成了干革命的好地方。孙大头看中了这里，命人搭了个临时的斗争舞台，还特意请来西城的红卫兵助阵。

一切就绪。西城红卫兵首先把小反革命董小龙押上台，接着押上五嫂，为了增加革命气氛，把"破鞋"小白鞋和反动学术权威钱云圃也押来陪斗。按孙大头的意思，这样才显示出这次批斗会的分量。

天热，被组织来的几百个群众，挤在一个小广场上，没多久一个个弄得大汗淋漓。汗臭味儿四下扩散,苍蝇蚊子闻风而动,铆足了劲儿叮咬人们。不少人被蚊虫叮得心烦,嘟囔着叫喊着要回家。回家可没有那么容易,出入口早有四五个红卫兵把死了,进得来出不去。于是,牢骚、埋怨,低声骂娘的,大声说下流话的,此起彼伏。还没有开会,军心就不稳了。西城红卫兵的头头埋怨说:"建议你们晚上再开会,就是不听,怎么样,革命群众军心涣散了吧?"

批斗会主席孙大头双手一摊,说:"没有经验,下次吸取教训。"西城红卫兵头头说,唱革命歌曲吧,鼓励鼓励士气。这一唱歌不要紧,秩序更加混乱:有唱F调的,有唱G调的,节奏有快有慢,有两个家长带来的小孩被蚊子蜇了,放声大哭,与革命歌曲混成了一锅粥。

革命的红卫兵里还是有高人,他说,还是喊口号吧,口号容易。于是又喊革命口号:"无产阶级文化大革命万岁!""横扫一切牛鬼蛇神!""打倒帝修反!"

还真灵,口号一喊,声音齐整了,被蜇的孩子吓得不敢哭了,革命斗志立刻高涨了起来。

出这主意的高人,不是外来的神仙,而是南桃园胡同三号的假丫头。

假丫头是他的外号,真名姓陆单名一个寒字。陆寒是个高中生,在南桃园胡同本是个默默无闻的主儿,平时见到生人连话都不敢说一句，别人问他什么，回答时脸面会红到耳朵根。但是，陆寒功课极好，每次考试不出前三名。邻居说，这个孩子是个读书的料，可性子明明就是个大姑娘嘛，送子观音八成把他投错了胎。

就是这么一个十分内向的少年，"文化大革命"一来，变成了另外一个人，连他的亲妈都觉得奇怪。

也许是真的触及了灵魂，也许是触及了哪根过敏的神经，反正陆寒像久睡的懒猫忽然睡醒，活跃了起来。在胡同里不仅带头押着四类分子游街，还领着一帮半大小子和不用功的傻丫头，今天抓这个，明天斗那个，像打了鸡血。

会场上人们喊革命口号时，声音过响，而且不断地挥舞拳头，把站在台上的小龙吓得尿了裤子。八月大热天，裤子很快就半干不干了。最倒霉的是跪在他身边的小白鞋，尿骚气不断地飘过来飘过去，熏得她直想吐。

批斗对象被押上台的时候，人们才发现革命行动准备不足。因为，这群反革命还没有挂牌子。按当时造反派的规矩说，凡是要批斗的人，都要挂牌子，表示师出有名，或者说批斗者和被批斗者都是货真价实的。

假丫头陆寒抓了抓后脑勺，说，用不着挂牌子，咱们来新鲜的：给五嫂挂"项链"，五嫂不是偷菜贼吗？那就把烂西红柿、烂洋葱头、土豆、柿子椒串成一串，挂在五嫂的脖子上；"小白鞋"尚如水的项链由几只破鞋串成，她不是净"搞破鞋"吗；钱校长没有"项链"可挂，只能找一块纸板，上面大书"打倒反革命学术权威钱云圃"，在钱云圃三个字上画了大红叉，红叉表示战无不胜的革命专政。

孙大头说好，西城红卫兵也说好。

于是，就叫五嫂、尚如水和钱云圃重新打扮上台。有个女红卫兵叫喊着让浑身尿骚臭的董小龙也跪下。孙大头刚要去拎小龙的衣领，就被赵海山揍了一拳。赵海山朝着孙大头和那个女红卫兵大喊："那还是个不懂事的孩子，你们瞎了狗眼！"红卫兵头头捋了捋袖子刚要上前动手，章大爷一个箭步蹿上台，说："行啦，就这么着吧。还不够吗？孩子绝不能跪！天理不容。"

红卫兵头头说："什么天理不天理，我们是造反有理。"章大爷说："你们有你们的理，而我们平头百姓有百姓的规矩，让一个屁大的孩子无缘无故下跪，是伤阴德的，闹革命是大人的事儿，跟小屁孩儿有什么相干？你们是不是想把刚生下的娃娃也拉来斗一斗？"

红卫兵头头说不过章大爷，来横的，仰着下巴问："他×的，你是哪根葱啊？你算老几？"章大爷冷笑着说："我算老几？我是你祖宗！我在朝鲜打美国鬼子的时候，你还穿开裆裤呢！"

台下一片哄笑。

红卫兵头头的火立即被挑了上来，解下铜头皮带就要去抽章大爷。孙大头连忙说:"他真是老红军。动不得。"

红卫兵头头这才熄了火。

主持大会的孙大头无可奈何地说:"那小反革命就不用跪了。"

骚乱了一阵子,会场才算安静下来。燥热的空气似乎凝固。经过这么一顿折腾,人们身上散发的气味更加浓烈,几乎令人窒息。喊口号也喊累了,各个像霜打的茄子,呆头呆脑地站在那里。几个西城红卫兵也敞开领口,不停地喘着粗气。

孙大头走到麦克风前,咳嗽两声说:"革命的同志们,我们现在开会,开斗批地富反坏右的斗争大会。现在,四海翻腾云水怒,五洲震荡风雷激,在今天革命形势大好的前提下,形势一天比一天好,好上加好,所以,我们要把地富反坏右坚决打倒,再踏上一只脚,叫他们永世不得翻身。"

孙大头的开场白好像卡了壳,一时没有了下文,急得他额头上滚下黄豆大的汗珠子。假丫头连忙"救场"高声喊:"文化大革命就是好!""坚决打倒牛鬼蛇神!"孙大头喘了一口气,继续说:"我们就是要把一切害人虫、小爬虫,通通揪出来,斗倒斗臭。高举文化大革命的红旗,把他们扫进历史的垃圾堆。现在,请革命群众上台揭发批判。"

孙大头的豪言壮语没有得到反应,就像一个铁疙瘩扔到棉花堆里，一点声音也没有。会场上静静的，只有人们热得喘气声。静了几分钟，红卫兵们沉不住气了。那个女红卫兵开始骂街："他××的，开会之前一点准备也没有，吃饱了撑的。"

假丫头看看实在不像样子，走到麦克风前说："我来揭发盗窃分子宋岫烟，她借着卖菜的机会，盗窃公共财产，贪污供销社的菜钱。宋岫烟，你老实交代，有没有这事儿？"

五嫂说："烂的菜我都按着好菜的价钱上交给供销社了。"

假丫头说："你太嚣张了，到现在还不老实。"

台底下有人说："假丫头，你又没有买过菜，怎么知道的？"

假丫头说："我听我爸妈说的。"

台下又有不少人嘟囔。

有人起哄："让你爸妈上台呀。"

假丫头的爸妈都没有来开会，他只好退到一边去。

孙大头上前说："陆寒的爸妈不能做证，我可以做证，宋岫烟就是一个贪污犯。我当时是供销社的主任，有百分之百的权利这样说！"说着环视会场，"还有谁揭发？"

许尔康犹豫着走到台前，喘了两口气，说："我，我来揭发搞破鞋的坏分子小白鞋。这个女人生活作风不正，家里面经常来不三不四的男人,这些男人不知道哪儿来的,也不知道去干什么。大家伙儿想一想就明白我说的意思了吧?再说,前几年,已经老大不小的了,还穿苏修的布拉吉,所以说,她不仅是坏分子,还是修正主义分子。打倒帝修反!"许尔康自己带头喊起口号,可是没人响应。

忽然有人在台下吃吃笑着说:"小白鞋搞破鞋,你是怎么知道的?"

另一个人说:"他看见了吧?"

"许尔康,你说说,她怎么搞的?让我们也开开眼。"

西城红卫兵实在听不下去,头头叫道:"严肃点,大家严肃点。我们是革命大批判。"

"这不是正在批着吗?"

"我看挺革命的。革命到炕头上去了。"

"许尔康,你说说,她怎么搞的破鞋?"几个坏小子起着哄,哈哈笑起来。

假丫头连忙带头喊起革命口号:"无产阶级文化大革命万岁!""无产阶级文化大革命就是好,就是好!"

在台上,小龙的尿骚气弥漫开来。这气味,尚如水还能忍受,可是挂在脖子上的那几只破胶鞋,经太阳一晒又酸又臭,时间长了尚如水实在坚持不住,猛然晕倒了过去。会场混乱起来。一个高个红卫兵骂道:"臭娘们儿,还会装死。"上去就要抢皮带。孙大头连忙上前,试了试鼻息,忙说:"真的晕过去了。快,快,谁有十滴水?"

人们又是一阵混乱。上来两个中年妇女,掐人中、扇腮帮子,折腾了一阵,小白鞋总算苏醒过来。

忽然,钱校长轻轻笑了两声。群众又是一阵大乱。红卫兵头头骂道:"他×的,挨斗还笑。"

许尔康带头喊起口号:"打倒反动权威!"

红卫兵纠正:"学术,学术权威。"

许尔康连忙喊:"打倒反动学术权威!"

口号声中,钱校长用尽平生力气说:"报告红卫兵小将,我这牌子写得不对。我只是一个小小的中学校长,跟学术权威差得远了。"

女红卫兵一边解下皮带,一边说:"他×的,还挺嚣张。挨斗也要讨价还价?他×的!"说着抡起皮带,上去猛抽了几下钱校长。钱校长仍旧倔强站稳,忽然用尽全力喊道:"有位高人说过,公理发现以后,从此世界上没有可被武力完全屈服的人。是这样吗?你们说,是这样吗?"

没有人应答,的确,人们不知道这个"权威"在说什么。这句话,什么意思?

钱校长环视了一下会场,莫名其妙地笑了笑,忽然掏出上衣口袋别着的关勒铭金笔,拧开笔帽,猛然朝自己的左眼扎去。赵海山以迅雷不及掩耳之势,跳上舞台护住了钱校长。但是,钱校长的左眼还是流出了鲜血。章大爷随即也上了舞台，帮着赵海山。

钱校长仍旧艰难地站着，大声喊道："眼不见为净啊，我眼不见为净！这难道也不行吗？"

台上台下大乱。

孙大头带头喊起口号。天太热，群众嗓子冒烟，喊不响了。两个女人轻轻地哭了。

红卫兵头头骂道："这老东西说的什么屁话？听不懂。老家伙疯了吧。"

会场上没有人听懂钱校长的这句话。没有人听懂。

突然，一个高亢的声音响了起来："昨天的月亮，走——喽——"

"昨天的月亮，走——喽——"

"昨天的月亮，走——喽——"

是常家二少爷出场了。

红卫兵们刚要上前动武，孙大头说："他是疯子。小将们，他是疯子。惹急了，他会动菜刀。你们看他头上的疤，是自己砍的。这家伙是不要命的主儿。"

这句话很起作用，红卫兵小将们虽然厉害，但是都还要命。何况，跟一个疯子有什么可斗的？于是，红卫兵头头宣布："今天革命的批判大会结束，胜利结束。"

章大爷就势把躺在血泊中的钱校长背起来就走。赵海山过去帮着，说："怎么办？怎么办呀？"

章大爷说:"还怎么办,送同仁医院!"

这才点醒赵海山,他说:"还是我来背,这么远的路呢。"

忽然,二龙推着五嫂卖菜的菜车赶过来。章大爷说:"还是二龙聪明。快,快着吧。"

人们用菜车推着钱校长去了医院。这场带血的批斗大会就这样圆满结束了。

钱校长被送到同仁医院。赵海山刚走到挂号处,掏出钱来准备挂号,从旁边踱过来一位穿白大褂的中年女人。那人身材高挑,长得蛮漂亮,却粗声粗气地说话。她说:"干什么?"海山说:"挂号呀。"

"谁看病?"

海山朝钱校长指了指。

"干什么的,怎么了?"

海山有些来火:"没看见吗?眼睛被扎了。"

女人不依不饶:"什么成分?四类分子吧?"

"不是,不是,绝对不是。我是派出所所长。"海山又指了指身边的章大爷说:"我们这位是老革命,参加过抗美援朝。"女人撇了撇嘴:"噢,老革命。有证明吗?我还是中央文革的呢,你信吗?你说你是什么所长,口说无凭。证明你拿给我看。"海山有点发急说:"我有工作证。"说着就去掏工作证。女人冷冷一笑:"这早晚还用什么工作证,工作证有用吗?你们先别挂号了,办好手续再来。"

章大爷在一边看不下去了,骂道:"废什么话,他×的,你给我滚得远远的,不然,老子不客气啦。"边说边就捋袖子。女人不慌不忙地说:"怎么,想打人?"她拍了两下手,就有两个带袖箍的年轻人横过来。海山焦急地说:"别、别,我们不想打架,求求你们帮帮我们这位老同志,他的眼睛不能耽误呀。"那个漂亮女人说:"这是革命人民的医院,不给反动分子治病。"海山央求道:"我们可以证明,可现在来不及回去办。求你们先让我们挂号,我们这就回去补办。"

女人说:"那不行,这是规定。"

正僵持着,忽然二龙带着脏兮兮的红卫兵袖箍走了进来,说:"怎么搞的?磨蹭什么?送完病人就回去开会了。快着点。"那女人上前问:"这位小将,你是……"

二龙梗着脖子说:"跟你汇报啊?你配吗?我问你,你干什么的?我,纠查队。没听说过?"医院里的那两个年轻人听说,往后退了几步。那个漂亮女人的态度也软了下来。钱校长总算住进了医院。

走出医院。海山问二龙:"你真是红卫兵?纠查队那么厉害?"二龙说:"红卫兵袖箍是我在医院门口捡的。"海山拍着二龙的肩膀,说:"有你小子的。"

十一

批斗会开过第三天,二龙在胡同里碰上陆寒,真可以说是仇人相见分外眼红。陆寒一边低着头看一张报纸,一边哼着《造反有理》的曲子。二龙大喊一声,把陆寒吓了一跳。

二龙拦住陆寒的去路,说:"假丫头,你听着,前天你喊口号斗我妈,斗我弟弟,过两天,我找几个红卫兵去斗你老爸。"

陆寒较真地说:"为什么?你凭什么斗我爸?"

二龙理直气壮道:"凭什么?他×的造反有理。你爸是区图书馆的馆长,是当权派,走资本主义的当权派,怎么不应该批斗?"

陆寒说:"我爸只是个小小的图书馆的馆长,算什么当权派?"

二龙"哼"了一声,说:"是不是当权派,不是你定的吧？你说不批斗就不批斗了？"

陆寒一时无言以对，脸红脖子粗地说："你敢，你敢。"

二龙说："你看我敢不敢？让你老爸等着吧！"

不知道怎么，陆寒忽然抬了抬手。二龙不知道他要干什么，卷起袖子，吼道："怎么？想打架？"

陆寒说："我脖子后头痒了，我想挠挠。我不打架，要文斗，不要武斗。"

二龙坏笑了一下，说："我看你就是想打架。怎么样？打就打。别看你比我高，你是个儿（对手的意思）吗？"

陆寒这下子被逼到墙角，他想先下手为强，伸手就去抓二龙的衣领。二龙用手一挡，顺势双手攥住陆寒的手臂，一个"大背胯"，把陆寒摔倒在地，接着，上去两脚，踢在陆寒的屁股上。陆寒本是个书呆子，打架是外行里的外行，见二龙又要踢第三脚，连忙抱住二龙的腿，用力一扯，二龙倒在了陆寒的身上，砸得陆寒直叫妈。两个人就势滚打在一起。陆寒也就只有招架之功没有还手之力。过了片刻，二龙看到陆寒磕掉了一颗门牙，血流得满嘴都是，心一下子软了下来。站起身，对着陆寒啐了一口，说："这才叫武斗，懂不懂？"说完，扬长而去。

二龙浑身泥土地走回家，悄悄到厨房去洗衣服。不巧，玉秀拿着脏衣服进了厨房，猛然看到屋角一个黑乎乎的人影，吓了一跳,"哇"地叫了起来。二龙瓮声瓮气说:"叫什么叫?"

玉秀这才看清是二龙,骂:"死不了的二龙!干什么你!"

二龙说:"别嚷,我洗我的衣角。"玉秀上前看了看,说:"踢球会踢成这样子?"

二龙说:"不是踢球,是打架。"

玉秀说:"好哇,又跟人打架,一会儿我告诉妈去。"

二龙说:"告诉什么告诉,我狠狠揍了假丫头一顿。"

玉秀开心问道:"真的?"

二龙说:"谁还骗你。我把那家伙的门牙都打掉了。"

玉秀笑得差一点背过气去,说:"解气,解气。来,把衣服脱下来,我给你洗。"

二龙边脱衣服边说:"可别告诉妈。"

玉秀说:"当然不告诉。"

二龙就把事情的来龙去脉都跟玉秀说了。

玉秀问:"你真的能找一帮人来斗假丫头他爸?"

二龙说:"我就是吓唬吓唬这个土鳖。跟我踢球的几个伙伴,家里离咱们这里都太远,喊他们也不会来的。"

玉秀说:"你这家伙,成吹牛大王啦。真的打掉他一颗门牙?"

二龙说:"那当然。向毛主席保证。"

玉秀说:"真解气。我请你吃糖葫芦。"

说来也巧，过了两天，玉秀在胡同口碰上了陆寒，见那家伙低着头想赶快从她身边溜过去。她想狠狠骂他两句，忽然看到陆寒嘴角肿着，一颗门牙也没有了，顿时生出一丝怜悯，就没有骂出来。两个人默默擦肩而过，玉秀忽然又转过身，说："姓陆的，你的嘴还疼吗？"

陆寒也站住了，说："还是有点疼，不过好多了。"

玉秀说："我弟弟从来不打人的。你们是怎么打起来的？"

陆寒说："我当时也弄不清，反正我们俩打了半天。你弟弟比我能打，也许，我说了什么话，得罪了他。"

玉秀说："你是罪有应得。谁叫你那天斗我弟弟的？活该！去过医院吗？"

陆寒说："看过了，没有什么。"

玉秀看了看陆寒缺了一颗门牙的嘴，"扑哧"笑出声来。陆寒尴尬地问："笑什么笑？"玉秀说："你这样子真滑稽。"陆寒丈二和尚摸不着头脑，支支吾吾问："滑稽什么？"玉秀说："像，像偷地雷的假武工队。"陆寒说："你才是假武工队呢。"玉秀大笑，说："记住喽，你造别人的反，别人也会造你的反。小心点。"

两个人就匆匆而过。

批斗会开过不久，五嫂被关了几天小黑屋之后就被放了出来，照样每天推车卖菜。热情再高的人，思想再高尚、再正确的人，也要吃饭吃菜。卖菜的还真少不了。

宋大夫从南苑镇赶过来看女儿。

五嫂看到好久不见的老父亲眼圈就红了，断断续续地说："爸，你怎么来了？这么远的路。"

宋大夫把点心盒子放在桌子上，看了看那绑着一根木棍的八仙桌，没语言，半天才说："孩子，你受委屈了。知道你挨了批斗，爸放心不下。总算好，总算好，没伤着。"

五嫂说："算不了什么。这年月，都把人弄糊涂了，弄不清好人坏人了。爸，你是怎么知道的？"

宋大夫说："昨天淑婷姑娘来过我这里，一把鼻涕一把泪，跟我说了半天。唉，这是怎么啦？没有挨打？"

五嫂强作笑颜，说："差一点，没挨着。有菩萨保佑着哪。"宋大夫疼爱地看着女儿，说："都什么事啊，还嬉皮笑脸的。"五嫂没有搭茬，她企图让父亲放宽心，年纪到底大了，别叫父亲着急上火。为了岔开话题，一边给父亲倒茶一边说："这茶叶还行，是孩子的大姑姑给的，您尝尝。比不得当年咱家里的。爸，您在镇子上，没有挨批斗？"

宋大夫说："怎么会不挨呢？镇子里找不出一个像样的学术权威，就拿你爸去充数。斗来斗去，也没有斗出个子丑寅卯来。再说，镇子里那些乡亲对我都不错，没有几个起劲的，走走过场，就过去了。"

五嫂说："那还不是您在镇上行得正，做得直。"

宋大夫哈哈大笑说:"孩子你这么说,对,又不全对。你想想,那些北京大学、清华大学的教授哪个不是坐得端、行得正的?都是对国家有大贡献的人,不也是挂牌子挨斗,戴高帽子游街?这话,只能在家里说说。你可别跟小孩子们说去。"

五嫂点点头说:"这个我当然知道。您就放心,您自个儿保重就是。"

宋大夫说:"爸我这里,你就放心吧,我是悬壶济世之人,有菩萨保佑着呢。"五嫂悄悄对宋大夫说:"爸,我每天半夜都起来为您跟菩萨祷告呢。那些挨千刀的闹来闹去,扒庙的扒庙,烧佛经的烧佛经,不怕得罪菩萨?将来没好果子吃,咱们等着吧。"

宋大夫看看女儿,笑了,说:"改造了这么多年,还满脑袋瓜子封建迷信。爸都不信菩萨了,你会信?"五嫂说:"当初上中学时,我倒是一点都不信的,不知道怎么,这些天倒是越来越信菩萨,信老天爷了。不是说,善有善报恶有恶报,只是时候没到罢了。咱们等着吧。"

宋大夫摆了摆手,说:"反正,先忍着吧。逆天之举,能折腾几天?"

五嫂说:"您能这么想,我就放心了。"

五嫂虽然被从小黑屋里放了,小白鞋却仍旧被关在牛棚里。按说，小白鞋根本没有什么"罪行"，没有人看到过她乱搞男女关系：那些唯恐天下不乱的大妈大婶都是捕风捉影，让哪个提供证据，都说是"听别人说的"。再关下去，孙大头都说没什么意思，关着这么一位祖奶奶，还得管她吃喝，又不能饿死她，不是自个儿找个包袱背着？批斗大会时，孙大头的本意只是拿小白鞋陪绑，使批斗会搞得热闹一些，不承想是一块烫手的年糕，吃又吃不下，甩又甩不掉。可是，许尔康不是这么想，他为了报复小白鞋，私下编了两封"检举信"，偷偷放在革命委员会的桌子上，安排让孙大头无意间看到。许尔康在一旁又添油加醋地撺掇，于是小白鞋就继续被关在供销社的杂物间里。孙大头担心节外生枝，问许尔康，这么关下去，她会不会上吊寻死？许尔康说："你以为她是什么大教授、著名艺术家？人家那都是有脸有皮的。前几天听说上海有个著名翻译家夫妻双双上吊死了。小白鞋可不会，哼，拿鞭子抽她，也不会上吊的。"许尔康这句话说的没错，小白鞋才不在乎关着，她想，不就是坐牢吗？老娘这半辈子还没有蹲过大牢，这回也尝尝滋味，省得在家里做饭洗碗，伺候丈夫。只是伙食太差，没有油腥，还吃不饱。

一天傍晚，玉秀拎着一只小包袱，溜到杂物间的门前。一个造反派看在门边，对着玉秀喊道："喂，喂，什么人，起开，起开。"

玉秀不但没有离开，反倒走近那个人身边，说："大哥，这么晚了，还在这里干吗？防贼啊。"

那人见玉秀长得水灵，又是个年轻女孩，态度有些软了下来，说："防什么贼啊，是防有阶级敌人捣乱。"

玉秀装作不懂事的样子，说："捣什么乱？还能把房子烧了？"

那人说："这个，我想倒是不敢。谁吃饱了撑的来烧房子？再说，有什么好处？干什么都得有个目的性吧，没缘由就去干坏事儿的人，除了傻瓜，就是神经病。"

玉秀拍了拍那人的肩膀，说："我想也是。大哥，您这么说，可见您是良善之人，而且，觉得您挺有学问的。"

那人无奈地笑了笑，说："有什么学问，刚上初三，就停课闹革命了。"

玉秀说："我才上小学四年级，我妈就叫我退学了，说家里忙不过来。我只好不念书了，上街上去卖冰棍儿。"

那人看看玉秀俊俏的脸，有些同情地说："你妈真不应该。"

玉秀说："我一直听邻居说，我不是她生的，可又弄不清。我到我们派出所让他们帮我查一查，他们说我无理取闹。"

那人说："我看你也有点胡来来。人家说嘛，打是亲骂是爱。你妈那么对待你，那是没有把你当外人。"

玉秀说:"大哥,您真是个大明白人,经您这么一点拨,我算是真明白了。您真是大好人。"那人被戴了个"高帽子",有点洋洋得意,看了看眼前这位好看的小姑娘,感到亲切,放柔了声音说:"穷人家孩子早当家嘛,就别怨你妈了。唉,说了半天,天这么晚了,你来这里干什么?还不赶紧回家吃饭去。"

玉秀哭丧着脸说:"我妈非要我送一点吃的给她妹妹,就是我小姨。我小姨比我妈待我还好。我经常怀疑我是小姨的女儿。"

那个人看了看玉秀,说:"你这个人真有意思,还会这么想。"

玉秀说:"你真是个好人,能理解我。对了,你还没有吃饭吧?"

那人说:"早呢,还有一个多钟头才有人来换班呢。"玉秀直朝杂物间里看,那人有些明白了玉秀的意思,说:"你想进去?"玉秀说:"我小姨关在里面。说实话,我想进去看看,她待我比我亲妈还亲。"那人为难地说:"现在不行,等天黑一点再说,革命需要,没法子。"玉秀说:"你们干革命也够辛苦的。对了,我这里有饼干,你先吃两块,垫垫饥。"说着,从小包里拿出一块核桃酥,递给那个人。

那人犹豫了一下,还是接过去吃起来。边吃边说:"想进去,就快点吧,一会儿就换班了。"

玉秀就这么进了牛棚。被当作牛棚的供销社的杂物间里面应有尽有：锅碗瓢盆、香烟烧酒，单制服、棉制服，油盐酱醋茶、糖果蜜饯，总之，居家过日子所用的东西，大部分都有。

小白鞋正靠着一捆棉制服在打瞌睡，玉秀的到来，让她猛然惊醒。她糊里糊涂地说："是玉秀呀？你个死丫头，冲了我的好梦。"她眨了眨眼睛，又说："你来干吗？"

玉秀说："我妈叫我来看看您。"

小白鞋说："你是怎么进来的？"

玉秀卖关子："您猜。"

小白鞋说："关在这里，昏天黑地的，我哪猜得着。"

玉秀说："我是用了调虎离山计。"

小白鞋当真："真的？"

玉秀笑而不答，又问："如水姑姑，你刚才做什么好梦？"

小白鞋说："正梦到吃喜酒呢，都是好吃的。"

玉秀说："你准是饿坏了。"

小白鞋朝地上啐了一口，骂骂咧咧地说："他大×的，许尔康这小子真不是东西，公报私仇，别人一天两顿饭，就给我一顿，我快饿得前胸贴后背了。"

玉秀扫了一眼仓库里的东西，说："那不是有糖果，有饼干，有蜜饯，还饿得着？"

小白鞋说："我傻呀。偷偷吃了公家的东西，不挨枪子儿，也得关三年。我才不敢呢。"

玉秀得意扬扬地说："我妈就猜到了。看，给您拿什么来啦？"玉秀说着打开小布包，里面是两个饭盒，还有一塑料袋的点心。玉秀说："我妈说，让您先吃饭盒里的馒头和红烧肉，饼干留着慢慢吃。饭盒我得拿回去，免得露了馅儿，下次就来不了啦。"

小白鞋说："你妈想得周到。"说着打开饭盒，拿出馒头就着红烧肉，狼吞虎咽地吃起来。玉秀看着她的吃相直想笑，忍了忍，说："如水姑姑，您从来没有吃过这么多东西吧？"

小白鞋嚼着馒头，说："那是，八百辈子没吃过这么多东西啦。以前怕发福，能少吃一口，绝不多吃半口。这几天快成饿死鬼了，哪管得了那些狗屁毛病。许尔康这个挨千刀的，想方设法折腾我，将来我非报他一箭之仇不可。"

终于吃好，小白鞋抹了抹嘴，说："你妈还好吧？"

玉秀说："还不是那样，每天推着车去卖菜。"

小白鞋又问："章大爷呢？"

玉秀说："还说呢，那天开完会，给老爷子气病了，吊了两天的葡萄糖水。"

小白鞋又问道："钱校长呢？"

玉秀说："唉，钱校长那么好的人，这回可惨了。一只眼睛没保住，瞎了。依我说，跟那帮孙子何必那么顶真，应付应付不就过去了。爱谁谁。"

小白鞋叹了口气，说："那是钱校长啊，干什么都顶真。要是我，也跟你这么想，你把我当猴儿耍，我把你当屁放。钱校长是读书人，跟咱们想法不一样，顶真。你小孩子家家，不懂这个。"

玉秀看看耽误的时间不少了，收拾好饭盒，说："我该走啦。我妈说，问姑姑还有什么需要的，言语一声，我下次带来。"

小白鞋脱口而出："我'大姨妈'来了。真倒霉。"

玉秀不解地问："什么大姨妈？"

小白鞋苦笑："行了，行了，没什么了。你快走吧。"

过了几天，南苑镇上有邻人来报信说，宋大夫又被斗过一次，这次来的是什么东城的红卫兵。二十几个人，有女孩，有男孩，一色的军装，腰扎皮带，戴着军帽。雄赳赳地来，雄赳赳地斗了几个老头，又雄赳赳地回北京了。事后查明，是镇上姓吴的"掘地鼠"那一帮家伙叫来的。这些日子，掘地鼠像打了鸡血，耀武扬威起来，组织了一帮不三不四的混混儿，一个个戴着红袖箍，自称"四海翻腾云水怒"战斗队，四处打砸抢，四处翻腾，见什么值钱的东西就往怀里塞。不知道怎么跟东城区的红卫兵挂上钩，在南苑镇一带成了一霸。早年，这帮无赖敲宋大夫的"竹杠"没有得手，现在来算旧账了。

五嫂闻信,赶到南苑镇,跟父亲说:"你不是说有菩萨保佑,这下不灵了吧。"

宋大夫说:"说是北京城里来的,当然不算。那些红卫兵,要个头有个头,要模样有模样,两个女孩长得还挺俊,就是心狠手辣、邪神恶煞一般。这些孩子长大了以后,会成什么人呢?真是可惜了。"

五嫂哭笑不得地说:"天底下哪有您这样的,人家欺负了您,还说人家好话。"

宋大夫说:"一群孩子懂什么?还不是被人扇乎的。只是这些孩子,也许就这么毁了。打小就打打杀杀的,长大了会是个善茬儿?"

五嫂说:"您没有挂牌子游街吧?"

宋大夫"嘿嘿"一笑,说:"还真有这个荣幸,游了不止一回。还挂了牌子。镇上的老人们说,要不是宋大夫挂牌子,还真不知道宋大夫的大名宋子儒。哈哈,倒给我扬了扬名。只是游完街,我这老胳膊老腿疼了好几天。"

五嫂哭笑不得,说:"这么想就好,别真往心里去。"

宋大夫说:"我想得开,拿这些个当补药吃吧。这种歪门邪道长不了,能折腾几天呢?"

五嫂说:"您老说的是,可这帮瘟神折腾也有些日子了。"宋大夫冷冷笑着说:"革命不是请客吃饭嘛。嘿嘿,还真是。"五嫂说:"还是那句话:受了委屈,当补药吃吧。"

宋大夫说:"你赶紧回去吧。我这里没事儿,几个街坊邻居都暗地里护着我呢。"

回家的路上,五嫂想,我爸这个好老头,简直快成仙了。风吹不倒,雨打不动。

五嫂被批斗之后,胡同里的孩子们编了歌谣讽刺她:"宋岫烟,不简单,上台挨斗像判官,人家挨斗挂木牌,她的脖子挂大蒜。"五嫂偶尔听到,只是一笑了之。孩子嘛,懂什么?不过,当夜深人静的时候,想到这些顺口溜,还是觉得心里堵得慌。这个世道是怎么了?坏人当道,好人受气。连自己的儿子都不认得娘了。那天,大龙跟着一群红卫兵灰溜溜地离开家的情景,在她的脑海里挥之不去。一想到这些,她的心就像针扎一样疼。

转眼秋天来了。渐凉的秋风,像五嫂的心境。她跟自己说,岫烟啊岫烟,你这么小心翼翼,这样诚诚恳恳地上班,怎么还会犯错?还会让人指着鼻子大骂?

胡同里静悄悄的,秋风一阵阵扫过来扫过去。她还是摇铃铛代吆喝,她不想用那个电喇叭。她觉得,不用铃铛,对不住钱校长的一片真心。

五嫂路过高台阶大门时,门吱吱两声,轻轻开了。常二少爷走了出来。五嫂心里一慌,准备夺路而逃。常二少爷做了个手势，急切地说："五、五嫂，别怕，我没有犯病，我、我现在很清醒。我只想跟你说几句话。"

五嫂站定，说："常家二哥，我听着，您说。"她看看四周，没有人，只有常家门前的那棵梧桐树在秋风里挺立着。叶子落了多一半，留下的黄树叶顽强地抱着树枝，瑟瑟地发抖。

常二少爷定了定神，说："五嫂，您是一个好人。"

五嫂说："常家二哥也是好人呀。"

常二少爷叹了口气，说："当年我跟月霜姑娘是真心相好，可是别人不容啊。说是天理不容，天理，天理说过什么吗？哼，狗屁！是他们觉得丢人。可我喜欢上一个苦命姑娘，有什么丢人的呢，您说？"

五嫂说："常家二哥，我知道您心里很苦。这么多年了，娶个贴心的人吧，别这么跟自个儿过不去。好的姑娘有的是。我们玉秀的医院里，就有几个姑娘不错的，玉秀常跟我提起呢。"

常二少爷苦笑道："是，好姑娘是有，可是男人跟女人讲究什么？讲究一个贴心啊，讲究一个从一而终啊。天底下，找个人容易，找个贴心人不容易。上天就给你预备了那么一个。五嫂，你说是不是？错过了，就是错过了。翻篇了，一切都云消雨散了……小楼昨夜又春风，故国不堪回首月明中，雕栏玉砌应犹在，只是朱颜改。问君能有几

常二少爷叹了口气,说:"当年我跟月霜姑娘是真心相好,可是别人不容啊。说是天理不容,天理,天理说过什么吗?哼,狗屁!"

多愁，恰似一江春水向东流。"

　　五嫂记得这首词，那是父亲早年在不如意时教给她的。五嫂说："李后主的词虽然好，可是……"

　　常二少爷眼睛一亮："你知道这词？"

　　五嫂说："也就知道一两句吧。常家二哥，别多想这些，伤身体。还是朝好的地方想，人活一生一世，不容易啊。"

　　常二少爷点点头："您说的对，听您的。今天跟您说了不少废话，心里不堵得慌啦。"说着，朝五嫂鞠了一躬："谢谢您。"

　　五嫂说："太不敢当了。那，我去卖菜了。"五嫂刚要推车离去。

　　常二少爷说："请再听我一句。"他犹豫了一下，说，"五嫂，批斗您的那天，我、我没有犯病，我那天格外清醒。我看台底下的邻居们都是不情愿地斗您，不情愿地喊口号。可是，人家都要自保啊，不喊不行啊。您得原谅他们。当时，我实在看不过，就、就装着喊了几嗓子。嘿嘿，居然把那个屁会给喊散了。嘿嘿。"

　　五嫂眼睛发红、发热，轻轻说："谢您了，常家二哥。您保重。"

　　即便是风雨如磐、寒风凛冽的岁月，人心也是热的。

　　常家二少爷慢慢走回家中，他看了看院子里的金鱼缸，缸里的水有些发臭，几尾金鱼已经肚皮上翻了。他不禁朝天嘟囔："死喽，死喽，死了好啊。"

常二少爷回到房里，环顾四周，处处落满了灰尘。已经有几个月没人打扫了。大哥在单位办"学习班"，大嫂花钱临时找了个乡下女人给二少爷做饭，就住到娘家去了。

在那间阴暗的屋子里，他踱来踱去，毫无目的地东张西望。百无聊赖中，又想到了那天的批斗会。他这个对社会毫无价值的人，居然能在那一天做了那么一个谁都想不到的举动。这个举动竟然救了五嫂。救五嫂免受侮辱，是他心甘情愿的。在他们这条南桃园胡同里，五嫂无疑是最美丽的女人，最勤俭的女人，最善良的女人。这样的女人，不应该受到这样的对待。他总是觉得他的月霜有点像五嫂，因此自己一定得用尽全力去保护她。想到这儿，他走到书架边，翻弄着凌乱的书籍，终于在一本泛黄的线装书里找到一张宣纸。展开，纸上录了两首词，是娟秀的端正小楷。一首南唐后主的词："春花秋月何时了？往事知多少。小楼昨夜又东风，故国不堪回首月明中。雕栏玉砌应犹在，只是朱颜改。问君能有几多愁？恰似一江春水向东流。"看起来那是当年月霜的笔迹。纸的下端也写有几行字。字迹显得猖狂又带有一丝潦倒，亦录有李后主的词："林花谢了春红，太匆匆。无奈朝来寒雨晚来风。胭脂泪相留醉几时重。自是人生长恨水长东。"

常二少爷拿着那张纸看了又看，然后在桌子上铺开，提笔写了一行字："梦里不知身是客，一晌贪欢。"写罢，看了又看，忽然大笑起来。他翻箱倒柜，找出火柴，划着一根，看着它慢慢燃烧，又划着一根，把那张泛黄的宣纸点着。他看着那幽幽大火苗，疯狂地大笑。一扬手，把燃烧的纸抛向了半空……

不巧，那个帮二少爷烧饭的乡下女人找同乡聊天去了。直到过了一个多小时，南桃园胡同才弥漫起呛人的烟味儿。

着火啦，高台门里着火啦！

胡同里的人拥向常家。幸好，常二少爷的屋子只烧了一些家具和书籍，护墙板全部烧黑，雕花的木床也烧得面目全非。救火最出力的当属许尔康：救火当中，一只倒下的紫檀木书架砸到了他的额头上，头上立刻肿了起来。章大爷见状，拍了拍他的肩头，问："要紧不？上医院去瞧瞧？"

许尔康说："没事儿，您老当心就是。"

消防队赶来时，火势很快就被控制住了。他们在屋里屋外，喷了不少水，院子里一片汪洋。五嫂赶来时，明火已经不见。她看见常家二少躲在屋子一角瑟瑟发抖，便上前扶起他，轻轻掸掉他身上的灰土，说："别怕，没人怪你，大家伙儿都会帮你的。"常二少爷突然孩子似的，伏在五嫂的臂弯里嘤嘤地哭了起来。

赵海山主张在大会上表扬一下许尔康，孙大头坚决反对，说："这算什么？是他自己不小心弄伤的。我还怕他趁着混乱，浑水摸鱼，顺点什么东西走呢。"这当然触犯到沈萍。她把这事告诉了许尔康。许尔康自己不出面，找了两个哥们儿，在一天夜里把孙大头堵在一条黑咕隆咚的死胡同里，不由分说把他狠狠揍了一顿。孙大头哑巴吃黄连有苦说不出，明明知道十之八九是许尔康使坏，又没有证据，只能记恨在心里。

一天晚上，赵海山来到五嫂家，告诉她找来一个额外的活儿：把用过的纱布，拆成工厂用的棉纱。虽然价格极低，但可以全家动手，集腋成裘。五嫂一听连忙道谢。最来劲的要数玉贞和小龙了。

小龙说："妈，等赚了钱，给我买小人酥糖。"

玉秀笑他："羞不羞，还没有挣一分钱，就提条件了。"

五嫂说："你弟弟有半年没有吃过糖了，妈欠孩子的。"

两个最积极支持拆棉纱的，只做了三天就没有了积极性。二龙却干得很认真，五嫂天天督促他，先做好课外作业才许拆半个钟头棉纱。就是玉秀，五嫂也只允许做到九点半。玉秀常常夜半醒来，还会看见母亲在灯下辛苦地做着。玉秀劝说没用，只能蒙着头在被子里偷偷哭泣。

常大少爷从外地"学习班"回来，执意要送二少爷去精神病院。常二少爷知道了,病情加重。每天夜里,南桃园胡同上空常常响起常家二少爷的呼喊。那凄惨的喊声传得很远、很远:"昨天的月亮——走——喽!""昨天的月亮——走——喽!"

五嫂夜半一边拆着棉纱,一边听着那凄惨的呼号,她的手就会情不自禁地停住。有时候,她觉得自己命苦,嫁给一个不思进取的男人,而且还要拖着一大群孩子。可是,当她听到回荡在胡同上空那凄凉的呼号时,又禁不住心里泛起难以名状的情愫。人生真是太艰难了。

一天夜里,许尔康陪沈萍看完京剧《沙家浜》,回家时要经过一条又窄又暗的小胡同。沈萍说:"咱们绕点路走大道吧,这里太黑,怪吓人的。"

许尔康说:"怕什么,有我呢。"

沈萍说:"来了坏人,你打得过?"

许尔康说:"我是一个革命者,怕什么坏人。"

话音未落,不知道从哪个角落里蹿出一个人,不由分说亮出一把砍刀,直朝沈萍砍过来。沈萍尖叫一声,就往许尔康怀里躲,与此同时许尔康右手往上一挡,只听"咔嚓"一响,沉重的砍刀正砍在许尔康的右胳膊上,鲜血顷刻染红了他的衣袖。许尔康"哎哟,哎哟"大叫,那个砍人者怕引来路人,落荒而逃。许尔康定神再找那个行凶者,早已不知去向。许尔康疼痛难忍，大声叫喊着。沈萍慌了手脚，不知如何应付，连连说："怎么办？怎么办？"

许尔康呻吟道："傻了？快送我去医院。"

沈萍这才清醒过来，背起许尔康就往地段医院跑，只跑了几步就累得气喘吁吁。许尔康说："还是扶着我吧，快一点。"

两个人跌跌撞撞总算到了地段医院。这时候已经夜半十一点钟了。医院里有两三个护士和一两个医生。周围有几个病人家属围着一个穿白大褂的在争着什么。沈萍神色慌张地问："医生，医生在哪？"

过来一位穿白大褂的女子，说："我就是。你有什么事？"

沈萍打量那年轻女子，三十岁不到，留着精心打理的短发，瘦瘦的身材，满脸无所谓的样子。沈萍犹犹豫豫地说："我找医生，能管事的。"

对方冷冷地说："我就是管事的，你究竟有什么事？"

许尔康急了："有什么事，到你们这地方，还能有什么事？你看看我这、这胳膊，吁，吁，大概断了。"

"态度好一点啊！你怎么知道断了？你是医生，还是我是医生？"对方显然生气了。她看了看许尔康的胳膊，说："包扎一下吧。哦，对了，你什么成分？"

许尔康说："什么'什么成分'？"

"我是问你，是不是革命群众？"

沈萍急得跳脚，大吼道："他是革命委员会的，行了吧？快处理吧，晚了，胳膊可能保不住了。"

"你怎么知道胳膊保不住？"那个人边说边吩咐在一旁的中年男人："老葛，你给他包扎一下。"

那位中年男人，看样子是个医生，喃喃说："这，只是包扎恐怕……"

女人拉下脸："还愣着？"

那个中年男人犹豫着，不动地方。这时候，另一个姑娘走过来，两个人轻声嘀咕了几句，她们同时摇了摇头。

沈萍已经看出几分不对，说："求求医生，你们负责一点行吗？"

"我们当然负责。"

沈萍听别人说过，现在医院里不少护士夺了医生的权，护士成了医生，医生反倒变成护士。于是，她焦急地说："你们如果处理不了，是不是可以转送同仁医院？"

两个"医生"说："最好。不过你们得自己送。我们医院只有一辆急救车，这几天正在大修。"

"借一辆三轮车总可以吧？"

"哈，三更半夜哪里去借？"

"那，我们怎么办？"

"怎么办，我们管不了那么多，自己想办法吧。"

许尔康疼得受不了，大吼起来："你们，你们他×的想杀人啊！"

双方争吵起来。医院里的人和正在看急诊的，一齐拥过来。正巧玉秀值夜班，也跑了过来。一看，竟然是许尔康他们，连忙把年轻的护士拉到一边轻轻商量。护士摇着头说："我们实在处理不了，伤得太重。实话说，我们几个……你也知道。"

玉秀说："请小周医生来，行吗？他不是也在医院里吗？"

护士说："周医生的医术当然没有问题，可是……他不是还关着吗？要是敢让他手术，当然没有问题。可是，让他来，我可不敢担责任。"

玉秀说："一切我兜着，反正我是死猪不怕开水烫。"

护士说："那我也不敢。"

玉秀说："眼不见心不烦嘛。如果你不在呢？小姚，我俩不好啦？你给我的那个毛主席像章，我挂在床头最显眼的地方呢。算我求你。"说着，对那个小姚眨眨眼。那女孩会意说："这个……好吧。"然后提高了声音说："这个老葛真是的，叫他去找夹板，不知道溜到哪儿去了。我去找他来。"说着，拉了她的同伴离开了。

玉秀连忙找来了周医生和同伴。周医生看了看许尔康的伤势，摇了摇头。

玉秀问："能处理吗？"

"当然可以。估计是上臂骨断裂，手术并不复杂。"

"那，还等什么……"

周医生叹了口气，不动。玉秀急了，说："周医生，一切由我担着。大不了我关小黑屋。"

周医生还是犹豫，说："小董，你不是不知道，我现在没这个资格，再说，手术一个人哪做得了。"

玉秀想了想，果断地说："什么资格不资格的，救人要紧。你需要几个助手，我去跟他们商量。"

周医生说："这个我可以去说。可是……"

玉秀几乎哭了出来："周老师，你从前是怎么跟我说的？你是一个医生啊。既然能做，为什么不做？你跟我说的什么希波克拉底的什么誓言……你发的誓言呢？"

玉秀越说声音越大，周医生连忙捂住玉秀的嘴，轻轻说："玉秀，我们做，我们会做好的。"

于是，周医生找来同事，拍X光片，正骨，打石膏，终于处理成功。

出乎意料的是，这件事过后，没有人再提起。毕竟，那年月多一事不如少一事，如果追究此事，无论是成为医生的护士还是成为护士的医生，都是吃不了兜着走。

当然，最感欣慰的是玉秀。

玉秀把这件事告诉了五嫂，五嫂感动地说："小周医生真是个好人啊，那得冒多大风险。"她缓了口气，"秀儿，你做了件善事。老人们说,救人一命胜造七级浮屠。"

是啊,人心是热的,更何况我们秀儿。

第二天清早,玉秀起来,走到堂屋,看见母亲默默坐在餐桌前。桌上摆着烧饼、油条、煮鸡蛋、油饼,还有焦圈和豆汁儿。玉秀扫了餐桌一眼,说:"妈,这是怎么了?今天这早饭太、太浪费了吧。"

五嫂说:"快吃吧,豆汁儿都凉了。"

玉秀坐下来:"妈,您也吃呀。"

"妈吃好啦。"

玉秀狼吞虎咽了几口,看了看母亲,觉得五嫂的神色有些不对,问:"妈,怎么了?有什么事儿吗?"

五嫂叹口气,说:"秀儿,你吃你的。妈昨夜一夜没合眼,想来想去,总觉得有点不对。"

"什么事不对?"

"你帮许叔的事。"

"怎么啦?"

"妈想了想,秀儿,以后咱别再做这种事啦。"

"为什么?"

"以后不做就是了。"

"昨天晚上,妈不是还说救人一命胜造七级浮屠呢。"

"不错,妈是这么说的。可是,秀儿,以后别这样了。

好事让别人去做吧。这世界上又不缺咱们一个。你弟弟大龙走了，不知道上哪儿，连个音信也没有。妈怕你又有什么……"

"行，我明白了。"玉秀噘着嘴走回房间。

五嫂呆呆地坐在那里，觉得脑子里空空的。

端午节，沈萍下了班，拎着一网兜粽子去医院找到了玉秀，说："董玉秀，谢谢你的帮忙。一直想表示表示，可就没有机会，端午节了，给你拿了几个粽子，都是自己包的，不值钱。"

玉秀看了看周围，轻轻说："你的好意我心领了，叮粽子我不能要。要是拿回去，我妈非揍扁了我不可。"

沈萍不解地说："为什么？"

玉秀支支吾吾说："我妈不让我收别人的东西。我也没有帮什么大忙。"

沈萍说："怎么没有，那天你担着那么大的风险找来了医生。要不是你帮忙，许尔康的胳膊说不定就保不住了。"

玉秀淡淡说："这有什么啊。"说着转身离开了。

沈萍觉得这丫头有点不近人情，脑袋瓜子也有点毛病，便长叹了一口气，拎着粽子去了许尔康家。

许尔康在屋子里给母亲煎中药，满屋子苦苦的药味儿。许尔康右胳膊还绑着石膏，动作笨手笨脚的。见沈萍来了，站起身招呼说:"你坐,你看,连个能坐的地方都没有。"边说边收拾。沈萍说:"我来煎吧。你不方便。"

里间,躺在床上的许母问:"是小沈姑娘来了?"

沈萍走进里间,说:"许大妈,您好点?"

许尔康拿着一个粽子走进来,说:"妈,小沈送粽子来。"

许母说:"小沈姑娘费心了。今天是端午节了?看我这老糊涂的,几月几号都不知道了。你们去外间吧,里屋药味儿太大。"

许尔康端来煎好的中药,喂给母亲喝。沈萍回到外面,帮许尔康叠被子。许尔康走来说:"一只手做事,实在不方便。"

沈萍叠好床,洗了洗手,给许尔康剥了一只粽子,说:"吃粽子吧,豆沙的是我包的,红枣是我妈包的。"

许尔康说:"谢谢你妈。"说着把剥开的粽子放在桌上,靠近沈萍,也坐在床边。他温柔地说:"你爸的事差不多了。厂里要抓革命促生产,有些技术解决不了,我就趁机提出要解放几个工程师。没有人反对。"

沈萍握住许尔康的手,说:"谢谢你,尔康。"

许尔康觉得,沈萍的话从来没有这么亲切过,便说:"你怎么谢我呢?"

沈萍眼里闪出异样的光:"你说。"

许尔康说:"让我亲亲。"说着凑上去。沈萍推开他。

许尔康正想继续,里间的母亲叫道:"尔康,你来。"

许尔康嘘了嘘气,走进里间。

沈萍环视着屋子:家具破破烂烂,东西乱七八糟。此刻,她的心绪也是七上八下的。许尔康搂住她的一瞬间,她的心几乎跳了出来。父母对她的告诫袭击着她,尤其是母亲,曾经多次叮嘱,姑娘家不能轻易以身相许。可是,这又有什么用?这乱糟糟的一切让她心烦,这乱糟糟的一切又让她有着莫名其妙的兴奋。爸妈的话对不对呢?没有答案。她觉得浑身发热,又坐到床上。外面却沙沙下起了小雨。

许尔康走出里间,靠着她坐下,说:"怎么不吃粽子?"

沈萍说:"我不饿。外面下雨了,我得回去了。"

"等雨停了再走嘛。"

"不行,我妈等我吃晚饭呢。"沈萍说着,却没有挪动。

再等一会儿,好像许尔康这么说,但是她似乎听不清。雨下大了,许尔康又说:"雨大了,只能等一会儿啦。"

沈萍说:"屋里好热。"

许尔康说:"那就把上衣的纽扣解开两个。反正没有外人。"

房间里暗了,四周静悄悄的。沈萍解上衣的纽扣,怎么也解不开。许尔康伸手上来,攥住了她的手,她颤抖了一下,说:"你帮我?"

许尔康帮她解开纽扣,又解开下面一个,随即,他的手顺势摸进她的胸脯。他觉得那胸脯滚烫,并激烈地起伏着……

沈萍满脑子发热,嘴里发干,她紧紧抱住眼前这个男人……

他们越过了那条界线。

生活的风帆原本不知驶向何处,那么,只要是港湾就可以停泊。

许尔康从此结束了光棍儿生活。

两年之后,在中国大地上也结束了乌七八糟的一段。

十二

沈萍与许尔康举行了简单的婚礼。

沈萍倾其所有,托人从上海买来男女各一双皮鞋,指名要"蓝棠"店的。剩下的钱,买了不少大白兔奶糖。

婚礼在大众机器厂的礼堂举行,沈萍的父母都没有到场。她的父亲已经恢复工作,作为工程师,他很看不起这个碌碌无为的女婿,况且人品也入不了他的法眼。沈萍的妈妈说:"孩子已经嫁了,再说,小许长得还是不错的,只是穷了些,将来说不定有了出息,经济上也会好起来的。"沈父说:"穷不穷的无所谓,我看中的是人品,前几年上蹿下跳,那么能折腾的人,我不看好。"沈萍父母争来争去,没有结果,但用当下的外交术语说,是取得了共识:不去参加婚礼。

沈萍当着父母的面,大哭了一场,也无可奈何。

许尔康的母亲瘫在床上,当然也不能出席。

但是，婚礼上的来宾还是不少，新人特意请了玉秀和周医生。玉秀还拉来淑婷姑姑和赵海山。沈萍还想请五嫂，玉秀说："小沈，你的好意我们都领了。可是我妈实在是来不了。"沈萍想想也是，就提前给五嫂拿去请柬，还特意写了几句感谢的话。

在众人的笑声中，一个调皮鬼拴着只苹果悬在这对新人面前，让他俩去咬，咬来咬去，终于没有成功。

沈萍的心里留下一片阴影。

婚礼高潮时，有人让两个新人交代恋爱经过。许尔康说了半天也没有说清。沈萍说："这有什么难的。有一年过五月单五，我送粽子给他，下大雨，我们、我们就好上了。"玉秀说："为什么一下雨就好上了？"

"对，这里面有什么窍门儿？"

"传授传授经验。"几个光棍叫起来。

婚礼前，在研究邀请人的名单时许尔康想请章大爷，又犹豫了。沈萍却说："以前你们不对付，现在正好借这个机会表示一下友好。"这才请了章大爷老夫妻俩过来。他们在来宾中年纪最长，安排在主宾席上就座。

玉秀见章大爷也能应邀前来，为沈萍高兴，兴头上叫道："请咱们的长辈出个节目。"

众人一起拍起手来。章大爷并不推辞，说："我这老嗓子几十年不唱歌了，今天高兴，破个例，唱一支《中国人民志愿军战歌》。当年我在朝鲜战场上是半个文工团员，经常唱这支歌。雄赳赳气昂昂，跨过鸭绿江……"唱着唱着，大家都跟着唱起来。

婚礼就在众人的歌声中结束。

走出会场，玉秀对小周医生说："好几年，没有这么痛快过了。"

小周医生说："我也是。"

玉秀拿回家十几颗大白兔奶糖，一定要喂给妈妈吃。五嫂嚼着奶糖，不知道什么味儿。还记得自己新婚那天，五哥就是把一颗奶糖放到自己嘴里的，还说："是苦，是甜？"想到这里，她的眼睛发直。玉秀诧异问："妈，您怎么了？"

五嫂说："妈高兴，有十来年没有吃这种糖了。"

沈萍婚礼的第二天下午，董志民被释放。五嫂看着丈夫满脸的胡茬，哭了一会儿，又笑了一会儿，说："大喜的日子，也不知道刮刮胡子。"

董志民抱住妻子："为了用胡子扎扎你。"

五嫂伏在丈夫的胸前不出声，五哥刚要说什么，五嫂急切地说："别说话，就、就这么待着，就这么，多好。"这就是五嫂期待的，这个简单不能再简单的需求。她等了太久，太久。

过了好一会儿,五嫂忽然呜咽着说:"志民,我对不住你,我没有把咱们的大龙看好啊。这些天,一想到咱们大龙,我心里就疼。"

五哥说:"这怎么能怪你?天底下有多少孩子不都是去插队了?你信上说,大龙去的是黑龙江农场,那地方还行。就别哭了,看把好看的眼睛哭肿了。"

五嫂仰起脸,让五哥亲她好看的眼睛,撒娇着说:"有什么好看的,那么多鱼尾纹了。街坊说我快六十啦。"五哥亲着五嫂的脸,说:"我看有七十多了,就喜欢这个老奶奶。"

五嫂一家就这么过了几天欢乐的、无忧无虑的日子。静下心来,想起了柴米油盐的时候,五嫂犯难了:不错,她和女儿玉秀都有工资,五哥没有回来时勉强可以维持,现在主要消费者回来,自然捉襟见肘。五哥说:"大活人还能叫尿憋死?用不着发愁。"

第二天早上,他就去大众机器厂找许尔康。

许尔康见到董志民满腔热情地迎上去,握着董志民的手久久不放:"董科长,你可回来了。听说你这几天要回来,真为你高兴。这两天,我这里实在太忙,早就想去看看你。快来坐。快来坐。"

五哥说出来意之后,许尔康堆在脸上的笑容凝固了。他搓搓手,叹息着说:"董科长,其实您想回厂我是欢迎的。可是，你不知道，现如今厂里的领导班子很不稳定。若是现在让你回厂，一有风吹草动连累到董科长，反倒是……怎么说呢，再等一段时间，再等等，好不好？"

许尔康说得并没错。工厂慢慢走入正轨，生产恢复了，工程师、车间主任都重新回到岗位。那么，工厂的最高管理层自然也要整顿。许尔康给自己算了命，他这个领导当不了几天了。

五哥从许尔康皮笑肉不笑的表情里看到了结果，无可奈何地说道："小许，先这么着吧，省得叫你为难。"许尔康红着脸，尴尬地点点头。

"就算我找错了庙门！"五哥轻声嘀咕，踹开门往外走，走出门又回过头说，"祝你们新婚快乐。听你五嫂说，小沈是个很好的姑娘，好好待人家。"

晚饭时，五哥只吃了几口饭就放下筷子。五嫂说："你不是说，活人还能叫尿憋死？怎么过不是过？少吃顿鱼，少吃二两肉，又怎么啦？"

五哥说："我这一回来，反倒连累了你。"

五嫂笑了："那就再滚回班房。"

玉秀说："我们医院经常有加班，以后我多争取几次。加班费还不少呢。"

五嫂说："用不着你。好好吃你的饭。"

二龙说："再过两年，我也去赚钱。"

五哥苦笑。

晚饭后，五嫂正收拾饭桌，许尔康拉着赵海山来了。

五哥正陪着小龙在写作业，抬起头与海山打招呼："海山你来了。"却对许尔康视而不见。五嫂看出什么，说："尔康，你可是稀客，快请坐。你们的喜糖我已经吃过了。"

许尔康说："董科长还生我的气呢。"

五哥戗白道："有什么可生气的。你是领导。"

海山说："怨不得尔康，你走了之后，尔康心里很不是滋味儿，想了不少主意，这才拉我来呢。你们俩都少说几句，尔康有他的难处。今天晚上，我们找到了一个解决问题的办法，想跟五哥商量、商量。"

许尔康说："董科长，兴隆街跟咱们南桃园胡同交叉的地方有几家商铺，来来往往的人不少，挺热闹，五哥如果在那里摆个修自行车的摊儿，不愁没有生意。"

五嫂说："这个主意不错。志民，修车能行吗？"

五哥不在意地说："有什么难的，天底下没有那么多难事儿。"

海山笑着说："我就知道，这事儿难不住五哥。就这么定了吧。"

五哥没有吭声。

许尔康说："我就知道董科长会谅解。"说着，从公文包里拿出一只信封，又说："前几天工会就讨论过，这是你的一部分补贴,特别补贴,你先救救急,日后咱们再想法子。"

五哥瞥了一眼信封,说:"我跟厂里没有什么关系,这个请拿走。"

许尔康一脸尴尬。

海山把五嫂拉到一边低声说:"哪有什么厂里的补贴,全是尔康自己掏的钱。不收,伤人家的心。先收下,以后想法子再还嘛。尔康也没有别的什么办法了。尔康这个人你也知道,有时候确实不地道,但看今天的事儿还算干得漂亮。先收下再说。"

五嫂点点头,回到屋里,收了信封,说:"厂领导的关心我们感谢,让尔康兄弟费心啦。"

五哥还想说什么,五嫂丢个眼色给他,五哥便问:"在那里摆摊,人家不管吗?"

海山说:"都已经打好招呼,尔康磨破了嘴,总算没问题了。"

许尔康说:"还不都是看你派出所所长的面子。"

海山和许尔康走后,五嫂长吁了口气,说:"就怕你跟尔康吵起来,就你那牛脾气。"缓了口气又问道:"你明天就去摆摊?"

五哥说:"还等什么?等着人家八抬大轿抬你去?"

五嫂说:"修车的工具呢?不得花钱去买?"

五哥傻了。

五嫂趁机拿出那只信封,说买工具的钱不是有了,并把许尔康拿出自己钱的事也说了。五哥叹了口气说:"我就只知道想着自己了,其实别人也有别人的难处。尔康这小子也会来这个,没想到。"五嫂说:"寸有所长,尺有所短。"五哥说:"你这句话我听。我太小心眼儿啦,不能总从自己角度看问题。"

五嫂笑着打了丈夫一巴掌,说:"在里头倒改造好喽。"

第二天,五哥买了应用的工具,下午就在兴隆街口摆上了自行车摊。一个下午竟然有十几个顾客光顾。修辐条、校龙头、补内胎、修外胎,忙得不亦乐乎。晚饭时,五嫂给他斟上三两二锅头,慰劳丈夫。五哥只喝了一半,说:"留着明天再喝。"

五嫂说:"学会节约了?"

五哥说:"挣钱真是不容易,想象得出那些年你们是怎么熬过来的。"

五嫂笑着说:"活到这把年纪,知道疼人了。"

五哥每天早出晚归,日子过得不咸不淡。一天,买卖突然兴旺起来,来补胎的一个接着一个,忙得五哥脚不沾地。吃中饭时,五哥正准备收摊回家吃饭,忽然有一个壮汉推着车呼哧呼哧地过来,说:"同志,帮帮忙,跑了两家都来不及给我修。好容易您有空儿,给我补补内胎,不然赶不上上中班了。"五哥一边补着胎,一边问:"这么急?"

那人说:"今天真是见了鬼了,这段路上满地都是玻璃碴子,不知道哪个疯子摔了好几个啤酒瓶子,害人不打招呼。他×的真倒霉。"

五哥想了想,说:"我说今天买卖怎么忙不过来呢。"

那人说:"这么做买卖,真是缺德带冒烟儿了。"

晚上,五哥跟五嫂说了这件事,五嫂说:"怎么会有这种人,就不怕报应?"

星期六下午,五哥正在忙活,小龙背着书包过来,站在五哥身边看爸爸修车。

五哥问:"这么早就放学了?不会是逃学吧?"

小龙笑:"爸,听妈说,您小时候净逃学,我可不学您。今天是星期六,放学早,来看看您修车。"

五哥用手刮刮儿子的脸,把小龙弄了个小花脸,父子俩对着笑。小龙忽然说:"爸,人家说,修车的净往马路上撒铁钉呢。"

五哥一愣,怒冲冲问:"听谁说的?"

"班上好几个同学这么说呢。"过了一会儿,小龙又说,"我跟妈也说过,妈让我跟您说,咱们可不能干这种事儿。"

五哥说:"嗬,原来你是带着任务来的。你妈还说了什么?"

"让您早点回家。"小龙扮个怪脸跑走了。

过了两天，五哥刚摆上摊头就下起了蒙蒙细雨。不知道人们在雨天骑车谨慎呢，还是别的什么原因，过了两个多小时也没见一个来补胎的。五哥有些发急，从衣袋里掏出几个放了两天的小铁钉。他犹犹豫豫地把铁钉洒在离自己不远的地方，果然，过了一会儿就有一个近六十岁的老头推着自行车慢慢走来说是内胎没有气了，想借一下打气筒。老人打好气，放下两分钱，走了，不一会儿又转回来说："又没气了，不知道怎么搞的，刚骑上没两步，车胎就瘪了，把我直接摔了下来。"

五哥说："车内胎漏气了吧。"一看，果然两个小铁钉扎进轮胎，五哥的脸就涨了通红。给老人补好车胎，五哥越想越惭愧，连忙跑到那地方悄悄捡回那几只铁钉，一口气才出顺了。

晚上回到家倒头就睡，五嫂以为丈夫生病，嘘寒问暖地忙活了半天。五哥无地自容，索性起身出门，找钱校长下围棋去了。自始至终，五哥也没有胆量把这件缺德的事告诉五嫂。

第二天早上，五嫂看看丈夫气顺了，忽然拿出一只信封，说："抽空把这个还给尔康吧。好好谢谢人家。"五哥这才知道五嫂把修车赚来的钱攒着，一分钱也没有舍得花。

五嫂看着丈夫情绪好转，问："昨天晚上跟钱校长下棋，是输了还是赢了？"

五哥说:"做了亏心事的人,还能赢?"

五嫂没有追问,只是云淡风轻地说:"我没嫁错人啊,往后好好过日子吧。"

平平淡淡的日子就这样过去了两年多。

大龙忽然从天津寄来一封信,信上说已经考上了南开大学中文系,过年的时候回北京看看爸妈。还说,跟他一起去农场的路小琴也考上了天津师范学院。只是那个叫胡铁的却永远留在了那片黑土地上:有一年冬天,场部派他和另一个知青两个人一块进县城去拉煤,回来时天已经擦黑,胡铁一不小心把拖拉机开到冰窟窿里,胡铁帮助那个同伴爬了上来,自己却再没有上来,后来被追认为烈士。

玉秀说:"这个牛魔王,有这个下场,也不奇怪。"

五嫂训斥女儿:"这么说人家,忒不厚道了。死者为大,这是咱们中国人的老理儿,妈信这个。"

五嫂接到儿子的信,兴奋得三天没有睡好。

十三

粉碎"四人帮"的那年冬天,北京城的第一场雪下得稀稀落落。雪花夹着雨珠,像冤魂的眼泪。

第一场雪过后,连着两场大雪,北京城显得干净了许多。

这年的中秋节不到,二大爷拄着拐棍,被淑婷姑搀扶着来到院子里,在那棵海棠树周围转了好几圈,喃喃自语:"今年雪小不了,小不了。老五他媳妇,叫人找点稻秆早点给海棠树包上,省得冻坏喽。早点啊,估摸今年得出大事儿啊。"

果然,一过国庆节中国来了个天翻地覆。

我们都说,二大爷能掐会算。淑婷姑笑着说:"老爷子那是瞎猫碰上死耗子,成天神神叨叨。这回让他碰准了,反正是好事儿呗。"

这天早上,钱校长拿着扫帚想到门外把积雪扫干净。

推开门一看，孙大头哆哆嗦嗦地站在门边。钱校长一愣，问："怎么是你，孙主任？"

孙大头连忙说："钱老师，快别这么说，如今我不是什么主任了。我、我有事求钱校长。"

钱校长说："什么事？进来说，外面多冷啊。"

孙大头说："就、就几句话，不进去打扰了。听说您的儿子在上海医院当医生，我想去上海做个手术，不知道行不行？"

钱校长说："当然可以。你怎么了？得什么病？放着北京那么多的好医院，干吗费事去上海呢？"

孙大头说："是心脏病，说是要放心脏支架。协和医院当然好，可我没有熟人。人家说，上海的中山医院做得最好。不知道，您……"

钱校长说："没问题，我写封信，你拿了去找我儿子。"

孙大头连连道谢，犹豫了一会儿，又战战兢兢地问："钱老师，运动中我得罪过您，您不怨恨我？"

钱校长笑了笑，没有回答。

孙大头尴尬地说："那、那我就不麻烦您了。"

钱校长说："别这么说。该治病，还是要去治病的。这么说吧，在咱们中国，一有什么风吹草动，总有那么一些人会跳出来兴风作浪。只有四人帮几个能把中国乱成这样？帮凶可是有一批人呢。"

孙大头说:"那是,那是。这场运动,咱们这一片还算可以,至少没有人上吊、跳河的。有的地方的确邪乎。咱们还好。"

钱校长冷冷一笑,说:"运动不邪乎?将来还搞一下?"

孙大头说:"我不是那意思。不能再搞啦。对了,听说高台大门的常二少爷不大好?"

钱校长深深叹了口气,说:"进来吧,外面太冷。我给你写封信。"

孙大头第一次走进钱校长的书房,东张张西望望,啧啧嘴说:"知识分子到底不一样。"

上海带来的郑阿姨仍然健在,快八十岁的人,身板依旧硬朗,她倒上茶,说:"先生请用茶,茶叶不是哪能好。"

孙大头讨好说:"阿姨的上海话真好听。我都听得懂。"

阿姨说:"勿灵咯,勿灵咯。先生勿要笑话啦。"

钱校长边写信边说:"她的上海话也改造过了。来北京一晃几十年过去了。"

钱校长写好信交给孙大头,叮嘱他:"去上海可以住在我儿子家,最近他被退回了房子,多住一两个人没问题。这样可以省点开销。"

孙大头千谢万谢,出门时说:"上海的医生就是精细,钱校长的眼,义眼,装得跟真的没什么两样。"

的确,钱校长的左眼在同仁医院做了手术,还是无法恢复视力,只能做义眼了。是他儿子特意把老爸接到上海,在第一人民医院眼科做的,手术的确十分成功。

郑阿姨看看钱校长,叹息道:"勿灵光格,这早晚看书,就要用放大镜咯。钱老师苦透、苦透。作孽啊。"

郑阿姨送走孙大头,转回来对钱校长说:"钱老师,格个宁不是批斗老师的坏种吗?格能帮伊?"钱校长叹息道:"唉,不忍心看着他现在作孽的样子。其实我心里……怎么说呢,我们这样宽宥地道的人,也许将来会自食其果。可是,可是啊,善良的人,常常会成为东郭先生的。有什么办法呢?"郑阿姨也叹了口气,摇了摇头,边进厨房边说:"给老师煮咖啡去。"

一个早上,五哥起得特别早,五嫂问:"有什么急事儿?"五哥说:"修自行车的,能有什么急事。听同行说,早上活多。上班的、买菜的、送孩子上幼儿园的,都起得早。"

说着,五哥随便吃了个冷馒头就去摆摊。五嫂看着心疼,把煮好的两个鸡蛋塞在五哥的挎包里。

果然,早上的生意忙不过来。五哥正低着头专心补着自行车内胎,忽然一个声音大喊:"138。"138是五哥在监狱里的号码,他本能地抬起头来。对方是一个身材魁梧的白面书生，留着长头发。男人声音很亮，乐呵呵地说："董哥，不认识我啦？"

五哥这才认出来人，高兴地说："是你呀，彭涛，打死也认不错。这么长的头发，还以为是什么画家呢。"

彭涛说："董哥怎么又跑到这里来'劳动改造'啦？"

五哥说："这叫自食其力，懂不懂啊。"

"对，对，自食其力，自食其力。"彭涛说着伸出大手，要与五哥握手。五哥伸出手去，觉得自己的手太油腻，又往回缩。彭涛伸过手去，硬拉住五哥的手，说："还怕握脏了我的黑手？我这手什么没有摸过？"

五哥笑着说："还是胡说八道。"

彭涛说："还愣着干吗？收摊，收摊。咱哥们儿，找个地方聊聊。"

五哥想了想，说："附近铁香炉胡同口有个小店，就去那儿吧。不过，说好了，我会账。"

彭涛大大咧咧地说："行，行，你出钱，我还巴不得呢。不过现在时髦的说法叫'埋单'。你就埋单吧，我呢，埋土。"

五哥笑道："还是贫嘴。"

来到铁香炉的那家小店坐定，彭涛看着五哥说："这两年，年轻了不少啊。"

五哥说："冲你这个贫嘴，还应该再关你几年。"

彭涛，原是北京师范大学文学系的大四学生，临近毕业，发到军垦农场去劳动锻炼。这个嘴闲不住的家伙，嘴无遮拦地不知道乱说了些什么，糊里糊涂地被关进了五哥待的监狱。罪名一会儿说是现行反革命言论，一会儿说是生活作风问题，一会儿又说是发牢骚对政策不满。反正，在那几年，就这么糊里糊涂地关了进来。彭涛不跟那些刑事犯纠缠，独独看到五哥与众不同，两个人慢慢谈得来了。有时，彭涛看到五哥情绪消沉，就跟他开玩笑。一天放风时，彭涛对五哥说："我有个大发现，其实监狱也是一个不错的学校。"五哥说："监狱是个学校，弄不好，越学越坏。"彭涛不以为然地说："事在人为，看你怎么对待了。董哥，你看过大文豪维克多·雨果的《悲惨世界》吗？那里就讲了一个坏人变好的故事。以后有机会找这本书看看，我相信，你会大彻大悟。蹲班房儿，也有它的好处，你想想，里面有吃有喝，用不着自己做饭，多轻松。我想好了，从明天起，我开始自学英语。"五哥说："学那个有个屁用？"彭涛说："我老娘对我说，艺不压身，多一样本事，多一个机会。"

　　几次放风，彭涛几乎把《悲惨世界》背给五哥听，还自豪地说："我这个人，记忆力特别好，而且一目十行，好的小说，经典作品，我可以倒背如流。"五哥知道他是在吹牛，但很佩服彭涛的口才。五哥临释放时，与彭涛有一次倾心长谈。彭涛说:"董哥,你是一个好人,是个有定力的人,这一点对我影响很大。虽然有时候我跟你讲了一套大道理,但是我的内心是十分脆弱的。而你,风吹不动、雷打不动,什么事都泰然处之。你算言传身教了。"

在小店里,两杯二锅头和几个小菜,摆在五哥和彭涛面前,两个人天南海北地乱侃。过了好半天,彭涛瞄着桌上的酒,说:"人家说,酒逢知己千杯少,我们这是酒逢知己一杯了吧。来,干了再说。"

两个人这才一饮而尽。彭涛放下酒杯说:"董哥,你不会一辈子就给人家修自行车吧?"

五哥无可奈何地说:"就这么混呗,又能怎么样?"

彭涛眯着眼看着五哥说:"这可不像董哥说的话。"

五哥说:"先别说这些漂亮的大话,说说你吧。"

彭涛又给两个人倒上半杯酒,说:"我这个人,吉人天相,大难不死。前几年,你出来后不久,我在里面烦闷,夜里不知道说了什么他×的梦话,嘿,一个坏小子给我去告密。这小子倒是提早出去了,我他×的被判了个现行反革命,给我提了一级待遇,要发我到青海劳改。怎么说我这人福大命大呢,刚要给我弄走,忽然来了一个什么专案组,给我平了反,还补了我不少银子。现在我被发到《北京晚报》当记者,是见习的。见习记者更好,《北京晚报》庙太小,我打算过两年进《人民日报》呢。董哥,现在我是鸟枪换炮了，以后有什么困难，找我。"

五哥说："你这小子行，有志气。来，我们干。"

两个人喝得面红耳热，趁着酒兴，五哥说："彭涛，我们俩在里头处得不错，可是，我始终不敢问你，你为什么给关进去的？"

彭涛说："鼻子底下一张嘴，管吃东西，还管说话。我这张嘴过分发达，吃得多，说话也多。而且没有把门儿的，什么话都说。大学刚恢复上课那年，有一天，我跟我的女朋友聊起样板戏，忽然想到一件他×的怪事儿：我听上海的亲戚讲过，上海郊区有个说书先生，在文化馆讲《智取威虎山》，讲到杨子荣时发挥了一下，说什么杨子荣身高一米九，浓眉大眼。这么说还可以，后来越说越离谱，说杨子荣有三个女朋友，三个女人枪法各个了得，都有百步穿杨的本事，所以处处给杨子荣帮忙打天下。后来不知道哪个短命鬼打了小报告，告到市里，市里把这个说书先生定性为现行反革命，说他有意篡改样板戏，有意攻击领袖，结果给枪毙了。我跟我女朋友说，这个说书先生是个傻帽儿，死得冤。这么干不是草菅人命吗？可是，我他×的万万没有想到我这个女朋友也是个打小报告的行家，结果我就给关了。幸好没有被枪毙。我这个人福大命大，一时半会儿还死不了。"

五哥回到家，浑身酒气，五嫂问："到什么地方去鬼混了？醉成烂泥了。"

五哥说:"碰上好朋友,一时性起,喝了个痛快。"顺便把彭涛的故事说了一遍。

五嫂听了,半天没有顺过气。过了好久,说:"人命就那么不值钱?一个人来到这个世上,容易吗?"五嫂还想说什么,却听到五哥打起了呼噜。

一天中午,许尔康在修车摊上找到五哥,说:"董科长,我跟厂里几个管事的都商量过,同意你回厂,只是工作不怎么好,在仓库里值夜班。夜班费还是有的。"

五哥正在为一个女中学生给自行车打气,听完没有反应。那个女中学生却插话说:"夜里看仓库,算是什么工作?要是我,我可不干。偷仓库的贼都是在深夜里去偷,万一碰上几个坏人一块来偷,你怎么办?跟坏人打?说不定连小命也搭上呢。我表舅在湖州就见过这种事:一个仓库管理员夜里跟三个偷东西坏人搏斗,结果被捅了七八刀,死了。单位追认他为烈士,可烈士又有什么用?人也死了。"听小姑娘说完,五哥与许尔康对视了片刻,五哥说:"这小丫头说得不错。"

许尔康也说:"世道乱,世道乱。董科长,这件事算我没有说。以后我再想别的办法。"

女中学生骑车走了之后,五哥想,这世道真的变了,一个小毛丫头知道这么多事,是不是知道得早了点?那么,以后孩子们的童年还会那么清纯、那么欢乐吗?

晚饭时,玉秀突然说:"许家的沈阿姨跟许叔闹离婚呢。"

五哥知道,沈萍的父亲恢复了工作,工资也补发了,经济状况大大提高。沈萍开始觉得许尔康配不上自己。五哥便说:"前天跟钱校长也说起这事,人这东西会变的。"

玉秀又说:"幸亏八号的章大爷劝了半天,才不闹腾了。不过,小白……尚如水阿姨说,看样子维持不了多久。"

五嫂说:"秀儿,这些大人的事儿,你以后少掺和。"

五哥也说:"你还小,有些事情你还不懂。"

小龙插嘴说:"还是咱妈好,爸爸关了好几年也没有离婚。"说得大伙儿都笑了。五嫂是笑里带哭,哭里带笑。

五哥玩笑:"说不定哪天爸爸也跟你妈离婚。"

五嫂说:"离了婚,我就去上吊。"

常老太爷在"四人帮"倒台的那天,一口气喝了半瓶多红葡萄酒,当场栽倒在地上,从此卧床不起。一天傍晚,常老太爷单独把常家大少爷叫到病床前,有气无力地说:"老大,这几天夜里,我净做噩梦,看起来,我将不久于世。你也别哭,我活了这把岁数,已经亏欠了阎王爷,已经晚走几年啦。

想想我这一生做过不少见不得人的事,这些日子经常想,辛辛苦苦图什么呢?常言说,鸟之将死其鸣也哀,人之将死其言也善。你爹我走之前有几句心里话跟你说:典当行的买卖,不坑人怎么赚钱?那些事儿就不去说,你也明白。唯独你继母,到了那边,我不知道怎么去见她。当初,她不守妇道,我装作不知道,暗地里却向你远房的舅爷讨了个下毒的秘方。那个远亲祖上是宫廷的御医,不得已给了我一个绝密方子。就这样,我慢慢毒死了你继母。孩子,你爹真不是人啊。再有,是你二弟的事,到了今天,我也闹不清当初如此对待他是否妥当。你二弟人善,待人做事太执拗,一条道走到黑。我走了之后,好好看着你弟弟,别叫他受委屈。没办法啊,他对那个青楼女子就是这样,认个死理。对那个青楼女子……"说到这里,一口痰涌上来,就再没有说出话来。

第二天黎明,常老太爷就驾鹤西去了。

得到消息,五嫂跟五哥说:"常家办后事,你去搭把手。估计他家老大书生一个,遇到这种事就毛了手脚,老二就别提了。"

五哥说:"这合适吗?咱们跟他家不沾亲不带故的。"

五嫂说:"常家二少爷对咱们有恩,滴水之恩当涌泉相报。远亲不如近邻,邻居就是个亲戚。你的书白念了?"

孙大头从上海回来,心脏装了起搏器,每天药片一大把，心气儿大减，在供销社里没有什么人愿意理睬他，对什么事也不争来争去，用他自己的话说，是看破红尘。供销社已经换了领导，原来区主任恢复了原职，对孙大头这个忘恩负义的家伙更是冷眼相待。

这一天晚上，孙大头忽然来到五嫂家，说，供销社新官上任三把火，要建立规模大、制度新、场地漂亮的正规菜场，五嫂的菜车不久就要取消，还是早做打算。

五嫂说："谢谢孙同志的好意，我心领了。"

孙大头说："过去多有得罪，还请原谅，五嫂大人大量。"

五嫂笑了笑，送走孙大头。

五哥看着离去的孙大头，说："我恨不得揍他一顿，踹他两脚。"

五嫂说："何必呢，认了错，就原谅了吧。这种人不能过分得罪，对小人不能太计较。我常在想，你在监狱里肯定得罪了什么小人，人家暗地里使绊子，你才吃不了兜着走。"

五哥说："我也这么想过，可什么人会这么恶毒呢？一时还想不出子丑寅卯来。"

五嫂说："行了，以后再想吧。反正有句老话叫人善被人欺。你这个人看上去精明能干，其实骨子里很多事儿没整明白。洗洗脚上床吧。这几天你辛苦了，给你顺顺气儿，一会儿好好慰劳你。"说着脱去罩衣，只穿一件无袖背心，露出雪白的胳膊和挺挺的胸部。五哥心里就有点七上八下的。匆匆洗了脚，睡到床上，催促五嫂说："快点。"

五嫂瞥了丈夫一眼，也很快上了床。五哥抚摸着妻子急促起伏的胸部，说："还是老婆孩子热炕头好啊。"说着趴到妻子身上。五嫂说："关了电灯。"

五哥说："这么看着你，不是挺好？"

五嫂说："还是关了吧。黑着灯，什么都依你。"

过了一会儿，五嫂轻轻叹息着。

五哥说："还是不满意？这些日子，我觉得下面强多了。"

五嫂说："不是那事儿。我在琢磨，要是不能再推车卖菜，将来做点什么呢？总不能让你一个人辛苦。这一大家子人呢。"

五哥说："修车的确挣不了几个钱，你要是丢了这份工作，恐怕家里就不好安排了。再说，修自行车也不是长远之计，真的就这么勉勉强强过一辈子？前两天我去找过赵海山，问他有什么办法。他也正犯愁呢。"

五嫂说："大不了我也去修自行车。"

五哥苦笑："这不是自己人跟自己人抢买卖嘛。自己人戗自己人的行，傻呀。再想别的辙吧。再说，女人修自行车还没有人见过。人家也不相信女人会修得好。"

五嫂捶了丈夫一拳，说："到这年代了，你还大男子主义。"

五哥说:"嚯,还学会了说大男子主义了。要是大男子主义能换饭吃,我就大男子主义了。"

五嫂说:"现在妇联恢复了,大男子主义行不通啦,有妇联管着。对了,尚如水已经找过区妇联了。"

五哥问:"怎么了,去找妇联?"

五嫂说:"说是他家李先生外头有人了?"

五哥说:"这才消停几天啊,又想折腾?"

五嫂说:"他们夫妻俩多少年来就不和睦,全胡同里的人都知道。李先生也憋屈了这么多年。我看哪,如水有点自作自受。狗逼急了还跳墙呢。"

大清早,五嫂推着菜车刚进南桃园胡同,就见常家二少爷站在门口的高台阶上朝自己招手。五嫂怕他又犯了毛病,刚想调头回避,常家二少爷却喊道:"五嫂,我买点菜。"

五嫂只好推车过去。

常家二少爷买了两根胡萝卜、一棵白菜,硬要付给五嫂五块钱。五嫂坚决不收。常家二少爷说:"这钱放在我这里没用,多点少点算什么呢。"

五嫂说:"不能这么说,这样我要犯错误的。再说,这菜车我也推不了几天了。"

常家二少爷听了，一愣，问："那以后五嫂干什么呢？"

"还不知道。"

常家二少爷叹息道："家家都有一本难念的经啊。"说着，从衣袋里拿出一只小小的玉如意。那只如意用料考究，做工精到，造型别致：透明的羊脂白玉，雕成恰到好处的弯型，型材的顶端有一抹淡淡的胭脂红，雕成如意的头，可以说是巧夺天工。常家二少爷递给五嫂，说："这个，五嫂帮我保存着，拜托你了。"

五嫂吓了一跳，说："这么贵重的东西，我可不敢帮你收着。"

常家二少爷说："这是我母亲在世的时候留给我的。当初打算给月霜来着，可后来月霜找不着了，不知道去了哪儿。一生一世都见不着啦。"

五嫂说："要是这么珍贵，我更不能收了。"

常家二少爷长长叹口气说："五嫂，在这条胡同里，只有你能听我说几句话。别人一直把我当疯子，就是我不犯病的时候，别人也不愿搭理我，我大哥我大嫂也是。人都快憋死了。你也许不知道，一个人没有说话的地方该有多苦。反正，苦也到头了，我要走了，我也该走了。从我老父亲过世之后，我就知道，我该走了。"

五嫂连忙说："常家二哥，你可别想不开，今后的日子会越来越好的。"

"会好的,会好的。"常家二少爷嘟囔着把玉如意放回衣袋,往家里走,到了门口回过头说,"五嫂,你不帮我,叫我怎么办?这胡同里没人会帮我了,北京四九城里也没有人啦。没有啦。"

五嫂看着他羸弱的体形,那有着异样而又无奈的眼神,觉得心里发酸。

远方无法企求,过往不堪回首,哪里会有前行的动力?

一天早上,五哥还没有出门,赵海山就堵在了门口。一见五哥就兴奋地说:"志民哥,好消息,好消息,我给大伙儿带来了一个好消息。五嫂的事解决了。"

堂屋里,五嫂正准备早饭,听外面说话,也走出屋子,说:"赵所长,进屋说,今天你赶巧了,早饭有大饼油条,还有小米粥。一块吃点。"

赵海山笑呵呵地说:"来得早不如来得巧。我正好饿着肚子,就搅和你们一顿。"说着走进堂屋,在餐桌边坐下。

五嫂忙着招呼赵海山用餐。

二龙从厨房里洗了脸走进来,说:"赵叔叔,你今天上我们家来蹭饭呀。"

赵海山开玩笑说:"不欢迎吗?"

二龙说:"欢迎,欢迎,热烈欢迎。"

赵海山说:"我又不是外国来宾,用不着喊口号。二龙,前天你们那场球我看了,终场前,你的那个进球真叫漂亮。世纪绝杀呀,倍儿棒。二龙,你赵叔我快成你的铁杆球迷了。"

二龙说:"赵叔这么一说,臊得我都不敢吃早饭啦。对了,以后有球票,我送你两张。不算走后门啊,我们队里有规定的。您放心。"

赵海山对五哥说:"二龙这小伙子会说话,人又精神,足球踢得越来越像样儿啦,将来有出息。"

五嫂说:"你再这么夸他,真不知道天高地厚了。二龙,给你海山叔拿油条过去。"

赵海山说:"光顾扯足球了,说正事吧。董科长,上次你提的事,我一直记着。昨天下午,我跑了几个地方,总算落实了。如今允许个体经营,咱们就打这个主意。夜里,我想了一晚上,现在跟你们商量。"

五嫂夫妻和赵海山三个人商量的结果是,把五嫂家堂屋的后山墙,也就是临胡同的一面墙打开,作为窗口,开个杂货店。正巧供销社搬到远处去了,几条胡同的居民买东西极不方便。那就替代供销社的职能,原先供销社经营什么,五嫂的小店也经营什么。这样,不愁没有生意。

主意打定,第二天五哥的车摊也不摆了,找人来破墙开店。一时间,一呼百应,邻居们都来帮忙。有干泥瓦工的，有拉大锯做木工的，有帮助联系供货渠道的，有跑玻璃厂联系买大玻璃的。红红火火地折腾了一个多星期，小店就这样开张了。

开张的前一天，钱校长、章大爷、小白鞋、沈萍和许尔康都来了。钱校长说："五嫂开了小百货店，是为咱们邻里造福的好事。明天我送一个花篮过来祝贺。"

章大爷也说："我也送一只花篮，凑个热闹。"

小白鞋说："我跟我们老李商量好了，我家送一对红绸带，上面写点吉祥话挂在店门前，图个喜庆。"

沈萍说："你家李先生炒股票赚了不少钱吧？"

小白鞋说："还说呢，不叫他买股票，非要买，这下可好，全套牢啦。你们说，套牢这个词儿，怎么说怎么别扭，是人家上海人发明的，还能不别扭？"

章大爷说："解放前就有这个词儿啦。上海那时候也有股票市场。"

小白鞋说："沈萍，你们家祝贺点什么？"

沈萍说："我们买爆竹。尔康成天无精打采的，想不出好主意，还是我提醒他，多买点二踢脚放，这叫步步高升。"

众人都说这个主意不错。钱校长说："说了半天，这个店名叫什么呢？五嫂，你家这店名叫什么呢？"五嫂说："这几天光顾瞎忙活，忘了想店名儿了。"五哥也说："我倒是想过这事，可脑子不够使，想不出合适的。今天大家伙都在，请高邻们帮着想想。"

许尔康说："新时代了，就叫新时代吧。"

章大爷说："店小，招牌忒大，不妥。"

钱校长说："要不然就叫新新百货店。说着顺嘴，也包含着一个新字。"

众人都说好。五嫂说："还是钱校长有学问，想得周到。"

新新百货店开张的当天，南桃园胡同有年头没有这么热闹了。别的胡同的邻居们听到动静，也都赶过来看热闹。有的大妈说："哎哟喂，还以为哪家娶媳妇嫁姑娘呢，过年也没有这么热闹。"另一位大妈说："除了粉碎四人帮那会儿，热闹过一会儿。"一位年轻姑娘说："以后呀，该热闹的事儿多了去了。说是要搞市场经济，这就有点像。"钱校长说："咱们这小店跟市场经济可沾不上边儿。将来是大有作为的时代了，以后，新鲜事儿会越来越多。"人们你一言我一语，说那是，谁不盼着过好日子，以前瞎折腾，搞这个斗争搞那个斗争，折腾来折腾去，结果快喝西北风了。

章大爷说："别讨论形势了，咱们都没有进过中南海，还是看看咱们新开的小店吧。"

一个大妈进店里看了一圈，惊喜道："真像小百货大楼了，什么都有。"

钱校长爽朗地笑着说道："就是小型的百货店，为了方便咱们这几条胡同的居民，才克服种种困难开设了这么一家。今后，各位高邻如果还觉得店里缺少什么，这里有小本，就写在上面，及时补充货源。"

五嫂也说："以后在服务上有什么不周到的地方，也请提出来，我们就改。"

另一条胡同的大妈说："听你这口气，像是掌柜的。"

许尔康说："如今不叫掌柜的，叫老板。"

"这么说是个女老板喽。新鲜。"

章大爷说："新新百货店，就是新事物，将来新鲜的事儿多着呐。"

隔壁胡同的一位大爷说："是啊，有年头没有见过小胡同里开店的啦。"

"打光绪皇帝死的那年就没有见过。"

"我看你就吹吧，光绪皇帝死的时候，你爷爷还没有出生呢。"

钱校长喊了一嗓子，说："大伙儿别只顾打哈哈了，新开张，东西打折，便宜，邻居们缺什么还不快买。"

人们这才像醒过来一样，大呼小叫地买起东西来。你买两瓶二锅头，他买两条大前门香烟，肥皂、洗衣粉、牙膏、扑克牌，一会儿工夫，钱箱子的大票小票堆了不少。沈萍见五嫂五哥忙不过来，也来帮忙。许尔康又买了两挂鞭炮当场放起来，又吸引来不少顾客。

五嫂的新新百货店就这样敲锣打鼓地热热闹闹地开张营业了。

过了一些日子，常大少爷听说义乌那地方商机不少，有两个同事也叽叽咕咕商量着想去义乌冒险。常大少爷不知所以，便去小白鞋家问李先生。李先生是银行里做的，说："不妨一试。"于是决定和两个同事请假去义乌。

常大少爷临行前嘱咐妻子：好好照顾二弟，多给他做点好吃的。妻子说："你还是别去冒那个险吧，我看你花了车钱，赔了夫人又折兵；万一老二犯了病，我可怎么办？"妻子再三给丈夫泼冷水，大少爷还是赚钱心切，走了。

常家大少爷的妻子自然心里不爽快，与常家二少爷的关系就更加不冷不热的。日子久了，常家媳妇成了甩手掌柜，三天两头往娘家跑，只请了个临时工给常家二少爷烧饭、打扫卫生。临时工是宝邸县来的农村妇女，干活儿粗手粗脚不说，煮的饭、烧的菜极其难吃。见二少爷不是当家的料，能偷懒就偷懒，还不时甩几句冷言冷语给二少爷听。常家二少爷心情也就越发沉重，经常犯病。犯病时，临时工连饭也不烧了，躲在一边去听收音机。收音机里经常放些悲悲戚戚的老平剧，二少爷听了更觉得内心不爽。

冷冷的月亮照在常二少爷室内的地板上，有些翘起的地板显出狰狞的轮廓。二少爷躺在床上,已经三天没有吃东西了。床头柜上的一碗大米粥已经凉了再热,热了又凉,如是几次了。二少爷静静地躺着,气息越来越弱,连喊一声"昨天的月亮"的力气也没有了。临时工叫他起来吃点东西,常二少爷一点反应也没有。门窗紧闭着,室内的空气似乎凝滞,没有完全拉拢的窗帘,露出一角玻璃窗,窗外的几株斑竹静静的,几乎没有摇动。床边柜上,台灯的微光照着常家二少爷青青的清秀的脸。

常家大嫂发现二少爷离世已经是隔天的事了。

天气还热,屋子里一股异味儿弥漫开来。这位痴情的人儿,平躺在床上,双手放在胸前。人们看到他的手边是一张六寸大小的泛黄的照片,上面是一位穿着旗袍的妙龄女孩。其实,长得并不是特别美丽。

那块羊脂玉的如意被摔在地上断成三节,其中如意的头部那雕成桃心的淡淡的胭脂红倒保留完好。

事后,验尸医生说,常二少爷是把过量的安眠药片与大米粥一起吃下去的。显然,当时他是清醒的。

常二少爷死后的第七天,半夜一点敲过,五嫂悄悄地在高台阶门前烧了一些纸钱。她觉得,只有自己应该这么做。她觉得常家二少爷的死,是因为自己没有精心地劝解,要是多关心一下,也许二少爷不至于轻生。她想起了常家二少爷曾经跟她说过的一些话,从那些断断续续的话里,她知道,这个苦命的人是被一种无形的力量压死的。至于那是一种什么样的力量,她说不清楚。是啊,昨天的月亮连同那个与世无争、没有伤害过任何人的男人,就这样悄悄地离开了这个世界。

常家大少爷还在义乌打理他的买卖,赶不回来,天气又热,遗体留不住,大少奶奶自己做主,匆匆把常家二少爷埋了。没有举行任何仪式,没有任何家人、邻居为这个孤零零的灵魂送行。常家大少爷直到半个月之后才回来,他瞒着老婆到弟弟的坟前痛哭了一场。临离开时,他狠狠地抽了自己两个嘴巴。毕竟,他没有忘记老父亲临终时对他的嘱托:好好看着你弟弟,别叫他受委屈。

常家二少爷的死,让南桃园胡同笼罩着一丝悲凉的气息。一天晚上,钱校长与章大爷下棋,说起常家二少爷,钱校长连连叹息着,马腿绊着的棋,也糊里糊涂地"跳"了过去。章大爷说:"喂,喂,别着马腿呢。走什么神儿?"钱校长感叹:"走不出来,这孩子走不出来啊。"

在一旁观棋的许尔康不解地问:"钱校长,你成天唠叨这么几句,你在说什么人呢?走不出来,从什么地方走不出来?"

钱校长说:"还能说什么人?常家老二。还能是谁?这样的痴情,我只在小说和电影里看到过。想不到,想不到。

这么年轻，为什么就这样结束了自己的生命？再说，时代在变好，怎么就想不开呢？唉，这就是宿命。"

许尔康听得似懂非懂，哼了一声，走开了。

钱校长只有苦笑。

五嫂家安生地过着小日子。

新新小百货商店的生意时好时坏，生意清淡时，五哥还是出摊修自行车。五嫂在小店不是很忙的时候，隔三岔五还会去章大爷家，给章大妈按摩。章大爷说："他五嫂，不是我老头子夸您，您按摩的水平比医院里的大夫还高。"五嫂说："瞧您说的，要是那样，医院里的按摩大夫都失业啦。"章大妈说："医院大夫有医院大夫的水平。可是，他五嫂，我这把老骨头，就是适合您的手法，前几天去医院按摩，就是觉得没效果。"五嫂说："您老这是夸我呢，我知道，哪里比得上人家专业的。"五嫂一边跟章大爷夫妻俩闲聊，一边给大妈按摩。大妈连声说："就是比医院的地方强，就是。"停了片刻，章大妈忽然又说："他五嫂，前天去医院，听到一件新鲜事儿。您猜怎么着，那个孙大头，死了。"五嫂一惊，说："不会吧？怎么没听说他得什么急病呀。"章大爷接过话茬，说："是这么回事儿。那天在医院里真巧碰上派出所食堂的张师傅，他跟我们说的，没有假。原来有一天，孙大头到门头沟乡下去会他的老情人，过铁道的时候正赶上过火车,火车一拉汽笛,孙大头一紧张,心脏病犯了,本来就装着支架,这么一来,倒在铁道上挪不动窝儿,四周又没有人,乡下嘛,就这么着,活活叫火车给压死了。"五嫂听完,愣了半天。虽然说这个不是东西的孙大头欺负过自己,她曾经对这家伙恨得牙根疼,可是到底是一个活蹦乱跳的生命就这么糊里糊涂地消失了,怎么想怎么不是滋味。

章大妈说:"人死为大,按说不应该对孙大头再说三道四的,可是真应了那句话,恶有恶报。"停了停,章大妈又神神秘秘地说:"我听我家老头子说过,孙大头在'文化大革命'的时候,逼死过供销总社的一个副主任,逼得人家跳了楼,那个主任的老婆也喝敌敌畏死了,撇下两个孩子。如今,是那冤魂找他算账来了。冤有头债有主,这种事儿,不由得你不信。"章大爷说:"这都是迷信,照你这么说,'文革'屈死的冤魂都到人世间来索命,那得死多少造反派?我看,到如今,不少前几年打砸抢的人,现在还人五人六的多了去了。要不然,大作家巴金也不会提议成立什么纪念馆。"

五嫂长叹道:"章大爷说的是,前些年有那么多张牙舞爪的人,四人帮一倒,这些人就耗子似的一下子钻了地洞。"

说到这里,三个人都沉默了。隔了半天,章大妈伸了伸腰,说:"这功夫,舒服多啦。"

大龙一直没有回来,只写了两封家信。二龙被召进了市足球队,说是踢前锋。五嫂跟丈夫说,这样一来,一个月得踢破几双力士鞋呀。

五哥笑她:"人家那是专业的鞋,不是你说的力士鞋。"

五嫂说:"也是怪了,踢踢球,不就是玩嘛,想不到老二这孩子还真入了门。真不知道哪片云彩有雨。这踢球真的能赚那么多钱?"

五哥说:"反正,比我这修车的赚得多了。"

五嫂说:"你就知足吧,什么买卖都比不上太太平平。"

五哥没有搭腔,心里却有所不甘。就这么给别人修一辈子自行车?

的确,五哥打小就是一个不安于现状的主儿,虽然在监狱中收了几年骨头,但骨子里那种莫名的冲动是五嫂始终没有料到的。

五哥期待着改变现状,期待着改变"卑微的工作",日思夜想着离开这修自行车的"岗位"。

有时候,人们的想法会与现实的呈现相吻合。

一个雨天,本来是淅淅沥沥的小雨。到了中午,雨下得大起来。五哥正想收摊,忽然一辆黑色的伏尔加小汽车停在了五哥的摊前。司机从车里下来,说:"同志,能给车胎打气吗？"

五哥头也不抬，说："打不了，没这设备。"

"那，帮我换个轮胎可以吗？"

"这个可以。"

五哥与那个司机一起有条不紊地换好车胎，司机问："多少钱？"

五哥说："不要钱。"边说，边低着头整理工具。这时候，从小汽车后座上下来一位四十几岁的女干部，她看了看五哥。五哥偶然一抬头，朝那人看了一眼，浑身微微颤抖了一下，仍旧去做他的事。那个女干部显然也觉得了什么，却没有更多反应。

司机诧异地问："为什么，为什么不要钱？"

五哥说："这不是我的业务，就算帮忙吧，雨也下大了，我这就收摊了。"

司机还要说什么，后座上的女干部说："小陈，那，我们就走吧。"

初夏黄昏，淑婷来到院子里，围着那棵海棠树转了又转。五嫂从厨房里出来扫院子，见状说："淑婷，你在那里转哪门子磨呢？"

淑婷这才停下脚步。她笑着说："我在替咱爸转磨。老爷子叫我来替他看看这棵海棠树。腿脚不中用了，还惦记着这棵树。本来要自己过来，下了床，没走几步就走不动了。老爷子也真是的，老糊涂啦。对了，我临过来时，老爷子说买几个烧饼带给你。我说，这早晚，早就不是吃了上顿没下顿的日子了。老爷子还不信，嫂子，你说，老爷子是不是糊涂了？"

五嫂说："那是咱爸一直惦记着我们。老爷子这一辈子也不容易啊。"

两个人走回厨房，淑婷帮着五嫂洗菜，问道："玉秀呢？怎么还没有下班？"

五嫂说："加班呢。"

淑婷奇怪道："玉秀不是调到药房去帮着拆包吗？药房加哪门子夜班呀？"

原来，一个打扫卫生的老阿姨家里有事，正赶上夜班，请不下假，玉秀知道了，主动替她加班。五嫂说："这孩子心重，就为了多挣个一块钱。"说着看看淑婷，"你可别这么大手大脚的，择个葱，给我择去一半儿，我可不敢求你做一点事了。"

淑婷笑着说："咱们南桃园胡同要是评节约模范，嫂子你准拿冠军。"

五嫂亲昵地打了小姑一巴掌，说："就你嘴贫。"

淑婷尖叫起来："嫂子，这可是我新买的白衬衫，几十块呢。看弄脏了不是？"

五嫂说："我就是卖房子卖地，也赔你。"

淑婷又笑道："我这衬衫也忒值钱了。"

五嫂说："说真格的，你也快成家了，过日子可不能大手大脚。你跟赵海山打算什么时候办事？"

淑婷说："我跟海山哥商量了，我刚上班，办事儿，不急。海山哥也同意的。"

五嫂羞她："海山哥、海山哥地叫着，听着都肉麻，还说不急。"

赵海山协助区公安局破了两起盗窃案，区公安局长很赏识，就调他到区公安局任局长助理去了。临行前，在众同事的撺掇下，赵海山与淑婷确定了恋爱关系。

可谓好事成双。一天，淑婷去逛大栅栏，见瑞蚨祥绸布店贴有招聘告示，淑婷就报了名。人家调查，知道她出身成分不理想，犹豫间又知道了她跟赵海山的关系，于是淑婷终于到瑞蚨祥绸布店站柜台去了。

五嫂问她："你去上班，咱爸谁照顾？"

淑婷说："大姐和二姐两人倒换着来家里照顾。大姐夫心眼好，说把咱爸接到他们家，省得跑来跑去的。咱爸不干，说故土难离。"

五嫂笑着说："就隔着几条胡同，还什么故土不故土的。"

淑婷说："我也是这么说他，老爷子急了，要拿扫帚疙瘩揍我。对了,我昨天晚上在海山哥单位里看电视,你猜,我看见谁了?"

五嫂说:"那我上哪儿猜去,也用不着操那份心。"

淑婷说:"就是叫你操心,告诉你吧,我在电视上看见二龙了,一场足球比赛,这孩子愣是踢进两个球。"

五嫂说:"那算什么本事。"表面上显得无所谓,心里却美滋滋的。这孩子打小就痴迷踢球,还真踢出点本事。要是自家有台电视机该多好,天天看儿子踢球。只好这么想想吧,买台电视机得多少钱呢,攒到猴年马月恐怕也买不起。

淑婷看五嫂低着头不言语,问:"嫂子,怎么又不高兴了?怕二龙踢坏了鞋?"

五嫂笑笑,说:"这踢足球是从国外学来的,会不会什么时候又取消掉了?"

淑婷大笑:"嫂子想到哪儿去了,将来不但不会取消,还要大大发展呢。不然,怎么叫向现代化进军呢?"

五嫂会心地笑了。那是母性的笑,笑得很好看。

淑婷接着说:"看不出来,咱们二房里真出了人才。往后,二龙可要出大名了。董二龙同志的照片一定会上报纸,报纸上头一个版面,照片放得大大的。到时候,不怕找不到漂亮媳妇。"

五嫂说:"屁大一点的孩子,还找什么媳妇儿。"

淑婷想起什么，说："光顾了扯闲篇，忘了说正事。大嫂，我听店里的同事说起今年高考的事儿，让玉秀去试试？她功课好，又肯下功夫，准能考上大学。"

五嫂说："她初二都没有念完，不是瞎闹吗？"

淑婷说："这您就不懂了，像他们这样年龄段的，有几个正经念过书的？"

五嫂说："好事倒是好事儿，可是，真的考上了，家里少了一份工资，多了一张嘴。"

淑婷说："我想过了，让玉秀去考师范学院，管饭，还有助学金。咱爸也主张玉秀去考大学，还说，玉秀像她爸，聪明。又说，五哥要是当年好好念书，准有出息。可惜了。"

淑婷这些话，说动了五嫂，她觉得小姑说得有理。这几年玉秀没少给家里出力，孩子懂事，处处想着家里的困难。她不是不想上学，只是觉得妈妈太苦，才去医院打扫卫生的。现在，不管怎么说比前几年日子好过多了，虽然还不算富裕，但至少不用为填饱肚子发愁。让玉秀去考大学，也算是给孩子的一点补偿吧。可是，她爸爸又怎么说呢？丈夫一直说女孩子读书多了有什么用，到时候嫁了人，还不是为别人作嫁衣裳。

这么想着，忽然邮递员送来了大龙的信，淑婷抢过去，看了说："是大龙寄来的。他说要考天津南开大学。怎么想的？这孩子，放着北京这么多的大学，非要考天津的。"

五嫂说："上个月来信说，暂时不想来北京，等过几年再说。"

淑婷傻乎乎地问："为什么？知青都返城了，我还盘算着大龙哪天回来呢。他就不想家？"

五嫂说："能不想？"

淑婷想了想，说："噢，我明白了。那年大龙造了咱们家的反，没脸回来，磨不开面儿了。其实，一家人有什么呀。"

五嫂叹息道："这孩子心思重。到底是当年太过分了，家里有几本书就是反革命了？我年轻的时候，也看过张恨水的书，有什么大不了的。再说了，书是人家如水姑姑寄放咱们家的。"

淑婷说："大龙就是书念多了，念傻啦。"

夜里，五嫂辗转反侧地在床上折腾，又是想着大龙，又是想着让玉秀考大学的事，长吁短叹的。五哥给折腾得也没了睡意，坐起来，见妻子愁眉苦脸的样子，想逗她高兴，就说起在监狱里的荤段子。五嫂打了丈夫一下，说："你们这些骚男人，关在里头也不老实，不是有句老话，叫什么隔靴搔痒吗？说的就是你们这些人。"五嫂本想把玉秀的事告诉丈夫，又怕他不同意。反正先斩后奏吧，万一玉秀真的考上了，生米煮成熟饭，丈夫不同意也得同意了。

第二天早上，五哥去摆摊，五嫂迟迟不去供销社，等着玉秀醒来，把考大学的事跟她商量。只是玉秀昨天下夜班太晚，天大亮了，还在做大头梦。五嫂实在等不及，索性把玉秀推醒。玉秀揉着睡眼，嘟囔："妈，您干吗呀，人家刚睡着，正做梦呢。"

五嫂说："做什么美梦？"

"真的，妈，我梦见正在发奖金，发了那么多，数都数不过来。"

五嫂笑："傻秀儿，真成财迷大爷了。"

玉秀说："我这几天，就等着发奖金呢。医院里的同事都说我表现好，我这回能拿到一等奖呢。等拿到钱，我给妈买一件漂亮的衬衫，再买双皮鞋。前天我在盛锡福店里看到一双鞋，真好看。妈，您穿上至少年轻十岁。我还想给爸买条毛呢西装裤。"

五嫂笑着说："你爸一个修自行车的，穿什么毛呢裤子。"

玉秀说："我爸一辈子就修自行车啊，我就不信。人往高处走嘛。"

五嫂说："秀儿，你呢？不往高处走？"

玉秀说："我当然也会，不过现在不想。"

五嫂趁机拉起女儿，把昨天与淑婷姑姑商量考大学的事，添油加醋地说了一遍。

玉秀听了，说："就这事呀，我早就知道了。反正与我无关，我不会去考的。"

五嫂问为什么不去考？

玉秀说："考也考不上，费那闲工夫。"

五嫂说："妈就怕你不愿意。要是知道你说这个，妈昨天夜里还不如安安稳稳地睡觉呢，干吗白费心思。秀儿，妈问你，为什么说考不上？没去考，就说考不上？真不像你们董家的人。你爸就不是这样。从前他会修车吗？不是试了试就行了？"

玉秀嘟囔："那么多门课，哪儿有时间去复习。交白卷，不是白耽误工夫？"

五嫂说："妈已经给你盘算过了。明天咱就辞职，腾出工夫复习功课。"

玉秀说："辞职？妈你疯了吧？好不容易找到这个工作，工资高，活儿又不累，打着灯笼也难找呢。"

五嫂坚决地说："就是砸锅卖铁，卖房子，也叫你辞职。买皮鞋，买西装裤，那是往后的事。工资高又怎么了？再高比得上工程师、大学教授？没什么真本事，在社会上就这么混一辈子？像你妈这样的，混一辈子有意思吗？眼前咱不图这个，先念好大学。"

玉秀说："这么大的事，总得征求爸爸的意见吧。"

五嫂说："用不着，这个事我做主。"

玉秀侧头看看母亲，说："妈，是不是瞒着爸爸？"

五嫂说:"什么瞒不瞒的。这是你爷爷的决定,你爸敢不听你爷爷的!"

玉秀低着头想了很久,然后抬着头说:"妈,我听您的,我去考!为了爷爷,为了妈,我这就去辞职。"

五嫂一把搂过女儿,紧紧抱在怀里,泪水像珍珠般落下来。多少委屈、多少期盼、多少希冀、多少艰辛,都化成泪水,静静地滴落下来。诗人惠特曼说过,母亲的脊梁里藏着岁月的沧桑,而且贯穿着她一生的故事。是啊,五嫂何尝没有过梦想,没有过希冀,读初中一年级的时候,她就想着将来中学毕业考医科大学,开诊所开医院,治病救人,穷人来看病可以少收费,甚至不要钱。她深深知道,作为中医的父亲经常苦恼的是,有些急病、大病,中医束手无策,西医就有不少办法。她去学西医,可以给父亲帮忙。可是,社会的动荡,让这一切都成了泡影。结婚生子,丈夫进了监狱,她为了全家吃一口饱饭,把全部心思都放在为了活命上。理想,对社会做贡献,都成了天方夜谭。现在,她指望孩子为她间接补上这一课,成为对国家对社会有用的人才。

玉秀洗了洗脸,去地段医院辞了工作。小周医生听了玉秀辞职的原因后说:"玉秀,你当然应该辞职,准备功课。你有基础,国家给了这样的大好机会,错过了,会后悔一辈子的。"

五哥事后知道了，说："秀儿准能考上，她的聪明劲儿随我。"

五嫂没有想到丈夫一点反对的意思也没有，心里高兴，觉得太看低了丈夫。又有些心疼地说："秀儿辞了工作，家里少了一份收入，你心甘情愿？"

五哥说："我关了这么几年，耽误了孩子们的前程，现在天上掉下来的馅饼不去接着？"

五嫂吊着的心落了地，宽慰道："这些年，咱们二房还没有出过大学生，让秀儿给咱们争口气。"

玉秀也很争气，每日天不亮就起来做练习，有时还要跑到区图书馆去查资料。五嫂看着心疼，特意煮了红烧肉，做了五香茶叶蛋，给她补营养。二龙看了直嘟囔，玉秀趁妈妈不注意就夹两块肉给二龙。五嫂只当没有看见，毕竟，老三正在长身体。

彭涛听说五哥的女儿准备考大学，特地找来了不少复习资料。还说："你女儿有什么不懂的地方可以请教我，咨询费一毛钱。说真的，如果真有我帮不上忙的，我还可以给她找真正的老师。说实在的，这几年我把大学老师教给我的知识都就着羊蝎子吃了。不过，怎么写作文，我倒是可以指点指点。这方面，我可以说是专家了，只有第一没有第二。"

五哥笑着说:"我们玉秀拜了你这个老师,也学得油嘴滑舌的,我可受不了。"

彭涛一本正经地说:"开玩笑的话少说,说正经的,我一定找两个有经验的老师辅导你们女儿。"

为了感谢彭涛的一片热情,五哥特地约了彭涛到东来顺去吃涮羊肉。还带上了玉秀,为了早点见见老师。彭涛见到玉秀,说:"这下我放心了。"

五哥奇怪地问这话怎么说?

彭涛说:"老实说,我来的路上心里还在打鼓。心想,要是董哥的女儿又傻又笨,我这忙怎么帮呢?现在看到贵千金,一百个心也放下了。你这女儿,不但模样好,还有一脸的聪明样儿,孺子可教也。唉,我说,玉秀像你,还是像嫂子?我想八成像大嫂。要是像你,要减不少分呢。"

五哥说:"你这话,就欠揍。今天看在我们玉秀的面子上,饶你一回。"

火锅摆上桌,玩笑开完了。彭涛这才把自己当年考大学时的经验教训说了一通,同时,把一叠复习资料也拿给了玉秀。五哥千谢万谢。彭涛说:"你要是这么谢个没完没了,咱们就不是哥们儿了。"

十四

星期六傍晚,我从学院里回来到家里蹭饭,刚刚坐下来,忽然听到大门外一阵汽车喇叭声,出门一看,正看到一辆黑色的伏尔加小汽车停在门前,从车里走出一位五十来岁的女干部。

"请问您是……"我犹豫着问。

那人笑盈盈地说:"你是,你是成民吧?我是你三姑啊。"

我的脑子一下子空白了。三姑拉起我的手,说:"北京大学的老师啦。不简单。"我陪三姑走进院子,三姑说:"你还有小时候的一点模样呢,要不然我怎么会认出来呢。"

我说:"三姑真是好眼力,不愧久经沙场。三姑还是那么年轻。"

三姑摇着手连连说:"不行了,不行了。"

走到院中,我兴奋地喊:"三姑来了,三姑来了。"

一瞬间，院子里热闹起来：我们家，五嫂家，还有小舅舅家都围了过来，又是问候，又是指点，又是欢笑，老人们一把鼻涕一把泪地絮叨着。十几年没了音信，突然重逢，兴奋的劲头可想而知。

欢乐静下来，人们散去，三姑这才进了五嫂的屋子里。

三姑笑眯眯地看着五哥，开门见山地说："倒是有一门手艺了，不错。"

五哥说："修车算什么手艺，混饭吃呗……三姑，其实那天我就认出您来了，只是没敢认。"

三姑说："那天雨大，你还那么辛苦，帮助我们司机小陈换轮胎，又不要钱。我就知道，志民还是从前的志民。岫烟，志民走过弯路，委屈你了。"

五嫂说："三姑帮我家志民够多的了，您那么忙，还来家……"

三姑说："我应该来的。岫烟、志民，你们不知道，我是你妈，也就是我二大嫂救活的。我不帮你，帮谁呢？那年大年三十晚上，要不是你妈给我端来一碗热汤面，也许我就上吊死了。"

五嫂、五哥都说："怎么回事？我们都不知道呀，我妈也没有跟我们说过。"

三姑说："这就是你妈的为人，帮了别人不言不语，好人。前几年,你妈过世的时候,我是知道的,真想送送老人一程,可那时候我身不由己,不能出门。"

五嫂问:"姑父好吧?"

三姑说:"那个韩柯,我们已经分手几年了,是和平分手的。婚姻是无法勉强的,既然不能白头偕老,何必勉强。现在我跟交通部的一个老干部再婚。人不错,就是文化低一些,不像韩柯有学问。不过,人老实正派,会体贴人。年纪大了,有这一点也不容易了。"

玉秀和小龙都缠着三姑,要她讲讲当年那段故事。三姑说:"以后有时间说给你们听。这会儿有正事跟你爸妈商量。"

玉秀拉着小龙和玉贞出去了,三姑才说:"有些话,不能当着孩子们的面说。今天我是给志民找了个事情做。看着志民整天给人家修自行车,我觉得是大材小用,志民不至于就这么一点格局吧。不过呢,这种事我只能做一次,多做了我也不敢。"说着,拿出一封信递给五哥,说:"这是一张提货单,志民去趟天津,到天津汽车制造厂的三产,可以提三辆夏利车,听说现在夏利车到处都要,出手是没有问题的。人家是三产企业,有种种原因,付款不能走账,得付现金。"

说着又拿出一叠钱,说:"这是两部车子的钱,另一部的,你们自己酬借吧。车子出手之后,把钱照数还我就成了。事先说好,可不能多给我,多一分钱,我的责任就更大。车子到手,卖多卖少就看志民的本事了。本来想三部车的钱都借给你们,不怕你们笑话,我现在也拿不出。"

五哥说:"这已经很好了,余下的我当然应该自己想办法。三姑已经帮了很大的忙了。"

三姑又说:"我这也是没有别的法子,才想出这个下下策,不是太合法。夏利车卖掉之后,用赢利做些其他的事,总不能一直修自行车吧。"

送走三姑,五嫂踌躇着说:"志民,这件事好是好,可我心里空落落的,总觉得不妥当。"

五哥说:"你说的没错,可这个机会不能错过啊,过了这个村,可就没有这个店了。"

五嫂深叹一口气,说:"就这么着吧,人穷志短,没法子。你每天去修车,我心疼,觉着对不住你。一个五尺汉子,年轻力壮的,人又不傻,干那种老头子干的活儿,也太委屈了。趁着年轻力壮,总得闯一闯。咱们别提什么觉悟不觉悟的,也别唱什么高调,再说,做买卖就是靠赚差价,又不伤人,赚的是有钱人的钱。"

可是,买车的钱哪里去酬借呢?

两个人想了一个晚上,也没有想出什么好办法。玉秀终于知道了这件事,拿出可怜巴巴的一点私房钱。五嫂说:"这点钱,留着上大学时用吧,到了大学,住宿舍,别太寒酸，省得叫同学瞧不起。"

五哥说："秀儿，你有这个心，爸妈就心领啦。你妈说得对，到了大学，不能太小气，该花的钱，别舍不得。"他想了想，又对五嫂说："要不然找咱爸借一点？"

五嫂坚决反对，说："老爷子的那点棺材本儿绝不能动！这笔买卖就是不做，也不能跟咱爸开这个口。"

五哥说："听你的。大不了去借高利债。"

五嫂坚决反对。

晚饭时，各个愁眉苦脸地坐在饭桌前，五嫂连半碗饭也没有吃完就放下了筷子。二龙看了看爸爸，又看了看妈妈，也放下饭碗。

玉秀说："二龙，今天妈烧的猪肉炖粉条真好吃，你干吗不吃呀？"

二龙嘟囔道："什么炖粉条，我不要吃。妈，你们有事情瞒着我，我有意见。"

玉秀说："告诉你也没有用。你也帮不上忙。"

二龙说："那可不一定。"

五哥说："大人的事，小孩子们别掺和。"

玉秀又要说什么，五嫂说："秀儿，厨房里我还做着汤呢，去拿来。"

玉秀明白了。离开座位，进了厨房。五嫂随后也走进厨房。五嫂叮嘱女儿："秀儿，这件事不能跟弟弟说，他这个人心里装不下事儿，弄不好传到你爷爷耳朵里就麻烦了。"

正说着，二龙突然一步跨进厨房，说："还是有事儿瞒我，刚才你俩说的我全听见了。玉秀姐，你说，什么事？"

玉秀说："借钱的事，你又帮不上忙。"

不料，二龙却说："你怎么知道我帮不上忙？不是吹牛，我就是帮得上。"

五嫂和玉秀都愣住了。

二龙拍着胸脯说："你们别犯愁了，差多少，我来补上。"他回到自己的床前，在床边的小柜子里翻了半天，拿出一只塑料袋，打开塑料袋，里面有三个鼓鼓的信封，二龙拿出一个信封，从里面抽出几张钞票。他把钱往玉秀眼前晃了晃，得意扬扬地说："怎么样？都是大票子，你有吗？"

玉秀的确看到了那几张百元的崭新钞票。她不禁叫了起来："妈，妈，二龙有好多好多钱呢，都是新的一百的。"五嫂"嗯"了一声，没有了反应。

玉秀喊道："妈，快来看呀。"

"妈有事儿。"五嫂说着到院子里扫地去了。

屋子里，玉秀盯着弟弟，说："你怎么会有这么多钱？你说！"

二龙说："你管得着吗？喂，玉秀同志，有什么要买的东西，我借给你点钱？"

玉秀撇了撇嘴，说："有几个臭钱就了不起啦。我才不稀罕。"说着就要走出门去。

二龙说："别走哇，不是借你，是送你，总行了吧？"玉秀没有理他，径直走到院子里。五嫂扫好院子，正准备回屋里，玉秀走近母亲，低声说："二龙有这么多钱，看着都吓人。别是做了见不得人的事儿啦？"

五嫂没有搭话，默默走进屋子，开始扫屋子。玉秀接过扫帚，一边扫地，一边说："妈，您得问问二龙，他怎么会有那么多钱，都是一百块、一百块的大票子。"五嫂冷冷地看了女儿一眼，说："大票子，又怎么啦？没见过？"玉秀吓得不敢再说什么。

这时候，章大爷忽然来到五嫂家堂屋。五嫂连忙打招呼："章大爷，您怎么来了？贵客，贵客。"五哥也从里间走出来，说："章大爷，您怎么有空来？有什么事儿，言语一声，我们去您那儿不就得了。昨天晚上我还想去您那儿杀一盘呢，这些天，您的棋艺可长进不少哇。大前天您是三局两胜。"章大爷说："那是凭运气，说真格的，我的棋艺跟您比还差着一大截呢。有空儿，咱爷俩再较量较量。您是高手，我们对弈，我是收获大大的。好，别扯闲篇了，今天晚上我找五嫂有事儿。"

章大爷与许尔康住同院，章大爷住北房五间，许尔康住西厢房三间，就这样，许尔康小两口的事大多瞒不过章大爷老夫妻俩。许尔康与沈萍婚后不久，西厢房就开始不消停。时代的巨变波及这个新建立的小家。许尔康因做过造反派头头，受到了处分，工资也降了，工作也换成没有人愿意干的仓库保管员。许尔康因此常常要值夜班，引起沈萍的不满；为了照顾病歪歪的婆婆，小两口也经常拌嘴。最后，许尔康的老娘搬到堂屋，小夫妻俩搬到正屋，才算消停了一阵子。但是好景不长，这几天沈萍不想在供销社做会计，让父亲托关系在区文化馆找了份管理图书的工作。许尔康知道了，死活不同意。理由也奇怪，说什么文化馆里搞文艺的出出进进，又是男人的地盘，在那种地方工作，对一个漂亮的女人来说风险极大。为此，夫妻俩这一回不仅争吵得天翻地覆，还动起手来。

五嫂随着章大爷走进他们的大杂院，章大爷低声说："老话说，清官难断家务事，可是住在一个院子里，他们的动静又那么大，我们夫妻俩就不能装聋作哑，不能装着看不见不是？再说，作为一个党员，我也应该维护大家伙儿的团结，您说是不是？可我老伴儿，五嫂您是知道的，她那张嘴像是线缝上的，张一回有多难，这才想起请能人过来。"五嫂说："大爷，看您说的，我算什么能人。"章大爷说："在我老伴儿眼里，五嫂就是天底下数一数二的能人了。今晚上请五嫂来，是您大妈的意思，我只是跑腿的。"

两个人说着,进了许尔康的屋子。五嫂走进沈萍的房间,看见她正在撕照片。五嫂捡起半张看了看,是许尔康与沈萍谈恋爱时的一些纪念照。五嫂说:"小沈,这是何必呢?两个人最值得纪念的东西,不就是这些?过去了,还能找得回来吗?当初,我跟我们那位拍的一些照片,红卫兵抄家的时候都给抄走了。现在想补,补得回来吗?都是半截入土的人,拍出来还不吓死人?"沈萍听到这里,勉强笑了笑,说:"五嫂再过十年拍照也是漂亮的。"五嫂说:"再过十年就成老妖婆啦。不像你们,还那么年轻。小沈,我是提醒你呢,年轻的好日子,一晃就过去啦。小两口放着好日子不过,不是傻吗?"沈萍不说话。五嫂扫视了一下屋子:瓷器茶盘子摔碎了,两个玻璃茶杯摔得粉碎,奇怪的是,还有一个竟然只破了一个口。五嫂捡起那只玻璃杯,直起腰来,这才发现描着红双喜字的大衣柜上的玻璃也出现了几条裂缝,有的地方还用纸条粘着。显然,那不是当天晚上的"战绩"。章大爷见沈萍不开口,便说:"五嫂的话,说的有道理。珍惜眼前吧,眼睛一晃就是老夫老妻了。就像我和你婶,想吵也吵不动了。"沈萍说:"章大爷,您老夫妻俩,志同道合,有共同语言。哼,我跟姓许的,根本不是一路。"五嫂说:"怎么没有共同语言?你们是自由恋爱啊?我还眼热得不行呢。"沈萍说:"什么自由恋爱?我算瞎了眼,看上这么个不上进的。四人帮倒了,人家的日子越过越好。我们呢正好相反,真是王小二过年,一年不如一年。"章大爷说:"我老头知道您受了不少委屈。小许嘛,男人,不知道疼媳妇,这我见得不少。可有矛盾得从对方的好处想,是不是?"沈萍说:"多说也没什么意思,今天晚上惊动了您二位,听你们的,不吵了,不吵了。再吵也没什么意思。"

许尔康送章大爷和五嫂出来。章大爷用略带埋怨的口吻对许尔康说:"前两天不是刚说好的,不吵了,不吵了,怎么又打起来了?"许尔康说:"章大爷,看您的面子,我是一忍再忍,可是沈萍得寸进尺。今天早上,我上班的时候跟沈萍交代说,晚饭用不着你做,等我回来,我来做,无论如何,别让我妈动手。老太太昨天还吸了氧气,实在是不能让她做什么。可是我下班回来一看,沈萍高高兴兴地在看电视,我老娘正在炒菜。您说气不气人?我忍着性子,跟沈萍好好说,她却说:'我又没有逼着老太太做饭呀,是她自己愿意做的。'您说,这还像人话吗?"章大爷说:"说来说去,都是鸡毛蒜皮的小事儿,可是总这么闹下去,感情越来越淡了。以后这日子怎么过啊。"

许尔康长长叹了一口气,说:"章大爷,我听您的,尽量忍着吧。"随即又对五嫂说:"大晚上的,把您五嫂也惊动了,实在不好意思。"五嫂说:"应该的,我也是听章大爷调遣,不过我也劝不了什么,大道理也说不出子丑寅卯来。"

许尔康说:"五嫂,您这就是客气了。您的话沈萍还是很听得进的。得嘞,就不送二位了。谢谢您。"说着走回屋里。

章大爷望着许尔康走路有点一颤一颤的样子,叹息道:"也只能做这么多了。暂时停火,解决不了根本问题啊。五嫂,辛苦您了,快回去吧。"

五嫂回到家里,二龙正在做梦。在他面前有一些新票子,堆得像座小山。二龙看着钱,发愣。忽然,天黑下来,雷声大作,下起瓢泼大雨,大雨里,夹杂着不少钞票,飞来飞去……

五嫂轻手轻脚的,还是吵醒了二龙。茫然的二龙睡眼惺忪地说:"妈,刚回来呀。都几点了,天快亮了吧?许叔叔他们打什么架呀?结了婚就吵,还结什么婚呢?妈,您把他们劝好了?"五嫂说:"妈可没有那么大的本事。二龙,妈吵醒了你。妈有些话想跟你说说。"五嫂把二龙叫到厨房,两个人相对而坐。五嫂一脸严肃地说:"二龙,妈知道你是个好孩子。你跟妈说,哪儿来的那么多钱?"

"挣的呀,我踢球挣的。"

五嫂说:"妈问你,你一个月的工资是多少?"

二龙支支吾吾:"我,我也弄不清。反正每个月发了不少钱,我也用不着。"老实说,他的钱来得太快,他不知道,怎么这么容易就得到这么多的钞票。钱成了不大不小的负担。年纪小,他不知道如何来处理这么多的钱,一听说家里急需要钱,他就想到赶快拿出来,做点"贡献"。想不到妈妈和姐姐的反应,完全出乎他的意料。

五嫂叹口气:"二龙,妈一直以为你是个诚实的孩子,你让妈失望了。"

二龙低下了头。

五嫂又说:"怎么不说话了?"

"没什么多说的,反正每个月发了不少工资……"

二龙的话还没有说完,"啪啪"两个耳光扇到了他的脸上。

二龙抬起头刚要申辩,竟看到母亲的眼里含着泪花。五嫂长长叹了口气:"孩子,你让妈不能做人了。你也会学你爸。"

二龙哭了。

五嫂静静地看着儿子。她觉得刚才两个耳光打得重了些。她更是觉得这两个耳光是打在自己的脸上。她知道二龙一向是个乖孩子,他心细,想着家里,虽然成天叫着吃不饱,吃得不好。也难怪,正是长身体的时候,又是个闲不住的。尽管这样,他还是很体谅家里的困难。他不像玉秀,马马虎虎大大咧咧地东插一杠子西插一杠子地帮家里;也不像大龙,沉默寡言,不知道成天想什么,家里大大小小的事情也很少插手。二龙不同,他热心,肯帮助家里，肯帮助弟弟妹妹，也肯帮助左邻右舍。前几天她在胡同里遇见许尔康，尔康开门见山地说："五嫂，你家二龙，我得好好谢谢他。前几天我老妈犯病，叫不到急救车，想不到正碰到二龙，他二话不说，马上打了一个电话，请来他的教练。教练开着车把我老妈送去医院，救了我老妈一命。二龙我得给他挑大拇哥。五嫂，您有这么出息的儿子，真是用不着发愁啦。再说，二龙可是个挣大钱的。小小年纪恐怕比我们十个人加起来挣得还多。"说者无心，听者有意。许尔康的话提醒了五嫂，五嫂就怕二龙年纪小，有了钱，把握不住自己，就悄悄地让玉秀打听球员们每个月大致的收入。刚才玉秀跟她说二龙有那么多钱，她心里就一阵发慌，生怕出什么事。

五嫂见二龙直掉眼泪，心软了，递给儿子一块手绢，说："擦擦脸，别哭了。妈刚才打你打得重了些，是妈不对。可是，妈是为你好。妈还是觉得你是个好孩子，诚实善良，不会走歪道。可是你还小，对社会上的一些事情弄不清楚。你好好跟妈说，除了正常工资，还拿了别的什么钱？"

二龙擦了擦泪水，低着头说："就、就拿了一次昧良心的钱。"

五嫂说："跟妈说说，怎么昧良心了？"

二龙说："有一次，我们队跟一个弱队打比赛。我们十拿九稳会赢。可是他们输了这场球,球队就要降到乙级。可以说,对他们是关键的一场比赛。临上场前,教练悄悄跟我说,这场比赛,你最多只能进一个球,多了,你可能就得离开球队。结果那场球赛,我的确只踢进一个球。其实,有两个必进的球,我杀进禁区后故意把球踢飞。结果那场球对方赢了,保住了位置。事后教练背地里表扬了我,还一下子给了我十二万。我,看着那些钱,不敢去接,教练板下脸来,我才收了。接钱的时候,我的心跳个不停。我知道,这是昧良心的。"

五嫂问:"还有吗?"

"没有了。"

"就这一次?"

"就一次。后来教练又叫我再做一次,我没有同意,教练就去找了别人。从那以后,教练对我也不冷不热的了。有几场球,还不派我上。队里的几个要好的都为我打抱不平,可是大家伙儿又不敢多言语。"

"那这昧良心的钱你打算怎么处理?"

"我不知道。"

五嫂说:"还回去吧。"

二龙说:"还给谁?还给教练?那我的工作就没有了,教练会恨死我的。"

五嫂想想也是。她给儿子又擦了擦脸,叮嘱道:"孩子,妈信你。以后好好的,别沾那些歪门邪道的。行了,睡觉去吧。"

二龙闷声闷气地问:"那钱怎么办?"

五嫂无可奈何地说:"容妈再想想。"

五嫂回到房里,把二龙的事与五哥说了说,问他该怎么办。五哥吭哧半天,说:"又能怎么办?马无夜草不肥。先这么着吧。现在不正是用钱的时候?"

五嫂听了丈夫的话,觉得很失望。可是又没有更好的主意。

第二天清早,五嫂心烦意乱地起来,在厨房里准备早饭。玉秀不知道什么时候溜进厨房,说:"妈,听我爸说,您昨天晚上去做和事佬去了。怎么样,许叔叔跟小沈阿姨打不打离婚?"五嫂说:"你怎么盼着人家离婚啊?"玉秀说:"这种婚姻就应该离。"五嫂瞪了女儿一眼,说:"脑子叫狗吃了?怎么想的?常言说,宁拆十座庙,不拆一桩婚。劝人家离婚损阴德。"玉秀说:"妈,您这话基本上没有错。可得看是什么婚姻了。像许叔他们这种婚姻,早离早好。我听医院的几个护士说过,这叫'文革婚姻'。'文化大革命'的时候,有不少人为了活命,为了自我保护,成分不好的,找个成分过硬的。一句话是为了活着。还有的插队落户的漂亮女孩,嫁给四五十岁的生产队长,图什么?还不是图在农村不被人欺负。还有绝的呢,前天我听人说,在某个电影制片厂里，一个漂亮的女导演嫁给一个照明工人。不是说不可以，问题是那个工人除了喝酒就是打扑克，业务就更别提了，倒是有一个特长就是乒乓球打得好。两个人结婚没有几年，现在两口子离了。为什么呢？听说现在那个女导演的父亲恢复了工作，恢复了党籍，她自己也可以拍片了，于是那个照明师傅就主动离开了。妈，您别不信，真有其事，一点不掺假。跟我说的那个姐姐对我发誓说，要是有一句谎话，天打五雷轰。我想，那个工人师傅还算是明事理。主动，不然闹得天翻地覆也得离，门不当户不对嘛。"五嫂听了，一声不吭，像是一句话也没有听进去。

玉秀想了想，又问："妈，有什么心事？还是因为钱的事情吧。二龙有那么多钱，干吗不用？二龙不愿意？"

五嫂说："二龙一百个愿意。可是……"

玉秀惊异地说："钱，是偷来的？"

五嫂说："那倒不是。你弟弟是那样的人吗？"

玉秀说："二龙的钱既然是正道来的，有什么不能用？"

五嫂叹息道："算了，说了，你也不懂。"

玉秀一边帮母亲熬玉米粥，一边嘟囔："这个不行，那个也不行，我爸这买卖还做不做了，一辈子让他修自行车算了。照样是为人民服务。"

一下子点到五嫂的痛处。玉秀又说："妈，您就是死心眼儿。咱们现在缺什么？缺钱。有了钱不要，那才叫傻帽儿。钱，我们先用了再说。这叫什么？这叫曲线救国。我听小周医生有一次跟我说，当初第二次世界大战前，苏联还跟德国法西斯签了互不侵犯条约呢，为了什么？为了最后打败法西斯。"

五嫂笑道："秀儿，你跟我说的那些歪理，妈听不懂，妈文化低。"玉秀说："我老妈也学会了装傻充愣。人们常说，为了达到某种目的，可以使用各种办法，只要不伤天害理。妈，您说，二龙的钱是抢来的吗？不是吧。是偷来的？也不是吧。既然都不是，我就认为是正经得来的，我们就可以光明正大地花。"五嫂思索片刻后说："你的都是歪理，我说不过你，可我觉得这事儿打开头就不靠谱，这种钱拿着心里不踏实。"玉秀说："甭管踏实不踏实了，先救救急再说。"五嫂没了主意，丈夫要想不再风里来雨里去地修车子，想要找个体面的买卖，就得有个本儿，这个本钱就靠着三辆夏利车了。眼下，玉秀虽然说服不了自己，也只能摸着黑走夜路了。

玉秀见妈妈不语言了，讨好地搂着五嫂，撒娇地说："就这么办吧，老妈。听我的没错。"她见五嫂并没有十分反对的意思，说："妈，听我的没错。"五嫂说："听你一个小毛丫头的，天上掉馅饼了。"话是这么说，五嫂心里已经打定主意。熬好粥，玉秀正想离开，五嫂又叫住她，说："秀儿，妈有个事儿，早就想跟你商量。你看，你每天住堂屋，多不方便，大大小小，进进出出，影响你复习。妈想好了，厨房前有块空地，我跟同院的几家亲戚商量过，他们都同意在那里给你建一间小屋子，这样，你也有个安静地方。不知道你同意不同意？"

玉秀爽快地说："有什么不同意的。好哇。"

说干就干。星期天，五嫂五哥开始建小房子。许尔康和沈萍、章大爷、钱校长都来帮忙。五哥的狱友彭涛也来了。他一见五嫂的面就说："哈，五嫂子真是个大美人啊。董哥，你真是好福气啊。"

五嫂说："还福气呢，吃了好几年牢米饭。"

彭涛说："我还不是一样。出来了，照样吃香的喝辣的。只要不犯法，我想干什么就干什么。这年月，活得潇洒才是正经，天塌不下来。听自己的，不管别人怎么说。别人把什么事说得天花乱坠、海阔天空，你就当他放屁。"

五嫂说："我可不敢听彭老师的。我们不比你们文化人，我们小门小户的就知道柴米油盐，过太平日子。"

彭涛笑着说："嫂子，我就这么一说。吹牛。其实，我碰到事儿，也像缩头乌龟。好了，不废话了，赶紧干活。"他环视了一下干活的人，"看起来，我在这建设大军里，算是主力，行，我就拣重的干。"

他瞥了一眼许尔康，就自告奋勇代替许尔康当了泥工。他脱去上衣，赤着膊，甩开胳膊干起来。他一边和泥，一边指导许尔康,说:"看到了吧,这么和,才能和好。我在里面干过这个,有经验。"

许尔康明知故问道:"在哪里面?"

彭涛说:"还能在哪里面?监狱呗。我得声明,进去的不一定都是坏人,我就是一个,我就是嘴欠,经常胡说八道,所以就进去遛了一圈。这里面有好处,我学了不少本事。你不服不行。"

许尔康看着彭涛专心致志的干劲儿,还是佩服了几分。

到了中午,五哥把饭桌搬到海棠树下,从同院的二舅家借了几个方凳,"劳动者"们团团围坐在饭桌四周。海棠树树荫洒下来,遮住了大半阳光,小风徐来,众人顾不得洗手,打开啤酒,对着瓶子嘴大口喝酒,狼吞虎咽地大口吃菜。五嫂怕一个人烧菜忙不过来,事先就特意请小白鞋和淑婷过来帮忙。

五嫂她们做了炸酱面,还做了韭菜鸡蛋合子,做了红烧里脊、小鸡炖蘑菇、糖醋黄鱼、猪肉炖粉条、油焖肉丸等几个热炒,还做了蒜泥茄子、小葱拌豆腐、糖拌西红柿、大葱沾甜面酱、大蒜拍黄瓜等几个凉菜。可以说,五嫂把她的看家本事都拿了出来。小白鞋特意做了一道她的拿手菜苹果拔丝,引起大伙儿一阵掌声。玉秀和二龙又搬来两箱啤酒。人们干活儿也累了,见一桌子好酒好菜,不管三七二十一,划拳的划拳,讲笑话的讲笑话,开始大快朵颐。五哥把特别爱说笑话的二舅也请到饭桌,给这场"大宴"平添了几分热闹。二舅爷说:"给大伙说个笑话。有这么相亲相爱的夫妻俩,老婆怀孕了,丈夫说:'想要男孩还是女孩?'老婆说:'要男孩吧,医生说生男生女是男人决定的。'结果,老婆生了个女孩。丈夫到产房来,妻子不由分说,上去就给了丈夫一个耳光。丈夫被打晕了,问:'干吗打我?'妻子说:'本来说好的生男孩,现在是女孩,你怎么说?'丈夫说:'生男生女是男人决定的,这个不错,可在咱家,我买盒香烟,都得请示你,生男生女这么大的事,我有决定权吗?'"二舅的笑话没有引起多大反响。他有些尴尬,接着说:"有一个小老板,忽然接到银行工作人员的电话说,请问先生,你需要贷款吗?小老板说,正需要。对方说,需要有抵押物的。小老板说,可以,请问你们是什么银行?对方说,我们是人民银行,先生需要贷多少?小老板说,不多,十个亿吧。那个银行工作人员一惊,说,这么多!那么,你的抵押物有多少价值?小老板说,肯定比几个亿要多喽。对方兴趣上来了,激动地问,请问是什么物业,在什么地段?小老板说,地段,我一提你就知道,这个物业也是人民打头。工作人员更加急切地说,我们会很好地为先生服务的,请问到底是什么物业?小老板说,人民大会堂。"大伙儿都笑了。彭涛说:"这个段子,细想想真挺有意思。"五哥说:"其实,这个小老板也是人民，人民大会堂应该有他一份儿。"小白鞋正端着菜过来，插话道："这么说，人民大会堂也有我一份啦。"彭涛说："当然有。绝对的。"众人哈哈大笑。五嫂过来说："哪有那么多废话，就一张嘴，顾说顾不了吃。快吃饭吧，一会儿都凉了。"秋风摇曳着那棵年迈的海棠树，人们的欢笑仿佛也感动了它。几片半黄的叶片飘落下来，掉在了许尔康的碗里。彭涛说："你们看，树叶想抢这家伙的饭呢。它跟你提意见呢，活儿干得不多，饭量倒不小。"

许尔康说不过彭涛，躲到一边去。气氛有些尴尬，二舅爷看看有些不对劲，就没话找话说："今天这桌菜好是好，但是缺少了一道中国顶尖的国菜。"

许尔康问："什么顶尖的国菜？"

二舅卖关子说："这道菜既便宜又好做，可就是首屈一指的。"

二龙也顾不得招呼大伙，伸过脑袋问："什么菜又便宜又顶尖？"

有人听明白了，偷偷直笑。二龙急地说："二舅爷，你快说呀！"

二舅说："就是炒菠菜呀。慈禧老佛爷当年给它起了个雅号叫红嘴绿鹦哥儿。"

二龙很丧气地说："就这个呀，这算什么好菜！"

众人哄堂大笑。

彭涛对五嫂说:"嫂子,这苹果拔丝做得有水平,甜而不腻,不粘牙。"

五嫂说:"这是我大妹妹做的,人家可是大户出身,见过世面。"

小白鞋有些得意,却说:"要说大户出身,我五姐才是真正的大户出身呢。"

五嫂说:"说我是破落户出身还差不多。"

彭涛不会划拳,直朝五哥请教。许尔康趁机说:"你彭老师不是百事灵通的专家吗,怎么连简单的划拳都不会?"

彭涛说:"鸡鸣狗盗的伎俩我是不学的。"

二舅说:"大记者,你这话可犯了众怒。该罚三杯。"

众人一致起哄架秧子。

许尔康说:"要罚酒,得罚二锅头才对路。"

二龙朝许尔康眨了眨眼睛,扮个怪脸,起身就要去拿白酒。

五嫂说:"白酒就少喝,吃了饭还要干活呢。"

彭涛说:"还是嫂子向着我。"

说话间,大伙儿酒足饭饱,又开始盖房子。就这样折腾了几个半天,像模像样的小屋盖成了。

小周医生开玉秀的玩笑说:"小董,你这是躲进小楼成一统了。好好备考吧。"

小屋子盖好的那天,五哥把彭涛请进自己的房间,拿出三姑给的信递与彭涛看。彭涛看后说:"好事啊,董哥,有了这个,你发了不大不小的财呀。"

五哥说:"东西放在我这里几天了,一直不知道该怎么办。这些年,关在里面,对外面的情况晕头转向,世道变得太快,有了这个该怎么做呢?"

彭涛说:"这东西,平头百姓哪里搞得到?你知道吗,凭这张破纸,就能赚至少两倍的钱。这样吧,过一两天我陪你跑趟天津,一准搞定。"

五哥说:"太好了,到时候我给你分红。"

彭涛说:"你这么说,就是打我的脸了。实话告诉老兄,我来钱的地方多了去啦。我要你的钱,出门得叫汽车撞死。好了,别废话,我在单位里安排一下,明后天咱们就天津卫走上一遭。"

夜里,五哥把与彭涛商量的计划跟五嫂一说,五嫂一百个同意,说:"有彭涛陪你去,简直忒好了。你一个人去,我还真有点不放心。彭涛活泛,见过大世面,人又实诚。人家不要咱们酬谢,那是客气,硬给人家反倒伤了义气,以后咱们想别的方法谢他吧。有这么一个朋友,算咱们运气。"

五哥说:"岫烟,你不愧是大门大户出来的,说的在理,就这么办。"说着,抱着五嫂亲了几口。五嫂推开丈夫,说:"小声点,让孩子们听见。"

五哥涎皮赖脸地说:"玉秀住小屋了嘛,听不见了。"

说着解开五嫂的上衣，在她的脖子上亲了两口。五嫂说："胡子拉碴的，弄得人直痒痒。"

五哥说："痒痒了，就再亲两口。"

五嫂就跟五哥温存了一会儿，然后从抽屉里拿出封信给五哥，说："前几天，大龙来的信。"

五哥说："怎么不告诉我？"

五嫂说："大龙是给我一个人的，指名道姓不叫你看。"

五哥说："为什么？"

五嫂打了丈夫一巴掌："那年我跟大龙去监狱里看你，忘了？大龙说恨你，现在想想后悔了，觉得没脸见你。"

五哥说："老子跟儿子有什么记仇的。"

五嫂说："你是这么想。孩子可不。行了，你看看就知道了。"

信上说，大龙不想考北京的大学，想去考天津南开大学。为的是不来北京，又离北京不远。所以，临时在天津新华书店找了个工作，一边上班，一边备考。

五哥看完信，五嫂说："到了天津，办完正事儿，顺便去看看儿子，地址信封上有。孩子见你看他，一块心病就治好了。"

五哥和彭涛到了天津，找了一家便宜的旅社住下。

五哥觉得有些亏待朋友，就说晚上到狗不理包子店去吃出了名的包子。

彭涛拗不过五哥，两人边走边聊，一路上看过去沿海河两岸起了不少高楼，金钟桥似乎也翻新了。五哥说："这些年，天津变化可不小，老马路都不认识啦。"彭涛问："上次来天津是哪一年了？"五哥说："那时候，傅作义还没有丢了北京城呢。"彭涛一听差一点笑出大牙，说："八百辈子的皇历也去翻呀。"他们就这么走了半个多钟头，总算找到了狗不理包子铺，便在店里找了个角落坐定。

五哥荤素包子叫了不少，还点了几个像样的熟菜。

彭涛说："你这个破落户，真不是一块做买卖的料，还没有挣到一分钱，就这么挥霍。"

五哥说："你这是出我洋相，吃几个包子就算挥霍了？说实在的，等把几辆车卖出去，我们好好喝一顿。"

说话间，忽然一个胖胖的中年人闯过来，人还没有走到跟前，中气十足的声音已经响起来："哟，我说哥哥，这不是大记者彭涛嘛。"

彭涛认出来人，站起来说："是冯总啊。几个月不见，又胖了。"

那位冯总哈哈笑着说："彭大记者，哪阵风把你刮到天津卫来啦？"不由分说就坐到了五哥对面，然后说："彭老弟，不瞒你说，这些日子做了两票不错的买卖，财神爷看得起。可是有一利必有一弊，这不是××的又长了几斤肉膘。没法子，减肥那玩意儿，咱玩不转。由他去，反正老婆不会跟我打离婚。嘛？您说，离婚？离了婚不更好嘛，找一个年轻的，没跑。"

彭涛说："人家说我贫嘴，我看冯总比我贫多了。"

那个胖子笑道："没错，说的没错。××的，光顾扯闲篇儿了，这位是……"

彭涛连忙说："我的好朋友，董总。"

胖子直起腰看了看五哥，连忙从西装口袋里拿出一张名片，递给五哥。五哥没有名片，有些尴尬。彭涛连忙说："我们刚到，名片都落在酒店里。"

胖子闪着狡黠的眼睛，看了看五哥，说："明白，明白。噢，我这名片上字太小，看不清楚。兄弟我姓冯，单名一个诚字，冯诚。名字有点俗，可祖上还是有人知道的，我祖父是民国初年的大总统冯国璋，当然是反动派，很快就下台啦。"

五哥掩饰着自己的尴尬，说："据说冯大总统还是做过不少好事的。"

冯诚说："奏嘛好事儿？欺压人民嘛。"

彭涛说："历史人物嘛，放在今天看，就不好评说啰。"

冯诚对彭涛说："兄弟，听你这句话，我得替先人谢谢你。"说着拿眼睛扫了扫饭桌，"彭大记者，您这是要减肥呢？还是提倡节约？"说着又看了看表，"今天不凑巧，明天吧，明天兄弟我找个像样的馆子为二位接风洗尘。"又轻轻说："我那边还有几位朋友，就不奉陪了。明天，我打电话给彭记者，到时候开车来接二位。"

彭涛说："我们这次来天津，有要紧事儿要办，恐怕没有时间。"

冯诚说："我说哥哥，就别拿糖啦。没有时间，半夜也成，咱们哥们儿有一句说一句，明天宴请二位，我还有事要请教彭大记者呢。好，就这么说定了。"说完匆匆跟他们俩握了握手，仰着头走了。

看胖子走远，五哥问："他真是冯国璋的后代？"

彭涛说："你真信啊？我看，那个姓是真的就不错了。"

两个人要买单的时候，服务员说："已经有人为二位买过了。"美女服务员说着，对彭涛莞尔一笑，又说："要是两位先生再买一份，就不好入账啦，是不是？"

彭涛说："您这位美女可真哏儿。谢谢啦。"

走出包子铺，彭涛说："真是踏破铁鞋无觅处。我们的买卖有着落了。"

五哥说："怎么呢？"

彭涛说："这个胖子神通广大，卖车的事，锚定他啦。对了，当务之急，明天你得印套亮眼的名片。"

五哥为难地说："名片怎么印啊，无职无权的。"

彭涛说："董哥，你是雏儿啊？印个名片朝大了招呼呗，想个什么、什么总公司总经理什么的。得了，交给我吧。"

第二天中午，冯诚把五哥和彭涛请到天津有名的鸿起顺饭店。饭店的面积不算太大，装修却极考究奢华。饭点时刻，食客已然坐满。服务员穿梭着忙来忙去，吆喝着，低声，高喊，如同年节时的庙会。

领班的一见到冯诚带着客人驾到就疾步上前，满脸堆着笑说："冯老板，等您老半天啦。几位贵客这边请。"说着把他们带到一间包房。彭涛看那门楣上用金粉描出两个字"听涛"。彭涛说："看起来，今天的饭局应该是我买单喽。听涛嘛，听我彭涛的，听彭涛买单。"

冯诚说："哪能够呢，哥哥。您甭这么解释啊，听彭大记者的高见才对。您是拿我打镲嘛，哪能是客人买单呀。寒碜我，是不是？"三个人说笑着走进包间。冯老板一边点菜，一边说："这家饭店看上去不起眼，可是成天界供不应求，不愁没有顾客。客人都是奔着几个当家菜来的。"接着点了几样热菜，要了一瓶茅台酒，就言归正传。他说："彭记者，我们之间也用不着藏着掖着，直话直说。想必二位都清楚，同行是冤家。前年，我开始做化工生意……"说着打住，跟彭涛和五哥各递上一张名片，上写"天津津锐化学日用品股份有限公司"。而后继续说："化工生意又好做又不好做，看你怎么运作了。我的公司原先顺顺当当，钱也赚了不少，可是今年开年杀出一个程咬金。这家公司本来是做食品生意的，不知道从哪里听说化工好做，也来凑热闹，而且起了个吓人的名字叫天津正大日用化工总公司。这家公司在官面上有人撑腰，我的不少单子平白无故就被他们抢了。我是哑巴吃黄连啊。"彭涛喝了一口茅台酒，说："唔，这酒真是不错，不是假货。好，好，冯老板你接着说。"

冯诚垂头丧气地说："没什么多说的了。反正我是走了背字儿，就剩下关门大吉了。"彭涛笑了笑，说："冯老板的意思是要我找律师跟他们打官司？"

冯诚说："老兄真是书生气，还是跟我打镲？打官司怎么打？人家并没有干什么非法的事，告它什么呢？"彭涛说："那冯老板的意思？"冯诚说："如果有篇文章给它做个报道……当然不是完全正面的，那么它就吃不了兜着走了。"

彭涛说："冯老板下手也够阴的，不是烧房子、砸铺面儿，而是挖墙脚儿，暗地里脚下使绊子，往人家头上扣屎盆子。高，高招儿。"冯诚说："当然，这事有点不地道，可是无毒不丈夫，我也是给逼急了。"

彭涛说："是要找什么人写这篇文章喽？"冯诚说："最好多找几个人，多几篇文章影响更大。哥哥，您也知道，兄弟我不是那种小气的人，车马费能少得了吗？"彭涛说："稿费的事我用不着担心。可是，没根没据，胡编乱造恐怕不行吧？这种文章没作用。"冯诚说："那是当然，我这里已经搞到了材料。偷税，虚开发票，违法排放，行贿受贿，应有尽有。受害者当然不少，这就需要想象力了。编几个张三李四的受害人，受到的伤害虽然不是倾家荡产，也得是病入膏肓什么的，这才能打动人嘛。只是我这里没有这样的秀才，必须能口吐莲花才行。"彭涛倒了半杯茅台酒，一饮而尽，说："找两个财迷秀才不难，我可以去找。不过，我这里也有点麻烦。"说着，掏出了那张五哥的购车单。冯诚看了一眼，说："小菜一碟，包我身上。"

过了两天，五哥和彭涛顺利地办好事情，装了半箱子现金。彭涛得意扬扬地说："比我想象的还顺利。看起来，董志民你这个家伙要时来运转啦。"

五哥连连说："没想到，真的没想到赚钱这么容易。可是你答应冯老板的事怎么办？"

彭涛说："这种事好办，我那里的哥们儿，向钱看的一抓一大把。我只做个介绍人，我是不蹚这个浑水的。"

两个人回到酒店，放好钱，叫了一部出租车直接开到狗不理包子铺，大吃海喝了一顿。

彭涛喝醉了，呢呢喃喃地叨咕："老兄你说也怪，现在这地球转得也快了点，我们出来没有多长时间，世道怎么变得不认识了。前几年在里面，多想看看外面的世界，可到了外面，给你搞得找不着北了。花花绿绿的票子到处乱飞，可就是你不敢伸手。谁不想过好日子，谁不想发财？可是，发财是有风险的，有很大、很大的风险，你琢磨琢磨，是不是？"

五哥说："彭涛，别人我信不过，你老兄，我知道不会干那些偷鸡摸狗的事，我佩服你这个。"彭涛说："天还没有亮吧？摸黑说话，有时候我、我真想捞它一把，日子过得滋润一点，再找个会过日子的媳妇。你说，是找好看不中用的，还是找会安心跟你过日子的？"五哥看彭涛的醉话越来越离谱，就有一句没一句地应着，心里盘算着怎么用赚来的这些钱。

离开天津前，五哥找到大龙，父子俩在一个小酒馆里默默对坐了半天，五哥说："学会喝酒了？"

大龙说："早就学会了。在黑龙江，哪个知青不会这个。"

五哥说："打算报考南开大学？"

"嗯。"

五哥说："为什么不考北京的？"

"就是想离得远一点。"

"为什么？"

大龙不言语了。

五哥看着儿子长得有棱有角的脸,知道他真真切切地长大了。才多大年岁,额头上已经刻下了浅浅的细纹,那是饱经风霜的记录啊。他有些心疼,但是,又能跟他说什么呢?

小饭店里嘈杂而热闹,一扇房门一会儿开一会儿关,不停地"噼噼啪啪"地响,风吹过来,又吹走,一股油蘑味从里面的厨房里一阵阵传出来。父子二人又不言不语地闷喝。终于,大龙开口说:"爸,别喝了,喝得忒多了,对身体不好……爸,我对不住您,没有给您争气。"

五哥说:"父子之间,有什么对得起、对不起的?你这不是干得挺好的,给咱们家争光了。来,把这点酒干了。"

大龙没有喝酒,给父亲夹了一块米蒸肉,自己却嘟嘟囔囔地嘀咕:"我们的拖拉机不知道怎么,掉进了冰窟窿里了,他把我托了上来,他自己却沉了底儿,沉底了。"

五哥疑惑地问:"你说谁呢?怎么啦?"

大龙回过神,说:"没什么,没说什么。"

父子俩都沉默了,默默无言地相对坐了好久。

十五

春天悄悄来到南桃园胡同。院子里的八楞海棠树,开满了灿烂的花朵。白的,淡粉红的,开得十分热闹。

二大爷拄着拐杖围着海棠树转了又转。五嫂出来说:"爸,别转了,外面还有点冷,进屋子里来喝杯热茶吧。"

二大爷啧啧嘴说:"看今年的海棠,花儿开得多好!世道好了,海棠树也高兴了。"

五嫂看劝不住公公,索性站在院子里等。二大爷说:"快回屋吧,你不管买卖了?"五嫂说:"有小龙看着就行,爸您不进屋,我就在这儿看着您。您这么转来转去的,小心摔着。"

二大爷没法子只好走进屋里。他看了看屋子里堆满的百货,说:"买卖还不错。"

五嫂说:"托您的福,买卖还行。街坊四邻都照顾着,每天进出不少。"

二大爷满意地摸摸这个，动动那个。忽然想起什么，从衣袋里拿出一叠钱，递给五嫂。五嫂诧异地问："爸，您这是干什么？"

二大爷说："给玉秀的红包。秀儿争气，考上了师范学院，以后当个老师，不错。天地君亲师，谁不尊重？"

五嫂要留二大爷吃晚饭，二大爷说："回去，不在这儿吃啦。淑婷约了海山过来，晚上吃炸酱面。老大和大女婿也过来。我再去看看海棠树就回去了。"

二大爷出了房门，又在海棠树四周兜了两圈，刚要出大门，忽然被海棠树下的一个小板凳绊了一下，整个人就摔倒下去。

二大爷被送到朝阳医院急诊。五嫂五哥、二舅、大姐二姐和女婿们也都赶了过去。

二大爷在医院躺了两天。医生诊断说没有伤着什么，老爷子挺健康的，回家多吃点好的，别亏待了老人。众人欢欢喜喜把二大爷接回家调养，以为万事大吉。

二龙的球队换了教练，原来的那位被纪律检查委员会带走之后就再没有回来。新来的教练年纪轻轻，在国外踢过乙级队，回国之后在体育学院进修了两年，足球观念很新，打法上主张积极进取，他们的球队有了长足进步。教练十分看好二龙，二龙原来是打"后腰"的位置，后来成为主力前锋。再到后来，成了教练在关键时刻使出的撒手锏。

比赛在胜负难测时,二龙披挂上阵后常常能一脚定乾坤。五哥对儿子的表现自然欣喜不已,特意买了一台电视机。五嫂奇怪地说:"电视里放的那些好看的电视剧,你一个也没有兴趣,买电视机不是浪费?"五哥笑而不答。一天,北京青年队跟上海青年队打比赛,五哥早早就坐在了电视机前,许尔康约他去下棋,也借故推掉了。那场球,二龙梅开二度,把五哥乐得前仰后合。五嫂明白了,说:"有日子你没这么高兴了,敢情是为了这个呀。"五哥说:"孩子出息了你不高兴?"

五嫂说:"那还用说。尚如水说,二龙这么出息,想给他介绍一个好对象呢。"五哥说:"二龙知道不?"五嫂说:"跟二龙提过,二龙一撇嘴就走了。"五哥说:"我看孩子还小,先用不着唱这一出。"

一天,玉秀对二龙说:"嘿,你什么时候有空儿,去我们学校,我们班上不少同学想请你去讲讲足球呢。"二龙说:"男同学,女同学?"

玉秀说:"都有。女同学更多。"二龙说:"女孩子懂什么?我不去。"玉秀说:"恐怕你说不清楚吧?找这么个借口。"二龙说:"你要是这么说,我非去给你们讲讲了。什么时候去?"玉秀说:"就这个礼拜天,怎么样?"二龙说:"那就这么定了。正好,我们这个礼拜天不训练。"

可是,谁知道,礼拜六的下午二龙被队友扶着送回了家。二龙鼻青脸肿，左腿还一瘸一拐的。五嫂慌了，问那个队友："怎么给踢成这样了？那个队的人也太狠了吧。就是踢个球呀，也不是打仗，至于吗？"那个队友说："不是别人，是我们队里的自己人。今天我们实战训练，全队分成红队蓝队。我们是红队，是蓝队的小郝踢的。这小子忒狠了点，来阴的。"五嫂又问："为什么呢？不是自己人吗？"队友说："谁知道为什么。反正这小子不地道。"五嫂送那个队友出门时，那人悄悄说："那个小郝原来是队里的主力前锋，后来二龙踢得比他好，位置被二龙给顶了。"

晚上，五嫂给二龙换药时，心疼地说："以后踢球防着点，自己的命要紧。"二龙奇怪地说："踢球就是踢球，防什么呢？"五嫂叹口气，没有说什么。她不想让儿子知道得更多。毕竟，妒忌是人类劣根性最无奈的部分，因为它针对的往往是身边的人。

看看到了秋末，香山的红叶透露出闪亮的微红。北海公园的游人熙熙攘攘，像是乡间赶大集，琼岛上的树木也显得浓重。我们院子那棵海棠树开始不声不响地掉叶子，如同年迈老人落头发。

又一个收获的季节真的来到人间。

这天下午，五嫂在街口遇到钱校长，钱校长说："五嫂，今天晚上，请你们夫妻俩到我那儿喝酒。章大爷老夫妻也去。不能推辞啊，不然我老头子会不高兴的。"

晚饭时，五嫂五哥到了钱校长家时，章大爷夫妇早已坐在桌前了。章大爷说："五嫂，就等你们夫妻俩啦。我们馋得哈喇子都要出来啦。"

五嫂说："什么好吃的会馋章大爷？"往桌子上看了看，果然不得了，只见桌子上摆满了黄澄澄的大闸蟹。钱校长说："还是听了我们郑妈的意见，让我在上海的孩子买了正宗的阳澄湖大闸蟹空运过来，这才敢请大伙儿来吃个便饭。"

章大爷说："钱校长的家宴可是不一般，要说是便饭就太奢侈了。这种螃蟹，几十年前，我在上海吃过，全世界最好的。咱们北京的可没法儿比。"

钱校长说："不过是有福同享吧。吃大闸蟹必须是黄酒。今天备了十五年的女儿红，绍兴的，在咱们北京还不容易买到。好了，我也别自夸了。大家请吧。"众人动起手时，郑妈端来汽锅鸡。五嫂说："郑妈，您也坐吧。"钱校长说："郑妈，这儿没有外人，也坐吧。"郑妈这才挨着钱校长坐了。钱校长端起酒杯说："各位高邻，前天我的'帽子'正式摘掉了，向好邻居们报告一声。"章大爷带头拍手道："恭喜恭喜。为钱校长高兴。"五嫂也说："这可是大喜事儿，早知道我们应该带些贺礼来。"钱校长说："大家能够光临，就是对我高看了。说起来惭愧，前年秋天家家户户吃三雄一雌螃蟹的时候，我还没有摘帽子，没有与大伙同乐，今天就算是补课吧。现在我也恢复了工作，而且转成正职。过去这么多年，各位邻居没有小瞧我，时不时还照顾我这个戴罪之人，实在令我感动，我也会永志不忘。谢谢啦。"说着，眼睛也微红了。

章大爷说："钱校长这些话，叫我老头子想掉眼泪。不过，钱校长说自己是戴罪之人，这就过谦啦。老钱，咱们做朋友这么多年，您何罪之有？错划了，就是错划了。这就是现在的党中央有魄力，有见识，勇于纠正错误。说起来，值得庆幸的是，我们党有自我纠错机制。有错就改正，才能带领全国人民继续前进嘛。说到这里，我也为大家伙儿说说我的事。不久前，我在历史上的所谓污点，也给平反了。补发了薪水，恢复了工作。市里见我年纪大了点，聘我到市参议室去做参事。嘿，这个工作挺适合我。当年干地下党的许多事情，今天的那些孩子哪里去知道？"几个人听了，一起举杯向章大爷祝贺。

从钱校长家出来，五嫂感慨着说："钱校长真是不容易啊。"

五哥拉着五嫂的手，说："媳妇，你就容易了？活着，谁都不容易。"五嫂听了丈夫这句，不禁想起了前些年那些琐琐碎碎的事：为了一顿饱饭而发愁；为了大龙的出走，为了二龙的一双球鞋，为了玉秀的一件花棉袄而发愁。日子是怎么过来的？日子就是在这庸庸碌碌的岁月中，在琐琐碎碎的杂事中走过来的啊。她想跟丈夫诉诉苦，转念一想，又何必呢？今晚高高兴兴的，干吗给丈夫添堵。她深深叹了口气，却没有再说什么。

二大爷春天时摔了一跤，休养了个把月，恢复得不错，还能提着鸟笼子，转到胡同口去跟老哥几个聊聊天。章大爷不养鸟，闲着没事，也凑过去跟那些老头们天南海北地侃大山。老人们一提起抗美援朝，就叫章大爷说说战场上那些事，章大爷总是有一句没一句地叹息，那仗打得可叫惨烈啊，冰天雪地里我们还穿着秋装，枪管打红了，撒泡尿浇一浇继续射击。人们让他讲得再具体一点，章大爷的眼泪就下来了。人们不愿意看他老泪纵横的样子，就转变了话题。这时候，二大爷就开始讲起院子里那棵海棠树。说起来也怪，那棵老树真的通了人性。老树成精了？知道人世间的明暗冷暖了？没有人回答。于是，话题扯开了，妖魔鬼怪的事儿，狐狸仙、白虎精、黄皮子附体的种种奇谈怪论就出来了。

二大爷轻轻松松地过着小日子。不料中秋节过后，二大爷起不来床了，食欲大减，一天吃不了二两馒头。人们慌了手脚，再次送医院，医生的口气大变。二舅认识两位著名的中医大夫，请过来诊脉，然后说开了方子也只是象征性的，不过是安慰、安慰病人，没有回天之力了。彭涛通过关系找来协和医院的专家，也都无可奈何。老爷子就这样走上人生的最后归途。

弥留之际，病床前站满了子孙后辈。

老人躺在床上，呼吸渐弱，生命在人世间最后的徘徊犹豫，恋恋不舍地游走在这繁华的大千世界。

屋子里的人，屏着气息呆呆地立着，一点动静都没有。五嫂站在一角，不知怎的，忽然想到那年公公叫淑婷送来几张烙饼，还借口说不知道手艺行不行，让大家伙儿尝尝。想到这个细节，五嫂直想哭出来。

二大爷的气息几乎停止，闭着的眼睛中有一道细细的缝隙微微透出光亮，仿佛向上苍问询着什么。

人们更加肃穆，谁也不看谁。忽然，二大爷睁开了眼睛，朝人们无力地望了望，然后朝大家做了个手势。五哥连忙上前，二大爷却对五哥摇了摇手，然后看定五嫂。五嫂走上前去。二大爷弱弱地看了看五嫂，伸出手，喃喃说道："老五媳妇，董家对不住你，董家对不住宋大夫，你、你这些年……"话没有说完就闭上了双眼。

屋子里立刻爆发出奔涌的哭泣声。

二大爷就这样告别了世间。说来也是顺理成章，二大爷死后次年的春天，那棵八楞海棠树就没有开花，第二年、第三年也没有开花。二大爷曾经说，花草都是有灵性的，它们也有痛苦与悲悯。莫非，那棵海棠树听见了？

十六

依照遗言，二大爷的追悼会开得简单。除了亲戚，朋友中只请来了赵海山、章大爷和钱校长。三姑到来时，追悼会已近尾声。不料，身为一个老干部，她竟然放声大哭起来。

又过了半年，淑婷和赵海山举行了婚礼。

五嫂得知淑婷准备结婚时，花了好几个晚上精心绣了一对枕套送给淑婷。小白鞋看到枕头套后啧啧称奇，说找遍北京城也找不到第二份这样的手艺了。枕套上绣的是一对鸳鸯戏水，图案精美、针脚细腻，鸳鸯的眼睛绣得活灵活现。在那几个深夜，五嫂细心刺绣的时候，眼前总浮现出淑婷少女时代的顽皮与善良。说也奇怪，在五哥坐牢的那几年，在艰苦的岁月里，是这个小姑经常陪伴着自己。有时候，她会把这个小姑当成自己的女儿。

婚礼简单又很热烈。不仅董家来了十几个亲戚，淑婷坚持，也请了小白鞋、周医生、许尔康夫妇，还有钱校长和章大爷。钱校长代表南桃园胡同邻居们致贺词。贺词写得诙谐，钱校长读得也有水平，引得大伙儿笑得前仰后合。五哥说，想不到钱校长还有这一手。钱校长说，我年轻的时候不但写过情书，还说过相声呢。每个人都有年轻的时候，只是每个人的青年时代所承受的幸福与痛苦不同而已。

世道变来变去，谁也想不到啊。

五嫂坐在角落里，微笑着看婚礼的热闹与淑婷和海山这对新人幸福的面庞。她忽然想到解放军围北京城那年，自己在南苑镇上举行的盛大婚礼。那时候，自己有多年轻啊，志民也那么年轻、英俊。唉，好日子，年轻的日子，就这么不知不觉地流走了。

消失的岁月，才是真实的岁月，才有别于梦想。

日子像流水，平平淡淡流过了不少时日。

五哥的骨子里是不安分的，平凡的日子过久了，老毛病发作。他把三姑借给的钱还上之后，整天就盘算着用挣来的钱让它钱生钱。盘算了两天，忽然想到了炒股票。

近来，上海证券交易所也开市了，街头巷尾，就有不少人悄悄议论。来修自行车的人也会七嘴八舌地谈论股票：什么人买了多少认购券，一下子发了；什么人的原始股赚了一倍的钞票；可惜咱们不是上海人，没有买认购卷的资格。

　　这一切让他觉得寝食不安。他找彭涛讨主意，彭涛说："拿钱买股票，固然也是投资方式，炒股票还有一夜暴富的呢。合理合法，光明正大，参与股市也是为经济建设做贡献。可是，输了钱的也有跳楼上吊的。这种事儿，可得想清楚。"

　　彭涛的话，五哥专拣好听的接受，于是就动了用这笔钱炒股票的心思。他把想法跟五嫂一说，五嫂瞪大了眼睛，说："这个馊主意坚决不行。你没有看见在银行里做的李先生，炒股，炒来炒去，亏了十几万，就这么一点家底全砸到里面去了。尚如水气得上吊的心思都有。你要是想去炒股票，我就把咱们的小店烧喽。"

　　五哥只好打消这个念头。

　　一个星期天的上午，二龙的球队放假，五嫂在厨房里忙活，他就在小店里帮着看店。他正弯下腰整理货品，忽然响起了一阵声音："有葡萄酒没有？"

　　"有，有。"二龙直起腰，看到来客就是一愣，对方也愣住了。原来是陆寒。

　　二龙说："假丫头……陆寒，怎么是你？"

　　陆寒说："你吓我一跳。你们球队不训练？"

　　二龙说："这两天休息。哎，你的门牙还没有装上？说话不漏风吗？"

"是有点漏风，我妈说等我大学毕业了，陪我去德国补好的。德国的牙医是全世界最棒的。"

二龙笑了："那不成了混血种了。"

"牙有什么混不混血的。"

"听说你考上了大学？"

"是北京大学哲学系。"

"哲学系啊，就那个闲得腿肚子抽筋的时候研究的学问？"二龙很看不起玩哲学的。

陆寒说："这你就不懂了，哲学是科学中的科学。葡萄酒有什么牌子的？"

"长城牌。"

"好不好？我爸说要买高级点的。"

"高级的没有，这种凑合。"

陆寒有些犹豫，想了想，说："先买一瓶吧。今天我家来了重要的客人，我爸说得好好招待。"

"什么重要客人？"

"一个诗人。"

"有什么代表作？"

"面向大海，春暖花开。你知道吗？"

"就这个呀？"二龙笑了，"应该是面向大海，波涛滚滚。"

陆寒说:"你不懂诗,对牛弹琴。"

二龙说:"你知道什么是越位吗?"

陆寒摇了摇头,又说:"对了,有一次我在电视上看见你踢球,踢了半天只进了一个。不过,你那个进球,解说员夸了你半天,说是什么世界波,有那么厉害吗?"

"当然。"

陆寒说:"再买一条中华牌香烟吧。"

二龙说:"软壳的还是硬壳的?硬壳的更高级。"

"那就硬壳的。对了,我爸他们图书馆来了好多新书,你告诉你姐,可以去借,晚了怕借不到了。有弗洛伊德的、萨特的,丹纳的《艺术哲学》,还有卡夫卡和马尔克斯的。"

二龙说:"马克思的书看不懂。"

陆寒说:"不是马克思,是马尔克斯。算了,说你也不明白,反正你告诉你姐就行了。"

二龙说:"这么啰里啰唆的,我可记不住。"

陆寒说:"这样吧,我开个书单给你,你转交给你姐就行了。还有关于怎么踢足球的书,你……"

陆寒说到一半的话咽了回去,直勾勾看着二龙的背后,然后吞吞吐吐地说:"大妈,您好!"

原来,五嫂正站在二龙的背后。

五嫂说:"是陆寒来啦?"

陆寒说:"我来买点东西。"

五嫂说:"听说,你考上了大学?"

陆寒说:"是北京大学。"

五嫂说:"那可是好学校,全国数得着的。"

二龙插嘴道:"就是不好的专业,学哲学的。没有人去的地方。"

五嫂狠狠地横了儿子一眼。二龙感到母亲严厉的目光,低下了头。

陆寒走后,五嫂把儿子叫到一边,说:"二龙,你今天是怎么啦?"

二龙支支吾吾:"没,没怎么呀。"

五嫂说:"你长大了,妈不打你。可妈看得出你今天的态度很不像样。你那么说人家陆寒,小气不?丢脸不?妈就看不得你这个。"

二龙听母亲这么说,感到惭愧。他想把跟陆寒打过架的事跟母亲说,以此理由为自己辩解。想了想又觉得不妥,就闷声不响地走回里间去。

小店生意清淡的晚上,五哥抽空儿就去找许尔康下围棋。当年五哥在大众机器厂时,算得上围棋高手,想不到许尔康这个猴崽子棋高一着,五哥经常落败,这样就更加刺激了五哥。如今,两个人来往多了,五哥就认识了许尔康的好朋友强子。强子姓葛,叫葛满强。人们觉得叫起来不顺，索性叫强子。强子为人义气，出手大方，几个人外出吃饭，多是强子付钱。五哥有些过意不去，抢着要付饭钱，强子总是说，这点小意思，还是我来，你们挣钱不容易。言外之意，强子能挣钱。五哥跟许尔康打听强子的工作，许尔康说："强子哪儿有什么正式工作？他是跑俄罗斯做大买卖的。我要是有那个本钱，我也会跟他跑俄罗斯了。去俄罗斯跑单帮的主儿，想不赚钱都不容易。那边的人各个傻帽儿，对咱们大中华的东西欣赏得不得了，又没有学会讨价还价。你想，买卖做起来多爽。"五哥听了，心里颤抖，想：这样的大好机会，彭涛怎么从来没有跟我提过？

一天，强子请五哥和许尔康几个人在北海公园的仿膳吃饭。强子满面春风地连连给大伙儿敬酒，精神极其亢奋。许尔康悄悄对五哥说："强子这家伙准是又发了一笔飞来横财，一出手就是两瓶人头马。"

五哥说："你眼红了？"

许尔康有些酸溜溜地说："眼红有什么用。人的命不一样，有的人就是发财的命，有的人金元宝砸到脚面上，也会当石头踢得远远的。我是佩服强子。"

正说着，强子端着酒杯过来向五哥敬酒。两个人对饮了一杯，强子说："董哥，我知道您是一个守规矩的人，我佩服您。可借着酒兴，兄弟我说句不中听的话，您规矩是规矩了，日子可过得不舒坦。为什么呢？钱少，对不对？

如今不比从前,现在是满大街的钱,就看你会不会捡。我听尔康说,您不像他,一点资本也没有。您既然有资本,为什么不叫钱生钱呢?"

许尔康插话道:"我也跟董哥说过。董哥这规矩也守得太过了。人无外财不富,马无夜草不肥。有这么好的条件不用,冤不冤啊?我看比窦娥她奶奶都冤。"

五哥说:"这道理,我也知道一点。可是挣钱是需要本事的,我没有那个聪明脑子。"

强子哈哈大笑:"董哥,董哥,咱别来虚的,您也太谦虚了。我们哥几个,哪个人比得上董哥,要说脑子活泛,我们几个加起来都比不上您一个。董哥,您听我一句,这年头是撑死胆大的,饿死胆小的。把市场搞活,这种机会百年难遇,过了这个村,就没有下一个店了。来,咱哥俩再干一杯。"强子饮好,拍了拍五哥的肩头,诚恳地说:"董哥,您好好想想。"

回到家,五哥想了半夜,折腾来折腾去。五嫂被折腾醒了,说:"黄汤又灌多了吧?不是不让你喝,跟朋友吃饭,酒少不了,可自己得把握分寸。"

五哥说:"我没有喝多少,就是睡不着。"

五嫂说:"那是为什么?想小媳妇儿啦?外头有人啦?"

五哥说:"看你想到哪儿去了。我在盘算咱们家怎么过上好日子。"

五嫂说:"我看,咱们现在的日子就不错,有吃有喝的,平平安安的,孩子们都上进,有什么不称心的?"

五哥本来想把强子对他说的话跟老婆说一说,想了想又犹豫了,他怕一下子谈崩了,连挽回的余地也没有。便叹口气说:"你睡你的,我外头抽根烟。"说着披上衣服走到院子里。

屋子里,五嫂的睡意也没有了。她琢磨丈夫的心思:外头没有人,小店的买卖又挺好,儿女们又争气,他犯得哪门子愁呢?不至于半夜三更翻来覆去地在床上"烙饼"呀。

院子里,五哥坐在石台阶上,一连抽了三支烟。抬起头,毫无目的地望着天空。天幕是深蓝深蓝的,上弦月像一个小铁钩,像是要把人们的心都钩到天上去。是啊,什么人不向往过好日子呢,好了,还要再好,怎么算是个头呢?赚了五十万,想着赚一百万,有了一百万还想着赚两百万。人这东西,有着说不清楚的欲望,这山望着那山高。五哥这么想着,对五嫂悄悄走出来也没有察觉。

五哥又抽出一支香烟。划着火柴,突然被吹灭了。五嫂坐到了丈夫身边,她说:"抽了几根了?"

五哥不言语。

五嫂说:"真是有心事了。是不是外头有人了?你说!"

五哥说:"还真没有。"

院子里，五哥坐在石台阶上，一连抽了三根烟，想着心事，划着火柴。突然，烟被吹灭了，五嫂坐到丈夫身边，问："抽几根了？"

五嫂说:"要是有,跟我说说。帮你想办法。"

五哥说:"真的是没有。老夫老妻的,能瞒得过你。"

五嫂想想也是。又问:"那为什么呢?"

五哥说:"如今政策好,不少人都发了。我在想,我们为什么死守着这一亩三分地呢。"

五嫂长叹口气,过了好一会儿才说:"我就知道你那不安分的脾气又上来了。好吧,你是不撞南墙不回头的主儿,由着你。可有一条,不能干犯法的事。"

五哥说:"这你放心。已经进去过的人,还想再进去?"

五嫂帮着丈夫又点着一支香烟。

五哥找彭涛去讨主意。彭涛听了去俄罗斯做生意的事,哈哈大笑了一阵,说:"就这种买卖,我会撺掇你去?不错,去俄罗斯做生意的,是有不少人赚了大钱,可运气不好的人,就死在了异国他乡。那里的人直爽,性子烈,也有黑道上的,你不知根不知底的,撞上黑道上的,或者,你不诚心诚意地做买卖,以为那里的人傻,跟人家动心眼儿,那里的人会饶过你?再说,做这种买卖,不属于正规渠道,不受法律保护。我推荐你去,不是害你?不过呢,男人这一辈子,没有点冒险精神,算不上男人。所以,打我内心说,强调一下,不是理智地说,去看看也好。异国他乡自有异国他乡的情调和异国他乡的风格。就是做生意亏了本儿，也不算全盘皆输。要是打定主意，我告诉你一个窍门儿：多带些万金油和二锅头，在俄罗斯，那东西比人民币还好使。"

彭涛的话八面玲珑，滴水不漏，让五哥琢磨了两天，犹豫再三，还是想铤而走险。常言道，舍不得孩子套不住狼。他跟五嫂谎称去东北做皮货生意，其实是备好了资金跟着强子去了俄罗斯的外高加索地区。强子在那里熟门熟路，认识不少当地人，而且在当地人中的口碑不错，生意自然做得顺利。偶尔碰上难题，五哥拿出备好的二锅头，竟然柳暗花明。强子说："董哥，我没有看错你，果然棋高一着。"几次来回，五哥赚了不少。他要答谢强子，对方却坚决不肯，讲来讲去，强子说："董哥，你要是一定要有所表示，就帮助我收留一个人。"

五哥说："那，没二话。"

原来，强子要他收下一个叫米娜的年轻女人。

米娜长得漂亮，说是她有四分之一的俄罗斯血统。五哥看看也像。

强子说，米娜看中了五哥为人仗义，心地善良，而且深谋远虑，是一个很有前途的企业家，很想跟在五哥身边学学做人的品格、做买卖的本事。

五哥知道这种理由骗不了孩子。但强子到底提携过自己，这个面子不能不给。

强子说:"米娜绝对是一块好料。我其实是想给你找一个好帮手,以后董哥就可以在俄罗斯独来独往了。米娜俄语没得说。她可以做你的翻译,省去不少麻烦。不过,有一个小小提醒,最好不要让嫂子知道。"五哥有些诧异,问:"为什么?"强子说:"女人的心思你不懂哇?兄弟我是为董哥好,省去不少麻烦。你带着米娜去俄罗斯,不是吹的,就像刘备求来了诸葛亮。"

果然,有了这个米娜,五哥的事业顺风顺水,生意做得风生水起。

有一次,五哥与许尔康两个人喝酒,许尔康喝高了,半醉半醒的状态下,悄悄跟五哥说,米娜可不是一般的角色,原来是强子的女朋友,后来不知道什么原因,两人和平分手,据说米娜从强子那里得到三百万分手费。许尔康提醒五哥,对这种女人还是小心点为妙。五哥自恃见过世面,进过班房,什么人物没有见过?彭涛也多次提醒五哥,但是五哥觉得不能不买强子的面子,也就一直把米娜带在身边。日子久了,风声传到五嫂那里。五嫂说:"志民不成器,做不成什么大事儿,可我对他是信任的,他不会做对不起我的事,就是有这个贼心,也没有这个贼胆儿。"

五哥为了答谢许尔康帮他认识了强子,从俄罗斯回来后想请许尔康夫妻吃饭。许尔康开始推辞,可架不住五哥坚持,说已经在马克西姆餐厅订了位置,马克西姆餐厅的位置可不是那么容易订到的。许尔康只好答应。到了时候，五哥左等右等只等来了许尔康，沈萍却没有来。五哥说："小沈呢？"许尔康没有正面回答，却撩起前额的头发，五哥看到了一条深深的伤疤。许尔康说："过不下去了，我们过不下去了，董哥。"五哥叹了口气，说："我听岫烟说过，你们夫妻有些小矛盾，可不能动手啊。夫妻间动手打人，裂缝就严重了。小许，你作为男人总得让着老婆一些。"许尔康说："何止是让着她，我简直是打不还手骂不还嘴。可就是那样，还不依不饶的。欸，真不是人过的日子啊。有时候恨起来，真想宰了这只母老虎。"五哥听五嫂说过不止一次，许尔康夫妻的矛盾很难解决。五哥不知道问题出在什么地方，更不知道如何劝解。这时候，餐厅门外传来手风琴的演奏，是一支很熟悉的俄罗斯曲子《红莓花儿开》。五哥听着、听着想起了他和五嫂新婚不久的情景，那时候《红莓花儿开》这支歌曲已经传进我国。有一次他们去中山公园，黄昏的时候，不知道从什么地方传来几个姑娘在唱这支歌。轻轻的、悠扬的、温暖的歌声，让他们陶醉，五嫂几乎掉下了眼泪。五哥开玩笑地说："岫烟，你可真行，戏台底下掉眼泪，替古人担忧。"妻子笑笑说："那不是替古人担忧，只是听这歌，心里有点疼，又有点说不出来的感觉，就觉得太平日子的背后常常有那么一点点让人想哭的东西。我不知道是什么，反正说不出来。"五哥当时想，女人就是无病呻吟，总会挤出一点伤感。他想，现在五嫂对这支歌会有什么反应呢，岁月磨去了人们的青春，也会磨去激情，磨去心里最柔软的部分。他忽然想到彭涛说过的一句话：婚姻是需要经营的。于是，五哥也对许尔康说："尔康，我听有学问的人说过，婚姻是需要经营的，就像一盆花，经常要浇浇水的。"许尔康听了，没有反应，忽然说："门当户对，这句老话，现在我信了。"

一天傍晚，许尔康来五嫂家找五哥下棋，五哥却去了彭涛那里。许尔康正要往回走，二龙从外面赶回来，背了一大背包火腿罐头。二龙兴奋地说："尔康叔，又来找我爸下棋呀？我爸这几天心里不痛快，说总是输给您，他说要好好钻研钻研棋谱再跟您决战。"二龙说着放下背包。许尔康说："那是你老爸谦虚，还是我输多赢少。"二龙说："光顾说话，尔康叔，今天我们队里发了不少火腿罐头，是托上海的朋友特地买来的，梅林厂出的，专门出口的，北京买不到呢。您拿几罐去。"

许尔康说："稀罕物，我就不拿了。"五嫂说："这么一大包呢，就别客气了。"

二龙对许尔康做了个怪手势，到厨房洗脸去了。五嫂找了个塑料袋给许尔康装罐头。许尔康说："真不好意思。我这是无功不受禄嘛。"五嫂说："尔康对我们的好，我一直记着呢。"许尔康说："我又没有做什么啦。""文化大革命"

的时候，红卫兵押着大龙来家里抄家，红卫兵打了玉秀，还要剪五嫂的头发，那时候要不是许尔康带着他的造反队及时到来，还不知道会发生什么惨状呢。虽然说许尔康也许不记得了，但是五嫂却一直忘不了。给别人做了好事，却不挂在心上，就这一点让五嫂佩服。不过，当时许尔康为什么来救难，五嫂始终没有弄明白。

五嫂见许尔康不好意思拿那几只罐头，便轻描淡写地说："拿回去哄哄你媳妇儿。这些天，你们好一点吧？"许尔康没有正面回答，停了停却说："女人呀，真是祸水。有件事我一直想跟您说，想想又怕让您生气，就、就一直没说，可是不说又觉得对不住您，五嫂，五哥身边有个很妖的女人，您知道吗？"

五嫂说："我听说过，还没有见过。"许尔康说："这个女的我见过，要说漂亮，那可是漂亮得出圈儿。您得注意点。咱们走得近，我才这么说，不然成了挑拨离间了。"五嫂说："您是好意，我知道。不过我想他不敢做出轨的事儿，他没有那个贼胆儿。"话是这么说，静下心来，五嫂不禁对五哥产生了怀疑：五哥与这个女人合作了不少日子，为什么他不带这个女人让自己见见？

女人毕竟是敏感的，尤其在情感方面。

五哥还是经常跑外地做买卖，还会给五嫂带回来好看的衣服、高级化妆品和一些小玩意儿。有一回，五哥带回一条项链，说是托人从香港买回来的，一定要五嫂戴着。五嫂说："带上这个，下厨房又得摘掉，多麻烦。"

五哥说："用不着，睡觉都能带着。"

五嫂说："小时候看到我妈有这么一条，可是我一直也没有见我妈带过。"说话间，看到丈夫不太高兴，又说："那就带着吧。习惯、习惯。"五嫂违心地想讨好丈夫。她觉得只要什么事都听丈夫的，依着丈夫，就会拴住他，将心比心嘛。再说，志民还不是没有良心的。他在监狱的那几年，是自己千辛万苦支撑着这个家。没有功劳也有苦劳吧？她想，从今往后自己少发表意见，一切以志民的想法为主就不会出错。五嫂这么一想，有些害怕，夫妻关系到了这份儿上，这个家还能保得住吗？五嫂不敢往深里想。

从心里说，五嫂觉得丈夫有些变了。小白鞋说："男人嘛，男人就怕有钱，男人有了钱就出幺蛾子。"

经小白鞋这么一说，五嫂内心更加不平静，经常做噩梦。

小店的生意还不错。五嫂待客的态度好，为人和气，绝不缺斤短两，客人不满意的东西还可以包换。钱校长说："五嫂，做买卖就是做人，我佩服你。这么多年下来，不管外面的世界怎么变化，五嫂的为人始终保持原样子儿，真不容易。"

可是，钱校长没有发现，近来五嫂站在柜台前眼睛经常发直。

她总是回想着五哥在监狱的那些日子。那时候，大龙好好念书，玉秀帮着自己做针线，虽然经常为了一顿饭发愁，可心里踏实。现在不一样了，丈夫给她买回来什么好东西，她都不放在眼里。她认为，那些珠光宝气有什么用呢，心不在了，一切都是虚的。再说，已经过去了半辈子，只要是吃饱了，别的没有什么可多想的。少女时代的很多憧憬是看不见摸不着的。人生本来就不是那样的。当然为了丈夫不至于失望，她总是强作笑颜。玉秀看出妈妈的不愉快，说："妈，听说《甜蜜的事业》挺好看的，我也没有看过这个电影，妈您陪我去看。"

五嫂陪着女儿看了电影，走出来时玉秀说："妈，咱们去喝咖啡。"五嫂就陪着女儿进了咖啡馆。玉秀说："妈，我就奇了怪了，您不是特别反对咖啡吗？"

五嫂说："现在大伙儿都讲究这个，妈也得跟上潮流呀。"

可是玉秀注意到，母亲端着咖啡，只抿了一口，就再也没有动过那个咖啡杯。

有一天，两个住在铁香炉胡同的大妈来店里买醋。其中一位大妈问："咱们店里有没有香？"

五嫂说："什么香？熏蚊子的有。"那位大妈说："不是那个，是拜菩萨烧用的。"

五嫂说:"迷信的东西,我们小店不卖。上头有规定。"

另一个大妈说:"嫂子说得也对。虽说现如今政府允许进庙烧香拜佛了,可还是有规定的。别处买不到香,庙里有卖。"

五嫂说:"现在政府真的许拜菩萨了?"那人说:"开放了嘛。前几天听我丫头说,离西四排楼不远有个广济寺,烧香的人山人海,说是那儿的菩萨别提多灵验了。心肠好的拜,绝对有好报,心不好的人拜了也没用,说不定还遭报应。"

说者无心,听者有意。五嫂把这些话听到心里,特意打听了广济寺的地址。第二天,五嫂趁着玉秀休息,借故出了门,东打听西打听,换了几次车,总算找到了阜成门内大街的广济寺。广济寺果然香火极盛,大庙的院子里,善男信女们摩肩接踵,碰着了,连忙谦让着道歉作揖,都是一脸虔诚的样子。也难怪,封闭了多年,折腾了好多年,打打杀杀地闹腾,把善良人的是非观念闹腾得没了方向,人们的精神找不到家园,像脱缰的野马无处安放。五嫂挤来挤去总算来到正殿门前。大雄宝殿简直插不进脚,五嫂好不容易求到一炷香,跪在菩萨面前却一时不知道该怎么祷告才好。后面求告的人一再催促,她便匆匆磕了几个头,嘟囔着离开。烧香回来,五嫂心境平静了不少。晚上,玉秀问妈妈上哪儿啦,一去就去了一整天。五嫂不说。

这样平静的日子不长，五嫂又有些疑神疑鬼了。她看着丈夫的一举一动，总觉得跟从前有些不一样。

五嫂不快乐，五嫂憔悴下来。五哥想方设法，托彭涛找有名的中医来诊治，却没有结果。

十七

彭涛到上海出差,遇到同班同学,那位同学在《证券报》工作,算是消息灵通人士。

热情的同学请彭涛在衡山饭店吃法国大餐。觥筹交错之间,同学悄悄跟他透露说,上市公司"豫园商城"近来要扩股,并且有超额配送,可以说是超级利好。

彭涛有些兴趣,问:"消息确切吗?"

同学说:"我,你还信不过?再说,我是冒着风险说的。你要是在上海,我还真不敢跟你说这个。幸亏你是北京土老帽。"

彭涛说:"信你一回。"

那人叮嘱彭涛,如果有兴趣,不妨买一些,至少可以赚两三倍的钞票。

彭涛说知道了。

那位同学说:"别不当一回事。有钞票不赚,猪头三。"

彭涛说:"一定,一定。"

同学严肃说:"自家秘密绝不可以外传。传出去,我要吃官司的。"

彭涛说:"就是严刑拷打,一个共产党员也绝不说出真情。"

同学说:"别开玩笑,真的不能说,就是跟老婆也要严守秘密。对了,娶老婆了没有?"

彭涛说:"结婚这事儿,还真没有想过。不过,女朋友倒有两三个。"

同学拍拍他的肩膀,说:"搞不好了。老毛病,脚踩两只船的朋友,别闯祸就行。还得提醒老同学一句,当心艾滋病。"

彭涛说:"你小子,狗嘴里吐不出象牙。"

同学笑了:"你这狗嘴闭紧点就上上大吉了。"

回到北京,彭涛打电话请五哥吃饭。

五哥说:"这两天买卖实在太忙,过几天吧。"

彭涛说:"请你吃饭就是为了买卖。"

五哥笑了:"你个耍笔杆子的,也有资格谈买卖?"

彭涛说:"马无夜草不肥,这个理,你不是不知道吧?老实跟你说,我这个人,要不就不做,要做就做大的。"

五哥来了兴趣,准时到了饭店,竟然不见彭涛的踪影。五哥正要起身离开,却见彭涛挽着一位妙龄女郎到了。

彭涛说："董哥，你既然来了，那你就买单。哦，这位美女嘛，画画的，美术学院的高材生，上个礼拜，一幅鬼画符卖了他×的三千大洋。你说，现在这世道，到哪儿说理去。"

女孩大方地朝五哥伸出手，说："我叫何梦，以后就叫我小何吧。彭涛叫我梦梦，我觉得怪肉麻的。"

五哥握了握何梦的手，说："小小年纪就这么有出息，不简单。"

何梦撒娇地说："人家也不小啦。"

彭涛说："她看上去年纪小。女孩嘛，你永远搞不清她们的真实年龄。"

三个人说说笑笑，找了个僻静座位坐好。彭涛开门见山地说："今天找五哥来，一件大好事儿，保董哥发个小财。所以一定得董哥买单。"

五哥说："何姑娘一幅画就卖了几千呢。"

何梦抢着说："那我就买单。"

五哥说："哪里有女士买单的道理。还是我来。"

彭涛拿起菜单，说："那我就不客气了。今天点几个高价菜，犒劳犒劳我。"

结果，彭涛点了几样平平常常的菜，就言归正传了。他兴奋地把在上海同学那里得到的秘密消息原原本本地说给五哥听。

五哥说:"消息属实?"

海涛说:"当然,而且只有你知我知。"

五哥笑了,看了看何梦。

彭涛看着何梦说:"她呀,不算人。你知道,在古罗马,贵族们不会把奴隶当正常人看待的,贵族女人可以当着男的奴隶面脱光衣服,根本不在乎。因为在贵族看来,奴隶就是非人。"

何梦笑着说:"好吧,你们就把我当成非人算了。你们谈你们的正事儿。"

五哥看了看点的菜,说:"帮我省钱呀。"

彭涛说:"醉翁之意不在酒。今天谈怎么挣钱的事儿,不在于吃,以后挣到钱,咱们到友谊宾馆去吃俄国大餐。"

五哥说:"咱哥俩儿好说,总不能亏待小何姑娘吧。"

何梦说:"甭管我,我最近在修佛,只吃素。"

五哥说:"这么说来,这顿饭我省钱了。"

彭涛说:"既然这样,咱们来瓶拉菲吧。"

小何连忙说:"董哥,别听这小子的。咱们今天只喝啤酒。"

彭涛笑着说:"其实,拉菲我并不在行。还是啤酒大众化。"

啤酒上来,彭涛一边灌着啤酒,一边把买股票的详细信息添油加醋地说了,最后说:"董哥,咱们不玩则已,要玩就玩大的。"

从那天起，五哥经常去彭涛那里，有时回来很晚。五嫂问："忙什么呢？成天脚不沾地的。"

五哥说："跟彭涛几个打桥牌，有时候也打打麻将。"

五嫂说："打麻将上瘾了？"

五哥说："怎么会？有老婆孩子的哪敢输得倾家荡产。"

五嫂说："就你嘴甜。"

五嫂想，丈夫越是嘴甜，越是心里有鬼，八成外面有了相好的。

一天晚上，五哥兴高采烈地回到家，抱着五嫂亲了半天，然后拿出一个存折给五嫂看。五嫂看了一眼，吓了一大跳，说："怎么、怎么会有这么多钱？"

五哥说："抢了银行。"

五嫂板下脸："说正经的，怎么来的？"

五哥说："前些天跟强子他们去东北做买卖，赚了一大笔。"

五嫂说："前几天我找过强子，这些日子你们根本没有去过东北。"

五哥只好说，是炒股票挣的。

五嫂不高兴，过了一会儿，说："跟你说过几次，咱们别动那个脑子，买股票有几个赢的，昨天尚如水还来说，他们李先生有不少股票都困在里面，亏了不少，有一次他一个人去了中山公园想去跳护城河，幸亏如水在后面偷偷跟着，才没跳成。"

五哥说："那是他没有内部消息。"

五嫂说："就是听了内部消息才亏了的。"

五哥说："内部消息有真有假，我们都是绝对的。"

五嫂说："不管真假，以后不许再干了。不然，死给你看。"

五哥赔着笑脸，说："听你的。这不，我就是跟你商量，用这些钱，咱们去买套房子。我打听好了，芳庄那边新建了一片楼房，咱们这些钱够付一半的费用，另外可以在银行贷款。"

五嫂想了半天，说："就依你。"

过了一个多星期，五哥拿回来房产证，五嫂看了半天，掉下了两滴眼泪。

五哥搂着妻子说："怎么又哭了？"

五嫂心里五味俱全，只是说："高兴的。咱们志民总算办成了正事儿。"

玉秀知道家里买了房子，自告奋勇地说："装修队我来找，装修费也我出。"

二龙说："要装修成外国式的，最好是英国式的，千万别弄成土拉八几的。"

玉秀说："你又没有出钱，没有发言权。"

二龙说："我干吗不出钱？新房里的家具我包了。董玉秀同志，我比你有钱。"

五嫂看着两个人吵吵闹闹，想起了大龙，便对丈夫说："给大龙写封信。就说，家里买了房子，跟他女朋友回北京的时候，有地方住了。"

玉秀请来的装修队，要价合理，但是不正规，是私人组成的杂牌军。五哥有些不放心，关照五嫂，抽时间多去看着，有不满意的地方及时给他们提出来改进。五嫂想了想，这样挺好，有些事情做做，至少能解一点烦心的事。

就这样，只要玉秀、二龙和他们休息时，五嫂就让他们帮助看店，自己则往芳庄去做监工。她特意买了一辆二手的自行车，从家里骑过去，再从新房子骑回来，少说也得一个半钟头。五哥心疼说，来回打的吧，用不了多少钱。五嫂点头答应，照旧还是自行车来回，只有雨天才乘一回出租车。

五嫂去的次数多了，渐渐跟装修队里的人熟悉了。

装修队的头头姓范，五十来岁的粗汉子，队里几个成年工人叫他范爷。范爷从唐山郊县的农村来到北京有十几个年头了，仍旧一口地道的唐山口音。他派活儿的时候，用纯正唐山话说，就有人悄悄笑他。这时候就有一个十五六的小泥瓦工狠狠瞪大伙儿。这个小泥瓦工小名虎子，浓眉大眼，门牙掉了一块，眼睛的瞳仁特别大，透着一股机灵劲儿。五嫂经常逗他："几岁啦？什么时候娶媳妇儿？"虎子腼腆地笑笑，从来不回答。五嫂看着这个小泥瓦工，几次想到在外漂泊的大龙。那年，大龙跟着红卫兵离开家的时候，比眼前这个小虎小不了几岁。大龙在黑龙江插队时，不是也干这些体力够不着的活儿吗？五嫂去的次数越来越多，总觉得跟装修队的师傅们很合得来，好像前世见过他们一样，有说不出来的亲切感。

有一天，五嫂碰到一件事让她感到迷惑。当时，装修队正在粉刷墙面。范爷突然叫道："儿子，把那半袋洋灰拿过来。"

五嫂没有听说范爷还带了儿子来做活儿，正在盲目找寻，却见虎子提着半袋水泥递给范爷。过了一会儿，虎子跟范爷说："叔叔，我去撒泡尿。"说着，心急慌忙地跑了出去。

五嫂奇怪了，问旁边工人，那个老实巴交的工人笑了笑，不回答。随即对着范爷喊道："头儿，到点了，我去买盒饭。"

范爷说："好，大伙儿也歇了。"

五嫂说："多买一盒，我也在这儿吃。"

范爷听了，一愣，说："老板娘，您也跟我们一样？"

五嫂笑道："不行吗？"

范爷忙说:"行,行,当然行。就是委屈您了。"

盒饭买回来,五嫂打开一看,除了米饭,就是一份炒土豆丝、一份红烧冬瓜、一份酱爆茄子,荤菜只有半个卤蛋。五嫂看了看范爷,说:"这伙食也太素净了吧?营养够吗?都是干体力活的,虎子还在长身体呢。"

范爷苦笑道:"没办法,钱挣得不容易,大伙儿吃饱就不错了。你们北京人没有受过饿肚子的日子。"

五嫂想,真是看人挑担不腰疼。退回十几年前,我们天天没吃过饱饭呢,跟你们说,也不会懂。想到这里,她轻蔑地看了看范爷,然后掏出两张五十元的大票子,对那个买饭的师傅说:"师傅,麻烦你再去一趟,给每个师傅加一只炸鸡腿和一块红烧肉,再买两份西红柿蛋汤。大伙儿改善改善伙食。"

那个师傅看着范爷,不动。范爷想了想,长叹口气,挥了挥手,说:"去吧,感谢咱们的老板。"

"加菜"买了回来,工人师傅们的情绪也上来了。一边吃饭,一边说说笑笑,一个中年师傅刚刚讲起了黄段子就被范爷打断了。范爷狠狠地瞪了他一眼,又看了看五嫂,那家伙会意,连忙说:"该打,该打,嘴上没把门的。"

范爷说:"老板娘,我们都是粗人,您可别在意。"

五嫂说:"我可不是什么老板娘,以后你们叫我阿姨就行。"

范爷说:"这么叫,差着辈儿呢。我都奔五十了,说不定,您还小我几岁呢。"

五嫂笑笑说:"你的眼光不行。就这么着,除了队长,别人都叫我阿姨,对了,小虎得叫我奶奶了吧?"

一个师傅说:"人家小虎也有十六了吧。"

五嫂说:"小虎,你几岁了?"

小虎看看范爷,又看看五嫂,摇摇头,低声说:"不,不知道。"

五嫂奇怪地说:"怎么,傻啦?看你一脸的聪明样儿,怎么自己几岁都不知道?"

这时候,围在一起吃饭的人都沉默了。屋子里静得出奇。

忽然范爷对虎子说:"儿子,去,给我买包香烟去。买飞马的就行。"

虎子接过钱,如遇大赦般地跑走了。

范爷这才对五嫂说:"虎子的确不知道自己几岁。这孩子,命苦,命苦啊。"

五嫂诧异道:"怎么?怎么说他命苦?跟着您干话儿,确实年纪小了点,也不至于就说苦命啊。"

范爷沉默片刻,说:"其实,虎子不是我亲生的。我到现在还没有娶老婆,怎么会有儿子呢?您别急,容我慢慢跟您说。"范爷说着掏出一整盒香烟,抽上一支,深深出了一口气，继续说："说起来，叫人伤心哪。那年，就是唐山大地震的那年，我正巧去北京采买，逃过一劫，等我回到唐山的时候，那个惨呐就别提了。我好不容易找到自己家，已经是一片瓦砾了。说起来伤心哪，到了家的那个地方，哪儿还有什么家啊，我老娘、我的未婚妻都埋在碎瓦里了。当时，连掉泪都掉不出来，我坐在泥地里，呆呆看着四周围，不知道坐了多少时间。夜里，又下着雨，周围都是来援救的解放军，人们喊着，叫着，跑来跑去的脚步声，我好像都没有听见。可是，忽然我听到有个小孩子的哭声，就这么着，我把那个孩子硬是用手给刨了出来。孩子满脸满身都是泥水，也不知道几岁，没名没姓的，只露出两个白白的小虎牙，我就给他起了小虎这个名字。老娘老婆都没了，我就把小虎当成自己的儿子。起初小虎真的认为我是他爹，后来不知道哪个多嘴的告诉了孩子，就成了现在这样子。我叫他儿子，可他不认我这个爹，只叫我叔叔。咳，叔叔就叔叔吧。可是虎子懂事，懂得孝顺，对我百依百顺的，我也就知足了。唉，这孩子命苦啊。"

范爷说完，谁也不吭声了，大家的饭还没有吃完，谁也没有再动筷子。范爷环视了一下大伙儿，说："这事儿，我也是第一次跟他们说。说了，大伙儿堵心，又何必呢？"

一天下午，五哥正帮着五嫂给小店进货，彭涛打来了电话，说晚上请五哥到东来顺去吃涮羊肉。

饭桌上，火锅冒着腾腾热气，彭涛和五哥，每人面前放着一瓶二两装的二锅头。彭涛摆弄着那瓶酒，自嘲地说："不知道什么人把这种酒起个外号叫小二，这名儿，有趣，也像我。起这名字的家伙实在是太有才啦。"说完，又发起呆来。五哥也不言语，两个人默默对坐。

过了好一会儿，彭涛打开酒瓶，说："干一口。来，祝你的小店生意兴隆。"

五哥没有说话，静静地跟彭涛碰了碰杯。彭涛终于打破了沉默，说："我这个人，是个烧熟的鸭子，就剩个硬嘴。我不是常说，要么不玩，要玩就玩大的。这回可好，玩着、玩着把自己玩进去了。"

五哥看看彭涛铁青的脸，又跟他碰了碰杯，然后说："听起来，彭涛，你最近有点不顺。说，需要我帮什么忙？"

彭涛把那瓶酒一饮而尽，眯着眼睛看看五哥："有你这句话，你这哥们儿，我没有交错。"说着招呼服务员："喂，再来瓶二锅头，大瓶的。"

五哥说："闷酒喝多了，伤身体。算了。"

彭涛说："这才哪到哪儿？董哥，今晚上你我一醉方休。到时候，我开车送你回家。"

五哥说："你喝高了，我还敢坐你的车？说正经的，到底碰到了什么坎儿？"

彭涛淡淡一笑，为自己斟了半杯二锅头，说："是啊，每个人的一生，总要遇到这种或那种的坎，可是，我是谁呀，我怕什么？天塌下来，我先顶着，爱谁谁，我都不会在意。可是，这几天我算是中了邪，一脚踏空，掉坑里了。看上去是温柔乡，实则是陷人坑。董哥，我算是栽了一回。"

彭涛说到这里，突然停住了话语，惭愧地忆及几天前的一段。

那是一个春风和煦的夜晚，何梦挽着彭涛的手，走出北京人民艺术剧院。

何梦轻声说："涛哥，谢谢你，给了我这样一个美好的春夜。其实在五年前我看过《茶馆》这出戏，可是今天看了，才有真正的体会。我想，那时候年龄太小，对于一个小姑娘来说，品味不出《茶馆》中展露的真意，今晚总算是看懂了。谢谢你。"彭涛说："梦梦，你能这么说，我太高兴了。"彭涛停了停又说："梦梦，我现在郑重其事地跟你说，我怎么感觉我有点爱上你了？"

何梦慢慢放开了挽着海涛的手，说："是吗？可我没有想过，恐怕也不可能。"

彭涛自嘲道："我脑子短路了。对不起，今晚的月亮有点朦胧。"

这段"浪漫史"彭涛犹豫再三，还是没有好意思跟五哥说，只是说："那个画画的丫头还记得吧？"

五哥说："就是那个美术学院的学生叫什么梦的？"

"对了，就是这个女孩子，让我吃不了兜着。事情是这么回事儿。两个多月之前，我们报社的一个同事推荐我去玩期货，我这家伙不知道深浅，把一点家当全砸了进去，梦想着赚它几倍。有一天遇到何梦，我把玩期货的事跟她说了。何梦也拿出一百多万，让我帮她做。开始也赚了不少，可是，天有不测风云，过了一个多月，市场掉头向下，来了个倒栽葱，几次平仓下来，不但把原先赚的全还回去了，还亏了百分之五十几。有时候自我安慰说，等等，说不定时来运转，重新往上走。可是，我们这位何小姐追着我，要我还她本金。全怨我欢喜吹牛，当时跟她保证只赚不赔，至少是本金不会赔的。这下好了，君子一言驷马难追，本金必须给她。我这个人虽然说脸皮厚，但在女人面前不能说了不算。其实，我想何梦是知道了行情，所以她很客气地说，她急需用钱，她只要拿回本金就行。我是哑巴吃黄连，认了。说到底，不过就是赔上五十几万嘛。他妈的，我这个人就欠掌嘴。"

沉默了一会儿，五哥说："是不是缺钱？需要多少？"

彭涛抬起头，说："董哥，我不需要你帮忙，要借钱，我有办法。董哥，现如今，跟好朋友借钱，有点不道德。您放心,我、我有别的办法。我只是跟你说说,出一口气。"

五哥看定彭涛,他看出这个天不怕地不怕的男人,眼下有意回避自己的目光。

彭涛说:"今天请董哥过来,就是想找一个能说话的人,不怕我唠叨。来,走(喝)一个。"彭涛的确没有想跟五哥借钱。一来,他知道五哥刚买了房子,没有多少钱。二来,他顾虑如果五哥伸出援手的话,弄不好,连累他们一大家子。不像自己,一个人吃饱了全家不饿,天塌下来只砸着他一个。退一万步说,这年头找朋友借钱,是最尴尬的事,往往是借一回,就断掉一个朋友。彭涛不想失去这个哥们儿。

从东来顺饭店出来,满天星斗,春风飘过,还有点冷。彭涛说:"的确,今天不能开车送你。你打的回吧。"

五哥说:"你也打的吧,别开车,不管怎么说,你还得活蹦乱跳地再活几十年呢。"

彭涛强作笑颜,说:"老哥说得对,怎么着不是活着。"

过了两三天,五哥给彭涛打过去四十二万,这是五哥的所有了。他咬咬牙,把小店里进货的钱,把该付给装修队的费用,一股脑儿地付到彭涛的账户上。钱打出去有些后悔,房子完工时付不出工钱怎么办?

小店该进货的时候没有钱怎么办?五哥想想有些后怕。

他想到强子。可是，他曾经听强子说过，现如今，要想不做朋友了，就跟朋友借钱。

彭涛收到五哥的钱款，只在手机上发来一个字：谢。

五哥的老毛病又犯了，做事不计后果。钱是倾其所有都给了彭涛，可是打开家里的存折，看见只有四位数，心里不免发慌。老婆如果问起钱的去向，该怎么说呢？如实回答？编个动人的故事？都解决不了问题。他想了半天也没有想出一个像样的说法。他翻箱倒柜想找出一点值钱的东西拿去变现，没有结果。他搜索枯肠，思索能够借钱的人，又被自己一一否定。找淑婷海山两口子借，他们肯定不会回绝的，可是他们工资不高又刚生了小孩，哪里有富裕的钱？找大姐夫借，他们的儿子正准备去美国留学，需要一大笔钱，又怎么能朝人家开口呢？还有几个朋友可以考虑，但是五哥是顾面子的人，那几个可能会借给他，但从此在那些人面前就失了尊严，万一让老婆知道，后果不堪设想。想来想去，他咬咬牙，去卖了一次血，可是杯水车薪，解决不了什么。看看那个该死的存折，数字还是冷冷的。五哥像个无家可归的流浪猫，成天呆头呆脑。五嫂当然看得明白，但她总觉得五哥有了外遇。

星期天，玉秀陪着妈妈去新房子看装修队的进程。装修进行得十分顺利，按着二龙的要求，二龙住的那间房子装修成西班牙式。五嫂看了看,说:"怎么弄得这么乱七八糟的。"装修队长老范说:"这是按着您儿子的意见做的。"说着拿出图纸给五嫂看。玉秀看了看,说:"不错,跟图纸完全一致。没得说,看起来二龙找来的这张图纸还像那么回事儿。"

五嫂只好叹息道:"这个二龙,净出幺蛾子,以后住在里头会睡得着?"玉秀说:"人家二龙喜欢,当然睡得着。妈,您就少管闲事吧。"说着说着,五嫂四处打量片刻,说:"范师傅,我来了这么半天,怎么没有看见你家小虎呢?"范师傅吭哧半天也没有回答,旁边一位工人说:"小虎昨天给泥桶砸伤了脚,半夜发炎,今天早上发烧到39度。"五嫂说:"这么厉害了,送医院没有?"那人说:"在宿舍养着呢。"五嫂焦急地说:"烧成那样还躺在宿舍里,赶快送医院呀。"范师傅为难地说:"剩下的钱不多了,哪敢上医院。"五嫂说:"医药费我来出,赶紧着送医院,我这就回家去拿钱。"

玉秀跟着母亲回到家,五嫂翻开存折,傻了。

与此同时,五哥来到一家新开的典当行。一位漂亮的女店员站在柜台前,悦耳的声音传来:"欢迎光临。"五哥走近:"新开的?"漂亮女人说:"开一个多月了。您是典当呢,还是赎回?"五哥说:"当东西。有什么规定吗?""没有。只要是你自己的,来路正规。"

五哥解下手腕上的手表，递给女店员，说："来路请放心，我有发票。"女店员看了一下，睁圆了漂亮的大眼，半天才问："是自己的？""当然。""这牌子你知道吗？""当然，劳力士。"女店员想了想说："请等一等。"说着，打了一个电话，接着从后面转出一位矮个的中年人。那人看了看手表，又拿出放大镜仔细观察片刻，说："是真的，不假。不过，先生，您当的东西比较贵重，我们需要您持有的证件。""什么证件？""您的户口本，您工作地址，职位……"五哥没有等对方说完，拿回手表扬长而去。手表是不能变现了。

在家里，五嫂无奈地瘫在地上。玉秀说："妈，您先别急，我这里还有一点钱，先安排小虎住医院再说。"五嫂有气无力地说："只能先这么着吧。"

她们顺利地安排小虎住进医院，回到家已经晚上十点钟了。临进家门，玉秀说："妈，您千万别跟爸爸吵。"五嫂说："不会，我不会。"

回到屋里，五嫂看见五哥喝得半醉，躺在床上。五嫂说："今天回来得早嘛。"五哥不言语。五嫂又说："今天是输了还是赢了？"五哥说："什么输了赢了？怎么啦？"

五嫂说："志民，你越来越有出息了。是赌球了？还是打麻将？听说，还有一种赌的叫什么梭哈，那东西输赢还快。"五哥说："我没有赌钱。""没有赌，那，那咱们家里那些钱呢？给了外面的女人了？""没影儿的事。""那你说，钱呢？装修快完工了，要付人家工钱。店里马上也要补货了。你说，怎么办？"

五哥喃喃道："我正在想办法。"五嫂按捺住情绪说："志民，这个家，是你做主。可是，用钱的事，你也应该跟我商量商量吧。咱们家几口子呢，你得对孩子们负责吧？"五哥说："我当然应该负责，我没有不负责呀。""可是，咱们家里的钱呢？""我用了，我是用在正经地方，你用不着怀疑我。""那，你说清楚，钱用到什么地方了？""我不能跟你说，至少现在不行。""你不说就是心里有鬼。""随你怎么说吧。反正我不想说。"

五嫂说："还是因为女人吧？"五哥说："我跟你说过一百遍了，根本不是那么回事。"

"那，你说呀，钱去哪儿啦？"

五哥不说话。五嫂急了说："说呀。你说呀，今天你必须说清楚。"

五哥说："你再闹也没有用，我就是不说。"五嫂说："不说我就死给你看！"五哥的气头也上来了，狠狠地说："那就去死！"

五嫂"哇"的一声哭了出来。实在说，五嫂从来没有这样跟丈夫吵过，更没有听到过丈夫说出这样无情的话。五哥见妻子哭了，心软了下来，就想把借钱给彭涛的事说出来。他上前想为五嫂擦擦泪水,五嫂用力一甩胳膊,不巧正打在五哥的眼睛上。五哥怒气上来,踢开门,大步走了出去。五嫂与五哥争吵的原因,玉秀琢磨了个八九不离十。她知道母亲这一回真的焦急了,她与父亲从来没有这样争吵过。

第二天一早,玉秀本来要去学校的。她特意起了个早,给家人买好早点,这时候她才发现父亲一晚上也没有回来。五嫂起来,红肿着双眼睛。她竭力回避女儿的目光,怕玉秀发现自己哭了一个晚上。玉秀只当没有发现母亲的异样,一边吃早饭,一边说:"妈,我今天有点不舒服,我想今天不去学校了。"五嫂说:"不去,要紧吗?"玉秀说:"没什么大不了的,明天我去补个请假条。"五嫂想了想,说:"也好,要是下午你好一点,就帮妈妈去办点事儿。"

吃过午饭,五哥还是没有归家,玉秀有些着急地说:"爸爸去哪儿啦?"五嫂说:"管他呢,人家有重要的事呢。秀儿,如果你好一点了,帮妈去趟典当行。"玉秀说:"典当?现在有当铺了?"五嫂说:"典当行开了有些日子了。妈打听过了,你帮妈去当条项链。"

下午,玉秀从典当行出来,并没有当掉那条项链。虽然,那条项链是九九金的成色,但典当行的人说,只能出原价的百分之五十,这已经是最优惠的了。店员看她年轻,不懂事,说道,这种老式项链,可以说几乎没有人感兴趣玉秀半信半疑，又觉得这是爸爸给妈妈的礼物，当掉可惜。再说，兑出这么一点钱，解决不了困难。想来想去，她到二龙的球队找到了弟弟。

二龙说："我们正在训练，你来捣什么乱？"玉秀说："没有重要的事，我才不愿找你呢。"二龙说："什么重要的事，让你弄得急赤白脸的？"玉秀说："你有钱没有？"二龙笑笑："当然有。不过我不借给你，我怕你到时候不还，赖账。"玉秀撇撇嘴说："我才不稀罕跟你借钱，有的是人愿意借给我。我是替咱妈借。"二龙说："真的？"玉秀说："骗你是小狗。老实说，有没有钱？"

二龙自豪道："几万块还是拿得出的。妈要用，还要借吗？我给妈就行了。"

玉秀说："你傻呀，现在你大了，爸妈又都有工作，会要你的钱？过年的时候，你给妈的钱，妈还给你保存着，说等你娶媳妇用呢。"二龙说："又瞎编了。说正经的，妈不是有钱吗？干吗又要借？"玉秀拿出项链给二龙看，说："要是没有难处，妈会让我去当这个？"二龙想了想，说："那你为什么不去当呢？"玉秀把在典当行的事跟二龙说了。二龙说："没问题，我今天晚上拿钱去给咱妈。"玉秀说："你就是个木头。你直接给，妈会要吗？"二龙说："那怎么办？"玉秀说："我已经想好了办法，咱们来个偷天换日。"

姐弟俩问来问去，找到蓝岛商厦的高级珠宝行。他们买了一条贵重的项链。售货员问："信用卡，还是……"二龙拿出几大叠现金。售货员瞪大眼睛，说："你们、你们的爸爸什么级别？"二龙说："你管得着吗？"玉秀捅了捅二龙，摆出傲慢神色，说："副部级，怎么啦？不可以吗？"售货员看了看姐弟俩，说："穿得倒挺朴素的，真看不出来。"

玉秀和二龙拿着新买的高级项链，又来到另一家典当行，把那条项链往柜台上一放，正眼也不看服务员。服务员斜眼看着他们两个，冷言冷语问："是你们的吗？"玉秀说："当然。不是我们的，我们会拿来？"

服务员缓和语气："那么请问，是给你们父母当，还是你们自己？"玉秀说："代我妈妈。"服务员说："那么有什么证件证明东西是你们的？"二龙把自己的证件丢在柜台上。服务员看了看证件，又看看二龙，惊喜地说："噢，你就是……那个……嘿，上个星期的那场对辽宁队的比赛，踢得倍儿棒。简直神了，连中三元。喂，你们收入那么高，还还……"二龙大大咧咧地说："挣得多，花得也多。""那是，那是。"服务员一边低声下气地应和，一边小心翼翼地开好发票。又补充说道："特意多给您开了仨月，放宽松一点，到时候别忘了来赎。不然，吃亏忒大了，这么好的东西。"

玉秀跟二龙回到球队，玉秀伸出小手指，弯着，等着二龙。二龙说:"干吗?"玉秀说:"拉勾。保密,一百年不变。"二龙在姐姐手心上打了一巴掌,说:"放心。保密一百年。"玉秀欢天喜地地抱着一大包钱,拿给五嫂看。五嫂奇怪地说:"怎么会有这么多?"

玉秀说:"咱们的东西好呗。"五嫂说:"再好也值不了那么多吧?"玉秀说:"妈,您很少带那项链,不知道项链的珍贵,人家典当行的人仔细看了,说那条项链是宝石外面镀的纯金。金子还在其次,是里面的宝石值钱,所以才当了这么多。人家典当行的人,倒是没有骗咱们。"

五嫂将信将疑地把钱收下,吐了口气,说:"这下好了,解决大问题啦。"玉秀庆幸把事情编得圆满。可是五嫂第二天清醒过来,怎么想怎么不对劲,但是钱也收了,一时还能说什么呢?

十八

一天晚饭后,有位不速之客光临五嫂的小百货店。来者人高马大,五六十岁的样子,一件黑呢子大衣,戴一架高级眼镜。进门,呢子大衣一脱,里面是一身笔挺的Zegna牌西装。五哥说:"欢迎光临小店。请问,要买点什么?"

来人哈哈一笑:"什么都不买,我是来借银子的。哈,董哥,兄弟我来看你啦。"说着,摘下太阳眼镜,但见来者高鼻深眼,满脸络腮胡子。

五哥觉得面熟,却一时想不起来。探问:"先生,我们好像见过?"

来人声如洪钟,说:"当然见过。兄弟可记得南苑镇醉仙酒楼……腊月二十三……"

五哥猛然想起,爽朗笑道:"对,对,那年腊月二十三,我们……"

来人笑道:"对喽,兄弟我就是黑七啊。"

五哥这才完全回想起来，忙说："快请坐。我们有年头没有见了，一向可好？"

"嘿嘿，我可以，完全可以。不瞒董哥说，黑七我这几年发达啦。"黑七说着打量了一下小店，又说，"店不错，就是小了点。"

五嫂端过茶来。黑七说："嫂子，我还没有正式见过。"说着，拿出一个首饰盒，"小小见面礼，请一定收下。"

五嫂说："这个，可不能收。"黑七打开首饰盒，里面是意大利宝格丽品牌的项链。五嫂看后吓了一跳，说："这么贵重的东西，绝不能收。"

黑七说："嫂子请一定收下。我这次来，就是来谢恩的，这是我多年的心愿。项链，的确不便宜，但是以这个做回报，还是太轻了。五嫂不收，就是看不起我黑七了。"

五哥说："那就只好笑纳了。谢谢。"

黑七转向五哥问："前些年，送过两次钱，不多，只有几百块，不知道收到没有？"

五哥摇摇头。五嫂忽然想起，说："是不是用白手绢包着的，右下角还写着一个七字？"

黑七说："对，对。那就是收到，我放心了。"

黑七端详着五哥，说："我在海外多年，五哥的处境多少知道一点。这些年，你日子过得艰难啊。"

五嫂说："黑先生寄钱的事，因为一直不知道是谁所为，也就没有跟董志民说过。到今天才知道钱的来历，实在对不起。"

黑七连连摆手："小菜一碟，小菜一碟。我只是问问。当时，我不能来大陆，是托朋友办的。看来那位朋友还靠得住。"

黑七喝了一口茶，说："这茶怎么能喝？看起来，你们日子过得还是艰难啊。这世道是怎么啦？像我这种人，打家劫舍，胡作非为的，倒是吃香的喝辣的，你们这本分人倒是……唉，不说这个。我得说明一个事，如今我黑七是做的正经生意，赚的钱不是黑钱，合理合法，受政府支持保护。想当年，提着脑袋干的勾当，早就翻篇啦，金盆洗手啦。"

五哥说："那就好，那就好。"

黑七又喝了一口茶，说："五嫂热情接待，再苦的茶，我也是感谢的。趁着今天的兴致，我说说这些年是怎么过来的，也让恩人放心。说来话长，那年灶王爷上天的时候，我到府上去借银子实在是万不得已。当时我爹，我亲爹，枪伤复发，胳膊肿得比萝卜还粗。大夫说，是细菌感染，非得用盘尼西林才能救命。那年月，盘尼西林有多贵呀，我只能铤而走险，多亏董哥仗义，给了我钱，还有金条。幸亏有那根金条，不然，光有钱，人家还不卖给我药。我就不多说了。"

五哥打断黑七的话，问："不是还有一位姓柳的，小个子？"

黑七接着说："提起我那位柳呆子兄弟，唉，惨了。人人都吃不饱饭的那三年，我跟柳呆子实在混不下去。听说有不少人游水逃香港，我们也去了。谁曾想，柳兄弟游到一半呛了水，往下沉了，我连忙游过去救他，不想一个浪打过来，我也往下面沉了。等我醒过来，已经被冲到对岸了。老天爷看顾我这个坏人。到了香港，老天又一次照顾我，居然让我中了一票彩票。发了财，我就去台湾岛做生意。生意那时候好做啊，我赚了一票，就又去了美国，在美国开了公司。现在我是美国公民了，拿着'爱美润肯'的绿卡，通行无阻啊。嘿嘿，不知道为什么，财神爷看上了我这个当过土匪的人。不过，我现在可是有钱又守法的人了。"

五哥说："浪子回头金不换嘛，你应该得到的。"

五嫂说："您说的那位柳先生就这么走了？真是的。"

黑七声音低沉下来，说："哪有什么柳先生，活活的就是一个土匪。原先我还当过两年东北抗日联军，而柳兄弟就是个胡子。可他在我最难的时候帮助过我，滴水之恩当涌泉相报嘛。这个理，我这个大老粗还是知道的。唉，想起来也伤心，柳呆子死了，丢下一个老娘，在铁岭，没家没业的，我每年寄钱给她。今年也是要奔八十的人了，苦命啊。论起来，我对不起我那位呆子兄弟。当时我见柳呆子沉下去的时候，就游过去想救他，刚到他身边一个大浪打来，我只觉得柳呆子不顾一切地把我往海面上用力一拱，他就这么沉了底，我也被这个大浪打昏了。我去铁岭见柳兄弟老娘时，老人眼睛看不见了。我当时也很娘们儿气，不由得跪下去，叫了一声娘。老人竟然认为她亲儿子回来了。唉，惨啊。对了，还有件事我得提提。记得公私合营那年，柳呆子接到他老娘的信，是村子里邻居写来的，说初春的一场大雪，把他家的土坯房压塌了，让柳呆子寄钱回去修房。不然，老命也没有了。当时，我们两个哪里去弄钱？不得已，还是找到董哥。董哥二话没说，借给了我们。好多年之后，我才从朋友那里知道，董哥是挪用了公款。为这个，董哥吃了几年官司。实在对不住啊，董哥。为这个，我黑七和我那个死去的柳兄弟应该给你磕头。"说着，不由分说就跪到地上去。

黑七站起来，长舒了一口气，不再说话。小屋里，再没有人说什么。

五嫂再次给黑七添茶，黑七说："茶就不喝啦。老天保佑，总算找对了门儿。"他停了停，又说："昨天我去隆福寺求签，居然是个上上签。我就想，老天保佑我找到恩人。果然，天不负我，哈哈。今天就这么着，改日请董哥五嫂吃饭。"说完就走出门，脚迈过门槛又回过身，掏出一张名片递给五哥，说："吓唬人的片子，还是给你一张。上面有电话，有事打我电话。"

五哥接过名片看去，是黑地金字，印得精致。上写：

世纪鸟集团董事长
罗伯特·黑

五哥细看，说："世纪鸟集团很有名气的，总部好像在金融街的一座大厦里。"

黑七说："没错。我得说明一下，这个名字是吓唬人的。当初，几个酸秀才嫌我这个姓特别怪，黑总、黑总叫着别扭，就用了我的英文名罗伯特，大伙儿就叫我罗总。×拉个巴子，为了做买卖，连老祖宗的姓也改了。你说说，找谁说理去？"

黑七十六岁不到，就跟着父亲加入了杨靖宇将军的东北抗日联军。一次，杨靖宇派他们父子俩去关内采办医疗器材和药品。父子俩办好事情正准备回去，传来杨靖宇英勇就义的噩耗。他们寻找组织已经不可能，还中了叛徒的圈套，险些被日本鬼子抓住。两个人本来想去投奔国军，却被一个同乡怀疑是日本人的密探。那人是国军的一个团长，在那年月就有生杀大权。那个团长说："我晓得你我是老乡，现在国难当头，顾不得那么许多，只能是大义灭亲了。"说着吩咐副官，看押到天亮，择机枪毙。幸亏那个副官并非草菅人命之徒，后半夜悄悄放了父子俩。黑七和父亲连夜逃亡，匆匆卖掉手里值钱的药品，换成金条当作见面礼，投到打虎山上，落草成了土匪。在土匪窝里便认识了柳呆子。黑七在一次行动中受了伤，几乎被抓，柳呆子拼死救出黑七，两个人成了过命朋友。解放军包围北京城那年，黑七打听到一个外号杂毛的叛徒，隐藏在承德避暑山庄一带，黑七父子俩带着柳呆子一起去锄奸，杂毛被击毙了，黑七的父亲也受了重伤，黑七这才去南苑镇找董家求助。

这段历史，直到五哥当了世纪鸟的副总之后，黑七才讲给他听。

过了两天，黑七又来到南桃园胡同，爽爽快快地说："董哥，我想好了，你这个小店，开着也没有多大意思。我打算在北京开家房产公司，请董哥去当经理。"

五哥说："经理我可当不了，我没这个能耐。"

黑七说："傻子都能当，何况董哥这么聪明的人。放心，公司全赔了，对我来说，也是小菜一碟。我主要是看你开这个小破店屈才了。没什么商量的，就这么办吧。公司的名字我请高人起好了，就叫房佳房地产开发股份有限公司。注册资金用不着你担心，我都准备好了。人员你自己招聘，这个，我对北京人不熟悉，不便多管。反正试着干吧，最多是赔本赚吆喝，说不定我们还能狠狠赚它一票。我的两个香港朋友，去年就开始这么干了。他们说，如今在大陆是钱多人傻，赚钱像逛公园一样，只要你有启动资金，赚钱比花钱都容易。"

于是，五哥时来运转，当了房佳房地产开发股份有限公司的总经理。

五哥不忘旧情，想邀请彭涛做副总经理。彭涛说："不是我不给兄弟面子，实在是我这里顺风顺水，新华网正要我去做经济记者，这是个肥差，我很难拒绝。你的盛情我领了，这个副总你就另请高明吧。不过，以后我可以暗地里帮你们公司宣传宣传。现在的广告效应出乎大部分商家的意外。可以这么说，只要宣传得当，垃圾都卖得出去。"

公司用人的事，五哥费了一番脑筋：强子能干，人脉又广，请他做了副总；许尔康人活络，口齿伶俐，让他做销售经理；米娜做公关经理兼秘书。财务总监，五哥听了彭涛的建议，必须用靠得住的人。五哥想到了大龙，写信给在南开大学当助教的大龙，却被回绝。大龙信上说，系里正准备提他副教授，再说对经商一点兴趣也没有，就另请高明吧。五哥只好招聘了一位中山大学经济系毕业两年的大学生。这人身材高挑，有些微微驼背，字写得娟秀，就像他的面孔。小伙子姓欧阳单名一个爽，但是人却不怎么爽快，做事磨磨唧唧，像懒驴拉磨，不过事情办得有条有理，一丝不苟。彭涛私下里称赞欧阳说："董老哥，这个人你选对了,足见你有管理的才能。你们这个房地产公司,能赚大钱。不过,那个什么娜,可不能重用,这个丫头可不是好驾驭的角色,你得防着。"

五哥心里明镜似的,他知道米娜是个长袖善舞的女人,不然强子也不会给她三百万吧。只是,米娜那双眼睛,常常引起董志民的非分之想。

常言道,福兮祸所倚。五哥当了名副其实的总经理之后,家里渐渐不太平了。

像很多故事一样,五哥的公司渐渐做大,财大气粗,公司的办公地点气派起来。听了彭涛的建议,公司也从一个小地方搬迁到长城饭店附近,离燕莎购物中心不远,斜对面就是使馆区,可以说是京城的黄金地段。公司的员工发展到几十个,办公室也气派起来。就是公司的用车也都换成了林肯。黑哥看了说:"有种,有种。董老弟,你有两把刷子嘛,公司给你,现在我一百个放心啦。"黑七想了想,又说:"如今深圳的房地产热火得不得了,房价像火箭一样飞上天啦。过几天,请你去深圳看看,黑哥我想在那里打出一片天地。你看怎么样?"五哥说:"黑哥信得过我,是我的荣幸,您说什么时候走。"

黑哥说:"那就过了年吧。大年三十,我请董老弟和弟妹去御膳房吃满汉全席。"

五哥说:"黑哥,不,罗总,这太破费了,本来应该是我请罗总，表示表示感激之情。岫烟跟我说过几次了。"

黑七说："以后别叫我什么狗屁罗总，就叫我黑哥，这样显得近乎。年夜饭的事你就用不着管了。这一年多，你给公司赚了不少，我应该发你奖金嘛。就这么定了，大年三十咱们去当当慈禧老佛爷，尝尝那个满汉全席。老实说，那玩意儿，也就那么回事儿，吃个排场。人活一辈子，图个啥呢？"

大年三十，五哥五嫂跟着黑七进了御膳房。

所谓御膳房不止是一间，而是一座精妙绝伦的簇新四合院。原是王府的一部分，几经翻新改造修葺而成，中西合璧，颇具现代风格。院中楼阁水榭，拱桥翼亭，雕梁画栋，窗明几净。一湾潺潺细水流进厅堂，确有巧夺天工之妙。大厅坐北朝南，厅内巨形的廊柱上贴着货真价实的金铂。八盏大红灯笼高悬于雕梁之上。在耀眼的大红灯笼的闪光里，五嫂觉得睁不开眼睛。

他们走过漆成绿色栏杆的精致小桥，迈过大理石打造的台阶，总算进入正厅。厅内，红烛燃烧；四壁彩灯五颜六色，灿烂辉煌。大厅中央又是一个大大的汉白玉石台，阶上置一巨大圆餐台，上方吊着四组雕龙画凤的宫灯，光线柔和中透着一点俗气。一队身着旗袍的美女姗姗而来，到了台前，分成两队，每队八个人，相对而立，中间形成夹道。黑七带着五嫂五哥从美女的夹道中走过，向中间汉白玉石台走去。五哥看了看两边笑脸相迎的美女们，各个要身段有身段，要长相有长相。黑七瞥了美女们一眼，对五哥轻轻说："这些活摆设，真他妈可以，不知道哪儿淘（diao）换来的。就说舞台上走猫步的服装模特，车展上搔首弄姿的车模，跟她们比，我看也不相上下。嗨，干什么活儿都能赚钱啊。老板说，这些人，工资少说也得六位数，灰色收入，嘿，他×的就甭提啦。"

两边美女对着他们行完满族拱手礼，仪式就算完成。三个人坐定，圆餐台上，早已放好餐前果品：白玉奶茶伴着茶食刀切、杏仁佛手、香酥苹果以及合意饼，四鲜果有赣橘、凤梨、荔枝、鲜桃。又有四蜜饯：蜜饯苹果、蜜饯桂圆、蜜饯鲜桃、蜜饯青梅。又有四干果：奶白葡萄、雪山梅、虎皮花生，还有刚从海外泊来的奇异鲜果。五嫂看了一眼，悄悄对五哥说："看的都眼晕了，别说吃，我直想吐。"五哥说："你真是扶不起的刘阿斗。"正说着，一位身穿黄马褂的主持轻拍两掌，一群侍者这才轻手轻脚地开始上菜。先是前菜有葱爆牛柳、红烧赤贝、烤乳猪、麻辣鹌鹑、海参烩猪筋、鲫鱼舌烩熊掌、口蘑发菜、挂炉走油鸡等。又有燕窝鸡丝汤、蛤士蟆汤等汤羹、点心。杯盏盘碟，如同一架食物的运输机源源不断地送进来，摆设齐整，令人目不暇接。

黑七对着主事的挥了挥手，说："用不着报什么菜名儿啦，听听也烦啦。"又对五嫂五哥说："这种满汉全席，不过是南北大菜的巨大拼盘。说是南菜四十几道，北菜五十几道，共计一百零八道。也有说一百三十几道的，我从来没有数过。他给我少上几道菜，我也不知道。再说，哪里吃得过来？行啦，你们二位请随便用，我呢，独独喜欢我们的东北大菜红烧狍子肉。"停了停，又说："董老弟，咱们还是尝尝1930年的拿破仑吧。这瓶红酒少说也值个十来万，不喝就太傻了。来，来，我黑七敬董老弟一杯，感谢你当年救我老爹一命；也感谢你给公司挣了不少银子。这杯酒还算给老弟饯行，过了年，董老弟不是还要去趟深圳嘛。"

走出御膳房，五嫂说只想吐，吃进的好东西白白糟蹋了。五哥说："这种满汉全席不过是讲个排场，那么多的大菜，谁也辨不出哪个好哪个差。真不如家里的家常便饭。"五嫂说："我也是这么想。好，经你这么一说，我就觉得没有对不起这顿饭了。"说到这里，五嫂忽然想到那年玉秀买回来的那块掉在地上，沾了泥土的切糕。那天母女俩费了半天牛劲，好不容易才把那块切糕上的泥土清理干净，虽然吃起来有时还会吃到沙子，可是当时觉得那是世界上最好吃的美食了。她想把这件事告诉丈夫，想了想又打消了念头。陈年烂谷子的，干吗让丈夫听了不开心？

想到这里，五嫂觉得人这东西有时候不知道好歹，常常是身在福中不知福。一边想,一边拉起丈夫的手。五哥说:"怎么啦?这是?"五嫂说:"就觉得这么走走,真好,什么也不求啦。"

十九

过了大年初五,五哥与米娜出差去了热火朝天的深圳。他们和两个随从下榻在香格里拉大酒店。

当天晚上,接待方设宴招待北方来的贵宾。酒过三巡,突然闯进一位不速之客。来人慌不迭地连连道歉说,手头事务太多,又是堵车,来晚了半个小时,实在对不起诸位。主人正要介绍,来客与五哥相对伸出手正要握时,彼此同时哈哈大笑。原来,来客不是别人,却是五哥久违的郭光燃。五哥握着郭光燃的手说:"想不到老兄竟然跑到深圳来了。"主人惊喜道:"原来两位认识,就用不着介绍了。"郭光燃说:"我们是老朋友啦,又是几年不见。可喜的是,世界太小,我溜到深圳还能见到多年的朋友。"五哥顺便把米娜介绍给老郭。郭光燃死死盯着米娜看了半天,说:"来深圳这几年,还没有见过这么漂亮的女孩子。董哥,你有福气啊。"

五哥说:"小米只是我业务上的助手,谈不上这个。"

郭光燃有些尴尬,主人连忙罚酒,算是掩盖过去。那个米娜不时用一双媚眼朝郭光燃瞟过去。郭光燃如同坐过山车,心脏飘来荡去,连倒酒也倒在了桌上。

半夜,米娜推开五哥的房门。

五哥看了她一眼,见米娜只穿着粉红色的睡衣,卷发蓬松,一幅迷人倦怠的模样。

五哥说:"十一点多了,怎么还不睡?"

米娜说:"人家睡不着嘛,过来看看董总。我看见你在饭局上喝了那么多酒,怕有什么不舒服。"

五哥说:"我没事儿,你放心,回屋吧。"

米娜并不答话,慢慢走近五哥的床边,徐徐脱掉睡衣,一丝不挂地站在那里。五哥心跳快了起来。米娜的皮肤白里透亮,像剥了壳的煮熟鸡蛋。

五哥看着,不禁有了生理反应。心跳更加快速,让他忽然想到洞房之夜,宋岫烟的神态。米娜走到床边,伏身去吻五哥,五哥闻到米娜的体味儿,像是羊肉的膻气与香水混杂的味道。五哥刚要上膛的子弹骤然退了出来。他记得,那次他保外就医时与妻子夜里的一幕,那是尴尬而莫名其妙的一瞬。多年的牢狱生涯,让他对女人又渴望又惧怕,有一种说不清道不明的感觉。

这时候,五哥不想让眼前这个欲火中烧的女人看出他的心境，轻轻推开米娜，说："你回去吧，今天太累了，酒喝得太多，有点想吐。"

米娜直起腰，看了看五哥，眯起眼睛："真的？"五哥说："太累，太累，今天一点兴趣也没有。"

米娜说："真的？"

五哥没有说什么。

米娜又说："妻管炎？"

五哥哼哼唧唧说："也对，快请吧。"

米娜吐出几个字："真没劲。"说着，拎起地上的睡衣，撇了撇嘴，扭动着身子款款走了出去。

五哥望着米娜离去的背影，有些懊悔，有些烦躁，有些得意，便长长吐出一口气。

第二天一早，郭光燃打来电话，约五哥和米娜去欧尔巴意大利餐厅吃个便饭。又说，五哥的两个随从也另有安排，请董总一百个放心。

欧尔巴餐厅在深圳有点名气。内部装潢完全是现代威尼斯风格，瑰丽的镶嵌着彩色玻璃的落地长窗，阳光透过玻璃，把迷离的光影投射到意大利地砖上。站在落地窗前，居高临下视野开阔，可以俯瞰半个深圳。三个人坐定，郭光燃说："这里的意大利面和比萨也没有什么不同寻常，葡萄酒和格拉巴酒倒是有点特色。到这里，不过是朋友聚聚，晚上人多，没法好好谈谈。来，老弟先敬董总一杯，小米，你随意吧。"说着,郭光燃对着米娜灿烂一笑。米娜说:"你们男人尽管说你们男人的事儿,我只管吃我的比萨。郭总,你就别麻烦,我挺会照顾我自己的。"

郭光燃笑了笑:"米娜小姐不愧是巾帼英雄、女中豪杰,那我们彼此都用不着客气。"

米娜说:"郭总说得是,我们一见如故,以后还请郭总多关照。"

那是一定,那是一定。

郭光燃说着,递出两张名片给五哥和米娜,说:"昨天晚上匆匆忙忙的,什么也没有顾上。我来深圳这几年打拼,多少也交了一些这里的朋友。在生意场上,呼风唤雨的朋友也有几个。这次董哥来,只要有用得着老弟的,一句话的事儿。我开的这个会计公司,算是适逢其时,不少公司上门求咱们呢。深圳这地方,跟咱们北京不同,可以说遍地黄金,就看你会不会捡。"

米娜站起来,说非常感谢,一定要敬郭光燃三杯。郭光燃趁机拉着米娜的手,再三推辞。米娜说,既然郭总这么客气,两人吃杯交杯酒如何?郭光燃说,那就当演戏。两个人真的就来了个交杯酒。五哥看着笑,知道米娜的手段绝非一般。不管怎么说,五哥觉得在深圳人生地不熟的,有米娜这么个宝贝,就是一张活的通行证,打到天上去也不在话下。

米娜坐下来，无意中碰到郭光燃伸出的脚。于是，桌子下面演出了精彩一幕，如同电影《红与黑》中于连与德·瑞娜夫人的游戏。

当天入夜，米娜说自己想去深圳罗湖万象城逛逛，那里有北京少见的名牌。五哥正打电话给黑七，商量在深圳购买地块的事，挥了挥手说："早去早回。"

黑七在电话里说，从国内的大形势来看，深圳特区大有可为。房地产业正在上升时期，听在香港的朋友说，深圳的房地产业至少还有二十年的黄金期，目光远大的实业家，应该抓住这个百年未有的机遇。五哥回答说，买地进行得十分顺利。尤其是米娜在这里如鱼得水，给公司做了不少贡献，回到北京应该对她奖励。黑七说："奖励米娜没有问题。不过米娜的一举一动你也多加注意。生活里，表面现象与实际情况往往是善良的人预料不到的。"五哥放下电话思忖良久，还是想不明白黑七的言外之意。

米娜离开酒店，如同秋风落叶一般飘到街上，在万象城兜了十分钟，买了一只爱马仕包包，就打出租车去了郭光燃的公馆。

一切顺理成章。顺理成章。

在深圳的十来天，收获不算小，五哥凭借着郭光燃的帮助，成功地、如愿以偿地以理想价格拍得两块深圳市中心地块。黑七在电话里得到消息，高兴地跳脚说："董总，你这次去深圳，功劳大大的，回到北京一定重赏。"那两块地，一块盖商品房，起三十层的高级公寓；另一块建综合购物商厦，至少要跟罗湖万象城比一比。

其实，米娜收获也不亚于五哥，她不仅买了一大包名牌衣裤衣裙、成斤的进口化妆品，还钓到一条含金量足够大的鱼，那就是大名鼎鼎的会计师事务所的郭光燃先生。米娜说，这位郭大会计师，对世纪鸟的发展可以说如虎添翼，有百利而无一害。五哥听了只是笑笑。至于郭大会计师日后能有多大贡献，只有天晓得。但明确的是，对于米娜小姐以后施展拳脚，肯定是大有裨益的。

离开深圳前，在罗湖机场郭光燃紧紧握着五哥的手久久不放。又对米娜说："咱们北京见吧。后会有期。"

在飞机上，米娜跟五哥透露出郭光燃的一个秘密：他的公司还想做大，钞票还想挣得更多。因此，他想打回北京，正儿八经地在首都开一家规模更加像样的会计公司。这几年他积累了不少业务上的经验，也积累了人脉。总结起来讲，做会计公司几乎等于空手套白狼，无本生意。

世纪鸟公司老总黑七爷，言而有信。五哥回北京后不久，黑七就奖励他一套带有三个阳台四居室的商品房。而且是全装修的，拎包入住。小区有个中西合璧的名字"威尼斯花都"，就在亮马河燕莎商厦一带，周边有高级酒店、新建的综合商厦，还有健身房、游戏厅、咖啡馆、洗浴中心，与南桃园胡同相比，简直是一个天上一个地沟里。

五哥拿得房钥匙喜气洋洋地回到破陋的南桃园胡同，对五嫂说："这回真算是家了，芳庄跟那里比，简直是天壤之别，南桃园的小店也别开了，到威尼斯去享几天清福吧。"五嫂说："小店虽小，进项也有限，可那是咱们一砖一瓦干起来的，你就是拿金銮殿跟我换，我也不换。"五哥一时拗不过五嫂，无奈地说："先依你，过了年再说，日子长了，你就知道哪里好了。"玉秀也劝五嫂住威尼斯花都，说那里环境高雅，空气也比南桃园清新，买东西也方便。五嫂说："要住你去住，我可不愿意住那个没人气儿的地方。"玉秀说："要不然您去住芳庄的房子。"芳庄的房子装修好了之后，五嫂只当没那么回事，再也不提起。玉秀说："放着新房子不住，不是浪费？"五嫂说："先凉凉再说，心急吃不了热汤面。"五嫂想了想，又说："芳庄的房子给二龙结婚用吧。那地界还好，有点人气儿，买东西也方便，可还是比不上老地方，我就喜欢老胡同、老邻居。"

快到国庆节，五哥几次劝五嫂搬离南桃园胡同，去住宽敞明亮的威尼斯花都公寓。五嫂还是一拖再拖，说住在南桃园舒坦，搬到威尼斯花都去，连个说体己话的人都没有。

玉秀背地里埋怨老妈土老帽，不适应新社会新时代，放着现代化的公寓不去享受,死赖在连抽水马桶都没有,洗澡还得去公共澡堂的老胡同里。

五嫂听到玉秀埋怨后说:"要去,你去,我是老保守。再说,咱们家的小店谁管?"

玉秀说:"小店不开了都成,老爸赚那么多钱,不够你花的?"

五嫂说,开公司挣的钱是你爸的,成捆成捆的人民币往里搬,我看着不踏实。咱们家小店赚得不多,可丁是丁卯是卯,凭气力吃饭,大风刮不走。就是去住威尼斯,小店也不能关。这个小店有赵海山、章大爷、钱校长、许尔康,还有尚如水等一班好邻居们的帮忙才开起来的,不能说想撤就撤。过了年再说吧。

玉秀觉得妈妈紧绷的弦有了松动,便说:"听您的,小店照开,我学校的工作辞了,回家帮您照顾小店,您还是去住大高楼。"玉秀从师范学院毕业之后,被分配到附近的中心小学做了语文老师。五嫂当然不同意女儿辞去老师的工作,毕竟讲究个天地君亲师。宋大夫从小就跟她嘀咕这个道理。宋大夫说,天下最好的职业就是医生和老师,没有这些人,天下大乱。

五嫂还是犹豫,淑婷姑姑知道了,说:"还是我来帮嫂子看店。瑞蚨祥绸布店的工作我可以辞了,一门心思管小店,海山也同意。"五嫂信任小姑,总算答应考虑考虑。

经过讨价还价，五嫂同意去住洋房威尼斯花都。不过，她得隔三岔五回来看着小店。这个条件当然可以接受。玉秀和二龙都说，老妈算是想明白了。

五哥对玉秀说："那就依着你妈。我知道，她放心不下那些老邻居，什么时候想回南桃园胡同，就让她回去看看。其实，有什么可看的呢，胡同破破烂烂，土路年久失修，破屋烂瓦的，比得上高楼大厦？再说，老邻居放不下也得放，没有不散的宴席啊。"

五嫂住进威尼斯花都，前几天还感觉新鲜，过了一个星期就觉得像是被关了禁闭。站在宽宽的阳台上，举目四望，眼前除了高楼大厦、成排的绿树、人工造的小桥流水，几乎连个人影也没有。偶尔有几个小孩子在草地上打了两个滚，很快就被爸妈喊了回去。四周好像没有邻居，其实人家是闭门不出而已，哪里像南桃园胡同那么热闹，人来人往、柴米油盐、锅碗瓢盆、烟熏火燎、吵架、起哄"架秧子"、家长里短、孩子打架、大人护犊子……总之，那是活人待的地界，有着生龙活虎、热火朝天的场景。

想到这些，五嫂心里就闪现出莫名的悲凉。南桃园胡同，那是待了大半辈子的地方啊，怎么能一时舍得掉呢？可是，在南桃园胡同的那些年，又有多少辛酸事啊：成天吃不饱，孩子们缺这个少那个，一块钱掰成两半花也不够用，有哪一天省心过？虽然邻里之间相互帮衬，那也是无可奈何。没有这些温暖，人们还有什么希望？还能活得下去吗？苦日子过去了，人们就只想着过去岁月里那些温馨的细节，而那短缺的日子，那成天的忧愁，却像风一样被人们遗忘了。是啊，胡同的生活，像是一种乡愁，值得眷恋，值得回味，但你能回去吗？你想回去吗？如果真的回去，还要过那样的日子，你愿意吗？如果真的想回到过去，不是神经病又是什么？

不错，今天有今天的不足，毕竟生活在不断地向前。

住在威尼斯花都，五嫂无所事事，除了烧水做饭，简直没有动动腿伸伸胳膊的必要。过了两天，五哥请来了一个宝邸县的小保姆，专门做饭、洗衣服、打扫卫生。五嫂更成了甩手掌柜，闲得她浑身不自在。

这一天，小保姆到蓝岛商厦去买东西。五嫂一个人在家，闲得无聊，正想到南桃园胡同去看看，五哥带着米娜来了。

米娜见到五嫂，离得老远就伸出双手热情地叫："嫂子，嫂子，可见到你了，我进董总的公司也好多日子了，一直想来拜访，就是一直忙。董总也说不必要、不必要，今天总算见到了。五嫂简直比画上画得还漂亮，看上去多年轻啊。"

米娜放机关枪似的不停地说着，五嫂插不上嘴。五哥终于说："行了，行了，客套话说得差不多啦，坐下来喝杯茶吧。"

五嫂这才说了几句客气的话。五嫂细心打量眼前这位漂亮姐,心里打鼓,这哪里是女人,简直是狐狸精变的。凭着女人的直觉,五嫂看她那迷惑人的眉眼儿,那滴溜乱转的眼珠儿,那一颦一笑,那嘴角的细微活动,那起伏的胸部,那微微扭动的腰肢,五嫂知道这个迷人的女子可不是省油的灯。男人在她面前,十个有八个得败下阵来。五嫂看了看丈夫,有一百个不放心。这个狐狸精成天在丈夫周围转来转去的,简直是个定时炸弹。

米娜在五嫂面前显得十分体贴,一会儿给五嫂倒茶,一会儿擦茶几上的水迹,见五哥把茶水溅到衣服上,连忙递过纸巾,处处透着细致、体谅、眼观四路耳听八方的精到。

五嫂没什么话可说了。

开始,米娜说东道西,东拉西扯,一会儿说说电影,一会儿讲讲明星,一会儿谈谈股市,一会儿聊聊公司里的一些糗事。五嫂静静地听着,很少搭腔。时间一长,米娜这才感到冷场,感到无趣,匆匆告辞。

米娜走了以后,五嫂说:"把米娜辞退了吧。"

"为什么?"

"对你有好处。这样的姑娘留在公司,弊大利少。"

"可是米娜这一年给公司谈成不少项目,是不可多得的人才。黑七爷也很赏识她呢。"

"这种什么都能搞定的女人,你驾驭不了!"

"难道公司要找一群窝囊废来?"

"你可以让她去总公司,至少别在你身边转悠。"

五哥急了,说:"这不是无理取闹吗?米娜哪点不好了?你只见过人家一面,就无理地下判断。岫烟,你从来不是这样的,今天是怎么啦?"

"我没有怎么。"五嫂定了定神,"我就是看见她之后心神不定,总觉得要出什么事,不知道什么时候要出事。我求求你,行不行?"

五哥说:"真是,我不知道你究竟想干什么。大房子给你挣到了,给你买了大电视、新家具、新地毯,你还不知足,你还想要什么?"

五嫂说:"要什么,你不知道?地毯、大电视机,我不稀罕。我想着的是,一家子团团圆圆平平安安,晚上一家人围着桌子吃个热乎饭。这个你不知道?"

五哥说:"这些不是都满足了你吗?公司那么忙,晚上能回家我尽量早回来。你还要怎么样?你说!"

五嫂说:"就是为了公司,为了咱们这个家,为了大家伙儿平安无事。"

五哥觉得五嫂越说越不靠谱,发急了嚷:"公司的事,你少管,真是的,莫名其妙。"

五嫂

五嫂说:"你以为开个公司,就你一个人的功劳?我们,玉秀、二龙都应该给你做牛做马?"

五哥语无伦次地说:"对,你说的都对。可是,人家米娜一没有犯错误,二没有贪污公司的钱,而且为公司出了不少力,怎么说开除就开除呢?这不是无理取闹吗?"

五嫂说:"我、我……就是公司不开除,也让你离开那个姓米的。她肯定不是东西,是狐狸精、破鞋、下三烂!她是……"

"啪",五嫂的话没有说完,一个耳光就打在脸上。

两个人同时都愣住了。

五嫂含着泪,呜咽着说:"你、你打我……志民,你敢打我?我给你们家辛辛苦苦做牛做马,你、你就……"

五哥也傻了。结婚这么多年,五哥没有动过老婆一根手指头,可今天是怎么啦?糊涂了?气愤了?无名火上来了?失去理智了?到底是为什么?就为了一个米娜?可自己真的跟那个米娜没有什么。一时间,五哥不知道从何说起,他觉得没法解释,说不清,情急之下干了这个。他觉得老婆不可理喻,莫名其妙,无理取闹,可是究竟为了什么呢?自己怎么会上去就一记耳光?

五哥头脑发昏,张口结舌,眼前一片昏暗。喘了一口粗气,想说什么,却又没有说,支支吾吾地张了张口,甩门走了出去。

外面下起了小雨，五嫂猛醒，拿了雨伞赶出门外，叫："别走远了。给你雨伞。"

五哥头也不回，消失在雨夜里。

五嫂一个人留在屋里，觉得四周空空荡荡、冷冷冰冰，一切都失去了生气。又自责地想，这么跟丈夫争吵有什么意思？能有什么效果？但是，米娜的狐媚身影总在眼睛里晃来晃去，让她迷惑，让她害怕，让她心惊肉跳。

五嫂的担心的确不是无理取闹。前天接到的一封匿名信，提醒她注意董志民跟米娜。信就这么一句话，可就像一块大石头压住了心。本来，她想拿信给丈夫看，还没有来得及，今天就吵上了。她有些后悔，蛮好把那封信给丈夫看的，也许那样就不会有今天晚上的争吵了。

这一切，让她预感到一种危机。她走到阳台上，看着雨景，不免又担心丈夫，怕他淋病了，发烧，毕竟是多年在一起风风雨雨过来的。

外面的雨时断时续，淅淅沥沥。地面汪着水，坑坑洼洼的，脚踩上去，不时打滑。

董志民漫无目的地在街头走来走去。他不知道现在该去哪里，也不想去什么地方。妻子跟自己的吵闹，让他感到突然，让他感到迷惑。究竟为什么宋岫烟会这样发火，自结婚以来，他们之间就没有这么争过。女人真是一本难念的书。就品德层面说，他知道妻子为这个家吃了不少苦，出轨对不起她。就生理上说，他董志民也不会走得太远。不错，那个米娜，妖里妖气的女人，是个诱惑男人的尤物。彭涛也提醒过自己，警惕这个骚货。但是，别人不知道，他彭涛知道，彭涛在监狱里就知道他那个地方，也就是男人最要命的地方，说得明白一点，男人的命根子，在一次劳动中受过伤，再说，关在里面这么多年，用则立，不用则废，已经对那件事兴趣大减。那次保外就医，其实就已经感到了，何况那时候还没有受伤。这些跟妻子说，她肯定说是借口，他真想让彭涛为自己去解释，但是，这不成了天大的笑话？

　　雨下大了，董志民感到一阵阵发冷。

二十

在热闹的三里屯，大雨中依然是人来人往，越是这个时候，越是热闹。尤其是那些老外，每天到了晚上十点过后，就像上班打卡般，三五成群地到三里屯来凑热闹。

在一间法国装饰风格的小酒吧里，米娜和郭光燃对坐在角落的一张小桌边，两个人面前各有半杯鸡尾酒。紫色的灯光很弱，灯光晃动着，一会儿照在米娜的脸上，一会儿照在郭光燃面前的桌面上，让人觉得是在一个虚无缥缈的世界里。室外是淅淅沥沥的雨声，室内轻轻地播放着《冰上圆舞曲》，曲调让人迷醉。一对年轻人在跳贴面舞。那两个青年看上去十分年轻，不足二十岁吧。男孩一头披肩长发，女孩却剃了个板寸头，带一副大得出奇的耳环。米娜瞥了一眼那对跳舞的年轻人，轻轻对郭光燃说："你瞧那个女孩，有多妖气，不男不女更迷你们男人。"郭光燃说："迷人，谁比得上你米娜？"米娜撇了撇嘴，说："骂人不带脏字儿，你小子有水平。"缓和了语气，又说："你来了快一个月了吧，到现在董志民还不知道你回北京了。深圳的会计师事务所怎么样啦？"

郭光燃笑笑："深圳的事儿，不提。"

米娜问："为什么？深圳那边发展得不是很好吗？"

郭光燃说："你我算是知心朋友吧。不妨跟你说，会计所遇到一点麻烦，说得通俗些，有些不规范的运作，跟客户打了官司，输了，损失了一些。不过没有关系，几个月就会翻身的。我回北京来，也是避避风头。最主要的是来看看你。好久不见，真的蛮想的。"

米娜撇了撇嘴，不屑地说："还当真了。哼，我才不信。"

郭光燃说："向上帝保证，我是真心话。我不知道你怎么想，反正我是认真的。"米娜没有搭腔。她见过的男人都是这么跟她说，到头来一个真心的也没有。眼前这个小白脸，就凭他的眼神，凭他的甜言蜜语，叫她米娜相信那些鬼话，简直是开国际玩笑。不过，当下她不想点穿，她不想现在分手，毕竟还有相互利用的地方。

"那么，你想怎么办？别唬我，我看过《基督山恩仇记》，你那个小算盘瞒不过我。"米娜说，然后对着郭光燃神秘地笑了笑。

郭光燃说："我写了封信给他老婆。"

米娜说："有用吗？"

"还不知道。不行,我会再找人给她打电话。戈培尔说过,谎言重复一千次就会变成真理。我相信这个。"

米娜不屑地说:"这种小小伎俩真的会有用?不怕我告发你?"

郭光燃说:"对于像阁下这样的聪明而狡猾的人,当然没有用。可是对董志民的老婆就不一样了。这个女人没见过世面,而且是直来直去的人,给她添点堵,就够她喝一壶的。你擎好吧。"郭光燃抿了一口酒,看着米娜,笑着说,"再说,我想你也不会告发我,也不敢。我们是一伙儿的,至少现在是一条战线的。你的小计谋,我知道个十之八九。一个为了复仇,一个为了发大财,当然不会说散就散的。"

米娜小嘴一撇:"我就不喜欢跟你这种人打交道,心狠手辣。"

郭光燃说:"的确。"

两个人暂时无话。过了一会儿,郭光燃说:"你有你的计划,我有我的打算,互不干扰,但愿都达到目的。"

米娜轻轻哼:"但愿人长久,千里共婵娟。"说着,看看那对跳舞的年轻人,"我们也跳支舞?"

"愿意奉陪。"

两个人也跳起了贴面舞。

外面下着淅淅沥沥的雨,室内圆舞曲响个不停,那对年轻人不知道什么时候走了。舞曲仍旧响着。米娜贴紧了郭光燃，说："我们也走吧。"

两个人走到酒吧门外，雨下大了。米娜说："喝了酒，还是别开车，我有这个觉悟。"郭光燃说："好的，打出租吧。"

米娜说："这里离我家近，去我家吧。"

"当然好。"

两个人进了门，迫不及待地抱在了一起。米娜说："死鬼，回北京也不事先打电话告诉我，还是我从强子那里知道的。你这小子，想死我了。"

到了端午节，五嫂回到南桃园胡同，几个人在院子里围在一起包粽子。这样让她感到暂时的轻松，埋在心头几天的阴霾荡去了许多。

说了一些闲话之后，淑婷说："在威尼斯花都那边不是一样包粽子，非得到这边来，劳民伤财，不是脱了裤子放屁吗？"

五嫂说，在那个威尼斯崴泥斯的，干什么事都觉得没着落。淑婷想想也是，过端午节，包粽子图个喜庆，几个人围在一起，一边包，一边家长里短地闲聊，才有意思，有兴致，有个过节的样子。

五嫂、淑婷、海山还有玉秀四个人，不一会儿工夫就包了半箩筐。

小白鞋也来凑热闹，去厨房和小店里张望了一下，问：

"小龙呢？又野到哪去了？"

五嫂说："从加拿大来了一个少年儿童代表团，一定要跟咱们的孩子搞什么联合夏令营，去一个礼拜呢。"

淑婷说："嫂子专门关心小龙啊。"

小白鞋说："那是当然，小龙是我的干儿子嘛。"她一边包粽子，一边埋怨说："我们那个死人，不愿意吃小枣跟豆沙粽子，就想吃咸肉粽子。咸不唧唧、甜不唧唧的，你们说有什么吃头，把我包粽子的心气儿都磨没了。我们这个死人啊，这叫嗑瓜子儿嗑出个臭虫，什么人儿都有。"

五嫂说："人家南方人就喜欢吃鲜肉粽子。"

小白鞋说："那是南蛮子，几百年改不了的品性。"

淑婷说："如水姐，您这是地域歧视。"小白鞋说："我不管地狱还是天堂，反正我看不惯。"小白鞋的回答让淑婷笑出了眼泪。五嫂说淑婷："死不了的，笑什么？"海山说："这个地域不是什么天堂地狱，是指地区的意思。这几年南方发展得比我们北京还快，可不能瞧不起南方。"

正说着，彭涛带着一个漂亮姑娘来了，几个人连忙站起来迎接客人。彭涛说："你们忙你们的。这是我的女朋友，上海的小妞，临时的女朋友，她说没有见过北京人过端午节，特意让我带她来看看。"

小白鞋说："这么大了，还没有见过包粽子？"

彭涛说："这个漂亮姐儿祖籍贵州，在上海外婆家长大,什么都是一知半解,温室里的花朵啊。刚来北京两个月。上北京来是为了当电影演员,北漂儿。我看,当个配角儿还凑合。名字起得倒好听,叫亮妹。艺名儿。"

五嫂说:"快坐吧,姑娘长得这么水灵,将来一准能成电影明星。"

亮妹笑着说:"我不想当北漂,我只是想考北京电影学院。别听彭涛哥瞎讲。"

彭涛说:"算我没说,行不行?我带你来是为了让你见见五嫂,这才叫真正的美女。年轻时回头率保证百分之百,现如今仍然风姿绰约,气质更没得说。用的上那句话:徐娘半老风韵犹存。"

五嫂说:"妹子,你别听他胡说八道。他就是个大嘴儿的葫芦,说话兜不住。"

亮妹看了看彭涛,又看了看五嫂,说:"五嫂的确是个大美人儿,你在路上给我介绍,我还半信半疑,现在看来,比你形容得还好。有点像当年的周璇。"

五嫂有些难为情地说:"涛子闲着没事,过来拿我打哈哈。今天不留你吃饭了。"

彭涛说:"不吃饭也行,有粽子吃就万事大吉了。"

淑婷说:"粽子,更没有你的份儿啦。"站起来,却说:"我给你们煮几个粽子,让你们欣赏欣赏我五嫂的手艺。"说着便走进厨房。

彭涛说:"只顾着开玩笑,差点忘了正事儿。五哥他们公司跟另一家公司有了矛盾,得打官司。五哥让我帮他找一个有本事的律师,不是别人,就是亮妹的堂哥,在北京的律师界有这么一号。"

亮妹说:"我堂哥政法大学高才生,毕业之后直接进了司法部,勿晓得哪根筋搭牢,辞职出来当律师。办过不少著名的案子,上海还有人专门请他去呢。"

五嫂对彭涛说:"先替我谢谢那位堂哥。其实,他们公司的事儿,一点都不跟我说。"

彭涛说:"董哥这就不对了,嫂子你得看他严一点儿。有机会我得敲打敲打他,这小子,有点得意忘形啦。"

彭涛和亮妹吃了粽子就要告辞,临走时亮妹忽然搂着五嫂,在她的脸上亲了一下,用沪语说:"谢谢侬,漂亮的董家姆妈。"又改成普通话:"我会再来看你的。"

五嫂红了脸,说:"欢迎你常来。下次来,给你做好吃的。"五嫂看了一眼这个漂亮姑娘,觉得有点像玉秀,自己的亲生女儿。她心里有些小小的激动,压在心头上的"石头"似乎也轻了一些。

到了八月末,北京城迎来了一年之中的黄金季节。

彭涛替五哥的公司找了好律师,官司没有进入诉讼程序,改为庭外和解。结果,公司的损失因此减少了很多。

五哥为了答谢彭涛，带着存有三十万元的银行卡去找彭涛。来到他们的编辑部，彭涛不在，向人询问，人人都摇头，没有任何回答。五哥奇怪地嘟囔："什么毛病，都成了哑巴？"走出编辑部大门，忽然一位中年女编辑追上来，轻轻说："先生，您找小彭？"五哥说："我是他的朋友，找他有点事。"那位女编辑说："请问，您贵姓？"五哥说："免贵，姓董，我叫董志民。"对方说："你们是不是有些日子没见过了？"五哥说："的确，大家都忙。"女编辑说："那么，我冒昧问一下，您的夫人姓什么？"五哥说："姓宋，叫宋岫烟。"女编辑说："不是姓刘吗？"五哥说："可能是您记错了，她的确姓宋。"女编辑笑了笑："是我记错了。对不起，我只是、只是能够确认您是董先生。实际情况是，彭涛，出了状况，进去了。"五哥一时没转过弯来，说："进去了，进到哪儿去了？"女编辑笑了："还能去哪儿，公安局找他去了。"五哥大大出乎意外，说："这不可能，怎么可能。一个月之前，我们还在一起吃饭。"女编辑说："就是上个星期的事。我跟小彭关系蛮好，才告诉您。太可惜了，小彭摊上这种事儿。听说，是违规。我们做记者的有记者的规定，他，不知道为什么越线了。"五哥谢过，刚要离开，那位女编辑说："请等一下。"说着，走回办公室，拿出一封信交给五哥，说："小彭托我一定交给您。我怕交错人，才这样反复试探您，请您原谅。"

走出报社，五哥找了一家咖啡馆，坐下来，打开那封信。信写得很简单，只是说，志民，这一回我是栽了，玩砸了，可能要"二进宫"。详情你去找亮妹问，不去问，也没有关系。信的末端，写着亮妹的地址和联系电话。五哥随即给亮妹打了电话。过了一个多小时，亮妹到了。她小心谨慎地走到五哥桌前，问："请问，一位姓董的先生……"五哥说："我就是董志民。"亮妹说："果然没有看错。我想象的董老师，就应该是这样子。涛哥经常跟我提到董老师，说您仗义，是个靠得住的朋友。如今这样的朋友越来越少了。对了，董老师，我们虽然第一次见面，可阿姨我却见过两次。我还吃过阿姨做的炸酱面，正宗的北京炸酱面。我来北京半年多，从来没有吃过这么好的。阿姨真是个大美人，像当年的周璇，的确是又美丽又优雅。"五哥谦虚地笑了笑，说："你夸大了。""真的，我一点也没有夸张。董老师，您真的很幸福。"五哥无言以对，说："点什么咖啡？"亮妹表示无所谓，接着说："董老师叫我来，是不是为了涛哥的事？"五哥说："我和彭涛是好朋友，但是很惭愧，他出了这么大的事儿，我竟然一点也不知道。"亮妹正要说什么，突然从外面拥进来四五个青年男女，挑头的一个高大青年问："你们老板呢？"女服务员说："老板不在。"

"哪去了？"

"我怎么知道。他是老板，不要搞错噢。"

男人四下搜寻了一下，气急败坏地说："他妈的，消息倒灵通，溜了。你们老板回来，告诉他，给我小心点，跑得了和尚跑不了庙，明天我们还要来的。揩了女孩子的油，就想不了了之？天底下有这么便宜的事儿？"那人说着抄起一只椅子朝玻璃窗砸了过去，临街的一块大玻璃应声粉碎了。女服务员连忙从柜台下面拿出一部傻瓜相机，一连拍了几张照片。那个男人说："你拍，你他×的拍呀，我们不在乎。"说着凑近那个女服务员，气势汹汹道："拍照啊，打110啊？"女服务员说："110我打得着吗？你们那些破事儿，我才懒得管，我又不是雷锋。我是记录一下玻璃是怎么碎的，不然老板找我赔。"那个人笑了："鬼丫头，想得周到。有你的！"女服务员说："请你们先离开，妨碍我做生意了。"几个人笑了，七嘴八舌地说："妨碍做买卖了，好呀，我们还就赖在这儿啦，等你们老板回来。"五哥低声对亮妹说："本来想这个地方清静，想不到比电视剧还热闹，咱们再找个地方吧。"

五哥和亮妹走出咖啡馆，已是夕阳西下时光。大城市的夕阳时分别有一番风景。虽然立秋已经过去了半个多月，天气依旧闷热。快车道上形形色色的小汽车慢慢地蠕动着，人行道上下班的人却步履匆匆。只有非机动车道上那些穿着时尚的青年男女们骑着山地车飞快地驰过，标志着这个城市的快节奏。五哥和亮妹在人行道上慢慢走,五哥说:"找个地方吃个便饭吧。"亮妹说:"吃饭的事再说,前边有个街头公园,我们就在那里坐一会儿吧。"

公园里倒是没有了嘈杂,只几个老头围在一个石桌旁下棋,偶尔有一两声争执也很快就平息了。五哥和亮妹在一张椅子上坐了下来。亮妹说:"你可能不知道,涛哥还有妈妈和一个妹妹。"五哥有些意外道:"真的?彭涛从来没有跟我提起过。"亮妹说:"他其实不想让你知道。涛哥吃官司,与他妹妹有关系。"五哥说:"又怎么呢?"亮妹说:"涛哥认识一个在天津开公司的冯老板,这你可能知道。"五哥说:"是一个叫冯诚的老板,他吹牛说是大总统冯国璋的后代。我见过,是个神通广大的人物。"亮妹说:"就是这个家伙害了涛哥。涛哥的妹妹得了白血病,真巧,有了适合的配对,千载难逢的机会啊,可手术需要几十万,他一时拿不出来,就写了一篇揭发冯老板公司的文章拿给姓冯的看,那人花了一百万买下那篇文章。涛哥的妹妹完成了手术。可是,这个姓冯的过了几天把涛哥告上法庭,涛哥只好吃不了兜着走。临带走的时候,我在旁边,他说,亮妹,你别问为什么,带我走是应该的,我犯了法。为了我妹,我情愿。"亮妹说完叹息道:"生活怎么能这样?不过是几十万啊,不过是几十万。"五哥说:"彭涛真傻,为什么不跟我说?他知道我有钱,也会帮助他。"亮妹说:"这些他都知道,只是他不想。他说,你借给过他的钱,还没有还上呢。我也劝过他,但是他死活不肯。我堂哥要为他辩护,他也不同意。没办法,他就是这么个人。我也有钱要借给他,他说找女孩子借钱,还不如跳楼自杀。董叔叔,请原谅,我叫你董叔好不好?"五哥说:"当然好。我的大女儿跟你差不多大。可你知道,我跟彭涛是称兄道弟的,这可差着辈分呢。我希望你跟他没有那种关系。"亮妹说:"这我不管。我喜欢涛哥,我爱他,我会等他的。我堂哥说,他这回犯事,大概要判三年到五年。那有什么关系?"五哥只觉得这个小姑娘还没有认识生活,这种浪漫用不了一年就会过去,于是笑了笑说:"这个事儿,我无法表态。生活会告诉你一切的,我是过来人。"两个人沉默了一会儿,亮妹看着天空说:"我的外婆很爱我,我是外婆带大的,她一直叫我囡囡。你们北京人不这么说的,董叔,你就叫我小丫头吧。"五哥说:"好,就叫你小丫头,这样亲近。"亮妹接着说:"我的外婆生了我妈妈以后,不到一年我的外公就过世了。我外婆很爱我的外公,从此她就再没有结婚,也没有再谈过恋爱。我很敬仰我的外婆,她是一个乐天派,到现在快九十岁了,从来不发脾气,每天还要弹钢琴。"亮妹说着擦了擦眼睛,自言自语道:"她可以说是一个伟大的人。"停了片刻,她忽然问:"董叔,你说,有没有真正的爱情?"五哥支支吾吾地说:"很难说,现在这个时代……真不好说……"亮妹说："我相信有，一定会有，不然太不公平了。"她说着看了看手表，站起身来，"我也该回学校了，晚上还有电影观摩课。"五哥忙说："等一下。"说着掏出那张银行卡递给亮妹，"小丫头，拿着这个，有机会拿给彭涛。密码就是他的生日。"

亮妹接过银行卡，像燕子一样飞走了。跑出十几步又停住，转过身，挥了挥手里的卡，喊道："董叔，放心，我一定把卡带给他。对了，假如生活欺骗了你，还是有真正的爱情的。"

中秋节了，五嫂等着儿子大龙和儿媳妇从天津来北京过节。

五嫂委托赵海山去车站接大龙和儿媳妇，原定的时间已经过去快一个小时了，让人心神不定。突然，赵海山来电话说，大龙没有接到。从天津开来的那趟列车，乘客都走光了，也没见到大龙的身影。五嫂问："你不大认识他们，是不是错过了？"海山说："牌子举得高高的，字写得大大的，还扯着嗓子一直高喊，绝不会错过。"五嫂无可奈何地打电话到天津大龙家里，接电话的是路小琴，她说大龙根本没有上火车。路小琴说："大龙刚要去火车站，不料我说肚子疼起来，去了医院一检查，医生说先兆性流产，不能乱动，只能等过年时候再来。"五嫂说："那让大龙听电话。"路小琴一会儿说去了药房，一会儿说去联系拍X光，人无法联系到，支支吾吾了半天，电话也挂断了。五嫂只好打电话给五哥，告诉他这个消息。五哥却说，自己已经在天津了。公司请了律师，争取为彭涛减刑。五嫂说："不是说今天晚上回家来吃团圆饭的？"五哥说，公司临时决定的，没有办法。五嫂不知道为什么，心血来潮，糊里糊涂地问："米娜也去吗？"五哥说："也去。怎么啦？"五嫂说："没什么，衣服带够了吗？天儿说凉就凉的。"五哥说："寒流要来的话，大不了在天津买衣服嘛。"五嫂觉得，自己在丈夫心里算不了什么。

五嫂说给大龙打电话，无论如何也打不通，看样子是不来北京了。五哥说："不来就不来吧，等过年的时候再说。"五嫂急了，说："不管怎样，先得问问大龙是怎么了？"五哥说："没有什么大不了的，多操那份心。"五嫂再要说什么，丈夫已经关了手机。

玉秀打扮得漂漂亮亮的从屋子里走出来，说："我也该走啦。"

五嫂问："上哪儿呀？今晚上过节，妈烧了好多菜呢。"

玉秀说："你们多吃点，我跟小周医生约好了，到大观楼影院去看电影《庐山恋》呢。"

五嫂说："就不能改天？今晚上，大家伙儿一块过节多好。"

玉秀说:"票都买好了。"说着拎包走了。

小龙不在,二龙和玉贞两个人在客厅里打游戏机,二龙经常打不过妹妹,一直耍赖,玉贞不干,两个人吵吵闹闹的。过了一会儿,两个人安静下来。二龙隔着屋子问:"妈,小龙今天回来不?"五嫂边炒菜边说:"他们演讲比赛还有两天呢,得后天才能回来。"

五嫂在厨房里忙着做菜,黄鱼蒸在锅里,鸡蛋打在碗里,粉蒸肉煨在电热器上,汽锅鸡缓缓冒着热气,涮羊肉的作料准备齐全,静等着亲人们回来过节。淑婷忽然打电话来说,临时有几个朋友约他们去唱卡拉OK,就不过来了。

热菜一个个摆上桌,二龙说:"妈,我真的饿了。"玉贞说:"不等爸爸了?"五嫂说:"你爸有事不回来了。吃饭吧。"玉贞问:"不等别人了?"五嫂叹息道:"没谁好等了。吃吧,菜都冷了。"玉贞说:"我不想吃菜,我要吃月饼。"二龙看了看妈妈失望的神情,说:"这么好的菜,今天我多吃点。"五嫂看看二龙,知道还是二龙懂事。

饭菜全部上桌,丰富的一桌节日盛宴。可是,桌前只坐着五嫂、玉贞和二龙。五嫂为了让气氛温馨一些,特意点上节日蜡烛。眼前的人都坐在这里了,长长的餐桌只有三个人,虽然点着节日蜡烛,虽然把屋子里的电灯全部开亮,还是没有什么喜气儿。五嫂叹了口气说:"二龙,把蜡烛放到一边去吧。"

二龙感觉到妈妈低落的情绪，装成乐呵呵的样子，说："放在桌上多好，多好看，饭也多吃半碗呢。"

五嫂苦笑："那就放着吧。行了，咱们动筷子吧。"

二龙说："大哥大嫂也不回来，真没劲。"

二龙不知道的是，就在刚才五嫂接到大龙就职学校的电话，校方说董大龙同志由于工作压力太大，或者还有其他原因，近日精神有些抑郁，去精神病院检查，医院已经留院观察，并且通知了他的未婚妻，现在更要家属知晓，希望家人择时来天津探望。五嫂于是对二龙和玉贞说："你们大龙哥来信说，学校有特别重要的安排，走不开，争取过年的时候回家。"

玉贞说："爸爸说什么也应该回来过节。"

五嫂说："你爸公司里忒忙，哪回得来。"

玉贞嘟囔："真没劲。爸爸总是忙、忙，我有好多天没见着爸爸了。"

五嫂没有说什么。

玉贞又说："这么过节真没意思。"

二龙在桌底下踹了妹妹一脚。玉贞叫："妈，二龙哥踹我。"

五嫂没有搭话，开了一瓶拉菲，说："你爸说，这酒很好，咱们都喝一点。"

玉贞高兴了，说："我也喝。"

五嫂说："你也喝一口。只能一口。"

三个人端起酒杯正要碰杯，有人来敲门。门口出现两位公安人员，一位公安人员说："这是董二龙的家吧。"

二龙站起来说："是的。什么事？"

公安人员亮出一张证件，说："这是证件，请跟我们走一趟。"

二龙看了看五嫂，没有语言，跟着公安人员往门外走。

五嫂说："怎么了？他犯什么法了？你们要干吗？"

公安人员义正辞严地说："我们执行任务，有证件，请配合我们的工作。"

五嫂追到门口，凄凄惨惨地叫："二龙，二龙，你好好地听政府的，有什么说什么啊。"

二龙回了回头，看着母亲，想说什么，又没有说，低着头，跟着公安人员走了。一瞬间，五嫂忽然想到了大龙那年跟着一群红卫兵走的样子。直到今天，五嫂总想着儿子大龙当时出家门的样子。难道，二龙也是这个下场？她不敢想下去。

五嫂回到餐桌前，望着一大桌子的菜，觉得心里一阵阵发冷。她幻想着餐桌周围坐满了自己的亲人，大家伙儿，你一筷子、他一筷子夹菜，这个给那个、那个给这个夹菜；说笑话，打哈哈，二龙说俏皮话、吹牛，玉秀揭二龙的短，打打闹闹、热热闹闹。她又想到刚过门的时候,董家一大家子吃饭时的宏大场面。这种情景一去不复返了。她深深叹了口气,把燃烧的蜡烛吹灭。突然,电话铃响了,电话里传来一个陌生男人的声音:"是宋岫烟女士吧?请不要问我是谁,这不重要,重要的是您一定接到过一封信。信上那句话,请多考虑。再见。"

"喂,喂,你是谁?"五嫂急切地对着电话喊。电话里只有一阵嗡嗡声。

公安人员带走二龙的一幕,把玉贞吓着了,直叫着肚子疼。五嫂说:"那就回你房里去睡一会儿,一会儿就好了。"玉贞捂着肚子回自己房间里去了。餐厅里只剩下五嫂孤零零的一个人。

小区里,不知道哪座楼里的年轻人正在开派对,窗户大开,音乐声震耳欲聋,吵吵闹闹、打斗、呐喊、打情骂俏,闹成了一锅粥。这让五嫂觉得心里更乱,感到心往下沉,脑子里像有无数的蜜蜂在飞,有无数的汽车在横冲直撞。眼前一片漆黑,没有了灯光,没有了月色,也没有了听觉。一切让她麻木,让她失去了方向,失去了乐趣。她感到身体重心不稳,摇摇欲坠,如同从很高的山崖上往下掉,往下掉。她毫无力气了,直想睡过去,睡过去……忽然天上裂开一个明亮亮的大洞,那里霞光耀眼、金光闪闪。一队美丽的天使从天上走下来,朝她走过来,热情地向她招手。她觉得自己忽然间飞上天空,天际是那么辽阔,彩云在脚下飞舞,在远处萦绕着一片片祥云,那片云彩舞动着、旋转着,幻画着从来没有见过的图案。不知道从哪里忽然走出一队吹鼓手,吹吹打打地跟在她的后面,一顶大花轿来到,停在她跟前,她不由自主地上了花轿。花轿一颤一颤地向前行走,耳边钟鼓齐鸣,透过轿帘的缝隙可以看到外面金光闪闪、万紫千红。转眼间,她来到一座金碧辉煌的宫殿前,她下了花轿,五哥正站在门口迎接她。五哥是那么高大英俊。不知道为什么,大龙也站在五哥的身边,大龙同样高大英武,穿着笔挺的军装,向她致标准的军礼。刹那间,礼花从四面八方向上方升起来,升起来。闪烁的火树银花升得很慢,像电影里的慢镜头。在礼花散开的一瞬间,从宫殿里拥出一大群人,钱校长、章大爷、许尔康、沈萍、常家二少爷还有小白鞋。在他们身后还有许多认识和不认识的人,人们一同喊着:"揭开盖头!""揭开盖头!"她这才意识到自己蒙着盖头,外面的一切朦朦胧胧,什么都看不清了。揭开,揭开,人们还在喊,声音越来越弱……

玉贞肚子不疼了,走出自己的房间,来到餐厅,看见妈妈倒在了厅里的沙发上,左手腕上流了好多血,直接流到了地板上,地板上还洼着不少血。

二十一

五嫂醒来时已经躺在朝阳医院的病床上。睁开眼,看到五哥正焦急地望着自己。

五哥吐出一口气,说:"总算醒过来了。"

五嫂挣扎着,极力让自己脑子清醒些,可是脑子里还是嗡嗡作响。她望着丈夫,眼眶里装满了泪水。她喃喃说:"你回来了?"

五哥说:"别说话,静养着,别说话。"

五哥俯下身去,给妻子擦了擦眼角的泪,轻轻抚摸她的脸颊,长长叹息道:"岫烟,岫烟,你到底怎么了?为什么呢?"

五嫂勉强一笑:"没什么。糊涂了,一时糊涂,想不开。过去了,别担心,过去了,伤心事儿过去了。你看,我不是好好的。"

五哥知道妻子是强作笑颜。可是,为什么呢?五哥糊涂了，不知道妻子这样究竟为什么，这让他感到伤心。他觉得离岫烟远了，越来越远了。

第二天，大龙从天津赶了过来。他跪在五嫂床前，只是哭，只是哭。五嫂抚摸着他的头顶，觉得头发没有小时候那么浓密了，也没有那时候那么扎手了。五嫂说："孩子，你起来，起来，男儿膝下有黄金，妈不愿意看到你跪着，起来。"

大龙站了起来。五嫂看着儿子，有些悲伤地觉得眼前的大龙没有她梦中的大龙神气，没有齐整的军装、军帽，没有发光的眼神，没有宽宽的肩膀，更没有标准的军礼。眼前的儿子，还是那么瘦瘦的，有点驼背，脸色苍白，戴一副深度的眼镜，眼镜片后面的眼睛显得有些疲惫。五嫂心里一阵悲凉，原来的大龙回不来了。

五嫂说："小琴没来？"

大龙说："她来不了，孩子还是没有保住，流产了。"

五嫂拍拍儿子："不要紧，孩子，没事儿的，年轻，还会再有的。"大龙忽然说："报应，这是报应啊。是牛魔王饶不过我啊。那天牛魔王从冰窟窿里救上来的那个人，就是我，就是我。我欠牛魔王一条命啊。"病房里的人一时都愣住了。五嫂最先醒悟过来，她安慰儿子说："不是你的错，大龙，不怨你。牛魔王是在还你的债，他欠你的，他救了你，他也就安心地走了，安心地投胎转世了。"大龙倔强地说:"不对,都不对,不对啊。是我欠胡铁的,就是那个牛魔王。他还那么年轻,就这么糊里糊涂地死了,这、这不合理,不合规矩啊。"

五哥知道大龙又犯病了,搀着他走出病房。

五嫂望着大龙的背影,看着他蹒跚地走出病房,忽然自问,这个大龙还是从前那个懂事、用功、老实巴交的儿子吗?

钱校长来了。钱校长在走廊上看到大龙,惊喜道:"大龙啊,长远没见啦。挺好的吧?"他仔细看了看大龙,犹豫了一下,"还是那样儿,还是帅小伙子。听说你在南开大学教书?大学教授啦?"

大龙这时缓过神来,喃喃说:"哪里,哪里,只是助教。"

钱校长对五哥说:"你看,光顾跟大龙说话了,我进去看看五嫂。"说着进了病房。五嫂看见钱校长,欲坐起来。钱校长连忙阻止说:"躺着,躺着。我来看看您。看您的气色,挺好的,静养几天就能恢复了。五嫂,咱们不该呀,不该这样啊。日子越来越好,有什么想不开的呢?"

五嫂招呼钱校长坐下,说:"一时糊涂,做错了。麻烦您还来看我。"

钱校长擦了擦眼镜:"来看看是应该的,邻里邻居的,应该的,应该的。五嫂,我就要回上海去了。这次来,也算是跟你辞行的。我那个在上海的儿子,几次三番催我回上海养老。而且我家老保姆也想回去，她离开上海几十年了，想家啊。奔九十的人啦，落叶归根，是不是？这一年多来，成天念叨着她那苏州乡下，念叨她那几间老屋子，念叨着她的重外孙子。可不是嘛，在北京待了几十年啦，该回家看看喽。我拖着，拖了一年，因为我在北京还没有完成我该完成的工作。现在总算完成一桩心事，把我们的校史修好了。完成了一辈子的心事啦，前前后后拖了十几年啊。您看，五嫂，只顾着说我的事儿。五嫂，听我老头子一句劝，咱们不能糊涂，不能听风就是雨，社会上，嚼舌根的人，到处都有，尤其见不得别人好。别人不如他，就说人家没本事，窝囊废；别人强过他，就千方百计地咒你，恨不得把你拉下水。'文化大革命'一来，这种毛病更加厉害了。十年的工夫，造就了不少坏习气。不少人变了，糟践了。但咱们不能听他们的。别怪我老头啰唆。五嫂，您是明白人，不用我多说了。唉，这一去，还不知道什么时候再见了。五嫂，您保重，一定、一定啊。"钱校长说着说着，眼泪也流了下来。他有些难为情地擦拭着眼镜，孩子似的笑了笑，说："抱歉，抱歉，岁数大了。总是忍不住，总是忍不住啊。"钱校长说完，从皮包里拿出一本书，交给五哥："蹉跎一辈子，只有这么一本小册子。留个纪念吧。"

五哥翻开那本装帧精美的书，扉页上是钱校长字迹端庄的签字，并附着一句话：生活的航船总会向前，尽管有着狂风恶浪。

五嫂出院的前一天，淑婷跟赵海山来看她。

五嫂躺在病床上，面色苍白，眼窝深陷，淡淡的眉宇间透露出幽幽的愁绪。

淑婷把带来的糕点往小茶几上一放，开门见山地说："大嫂，你也太多心啦。大哥根本没有什么，你疑心太重了。"五嫂说："就是'有什么'又怎么呢？我又不是因为他。"

"那是为了什么？"

五嫂没有回答。为了什么？她自己一时也说不清楚的，只是一种寂寞？一种空虚？一种说不清道不明的无奈。生活的道路走到头了，温情脉脉的家庭一时找不回来了。亲人们都不知道去哪了，没有了一点奔头。也许是这些原因，也许都不是。反正，当时的心境自己都说不明白。或者就是一种巨大的寂寞吧。五嫂不想说，淑婷也不再问，海山站在一旁也不知道说什么好。正尴尬时，淑婷的BP机响了。淑婷说："大嫂，我出去打个电话，海山，你先陪陪大嫂。"说着匆匆跑出病房。

房里剩下五嫂和海山，两个人很久没有见面，五嫂又躺在那里，一时有些尴尬。五嫂说："海山，你坐吧。"海山说："就站着吧，站着挺好。"沉默了片刻，五嫂伸出手招呼海山："站过来一点，我又不会吃了你。"于是海山站到床头。

海山说:"大嫂,你瘦了,真的瘦了不少。"五嫂说:"别叫我大嫂,还是叫我岫烟吧。"海山有些怯怯地叫了一声岫烟。他觉得这名字那么亲切又那么遥远,仿佛这声音不是自己发出来的。虽然他在内心叫过这个名字,但是他从来没有说出来。况且是当着五嫂的面。

五嫂听到这样的称呼,眼睛湿润了,停了片刻,她轻轻说:"海山,再走近一点,让我好好看看你。"海山犹豫了一下,更加靠近五嫂病床的床头。五嫂说:"就这样,就这样挺好,我……我想起了那年我去你们派出所宿舍看你的那次。"海山一时没有想起来,问:"哪一次?"五嫂苦笑了一下说:"也许你忘了,就是我被孙大头欺负,您被扎伤的那一回。"海山说:"想起来了。"五嫂说:"我一直没有忘,也许一辈子忘不了。海山,多半辈子了,在我最难的时候,你一直护着我,我心里明白,我知道你心里有我。其实,我心里也一直有你。说不定你记不清了,当时我说过,我不能给你什么,我对不起你,因为我不能对不起志民。可是,有时候静静地想想,也许我做得不对。可又能怎么样呢,这辈子只能这样了。我知道淑婷对你好,你对淑婷也好,这我就有点满足了。为你高兴,也为淑婷高兴。"

五嫂说到这里,忽然默默流下眼泪。她侧过脸去,避免让海山看到。停了一会儿,她转过头,伸出双手犹豫着说:"海山,淑婷大概就要回来了。抱抱我,抱抱我,行吗？"海山犹豫了一下，伏下身抱起五嫂，紧紧地抱着。五嫂舒了一口气说："谢谢你，海山。我下辈子还你吧。"

她的脸上漾起一抹红润，如同少女的红润。

门突然被推开了，二龙站在了母亲面前。五嫂激动得一时说不出话，过了片刻才喃喃说："孩子，你、你不是……"

二龙说："我没事儿。球队里出了大问题，可没有牵连到我，我只是配合调查。"五嫂说："那就好，那就好，孩子你可把妈吓坏了。"二龙说："妈，您还记得不，那年我收了教练的黑心钱，您扇了我两个耳光。多亏那俩耳光。"五嫂笑了，对海山说："您瞧这孩子傻不傻？"

这天傍晚，黑七把五哥叫到总公司的办公室。已经下班，大楼里空空荡荡，几乎看不见人。黑七的办公室里，只亮着两三盏灯，硕大而华丽的房间显得有些神秘。黑七坐在沙发上，身子笔挺，在随意翻看一份报表。

五哥敲门进去，黑七没有像以往那样的热情，只是说："董哥，你坐吧。坐得近一些。"

五哥不知道发生了什么事，小心翼翼地坐下。黑七放下报表，抬起头看了看五哥，又说："来，坐得近一些。"停了停，缓和了口气，说："这回去天津谈的那场官司，不错，比我设想的更好。"

五哥说："本来就要谈僵，幸亏米娜的周旋，有了好的结果，不然……"五哥还没有说完，却发现黑七的脸色变得阴沉，便收住话头。

黑七闷声闷气地说："这个米娜的确有两下子。"五哥说："女人在职场上，怎么说呢……"黑七打断五哥的话，说："董哥啊董哥，你还是太老实了。"五哥感觉黑七话里有话，便不言语了。

黑七看了看五哥尴尬的脸，说："挑明了说吧，董哥，明天你就把那个小娘们儿赶走！让她见鬼去。"

五哥从来没有看到过黑七在自己面前摆出这种神态，怯怯地说："出什么事了？"

黑七站起身，走到办公桌前，拿出几张文件说："你回去好好看看，公司不会无中生有。这个女人，咱们公司玩不转她。"五哥接过文件正要翻看，黑七又冷冷地说："回去仔细看吧。米娜的行为都有调查材料，错不了的。简单说，这个小娘们儿不是个好鸟，吃里爬外，中饱私囊。虽然说那点钱对公司来说算不了什么，可是从人品上说就是大事了。举个例子，董哥，我问你，这回与紫石公司的官司了结了？"

五哥说："彻底了结了。本来紫石公司要我们赔六千万，多亏那位律师，最后达成庭外和解赔了一千两百万。"

黑七说："给公司的报告我看过，应该感谢那位律师。可是，董哥，你可能不知道，在这一千两百万里，米娜一

黑七打断五哥的话,说:"董哥啊董哥,你还是太老实了。"五哥感觉黑七话里有话。

个人就拿走了六百万。这次与紫石公司的法律纠葛完全是米娜一手策划的。要说，这个小娘们儿可是个人物。"

五哥沉默片刻说："这是我的失察，我应该负责。公司的损失，我来赔偿。"

黑七连忙摇手说："董哥，董哥，咱们兄弟之间不提这个，钱的事，咱们不提。今天晚上找董哥过来，我也是犹豫了好久，怕你尴尬。董哥对我的好，是一辈子的，为了这点小钱，难道兄弟不做了？不提这个了，只要把米娜开掉就行。对了，作为正常辞退，按公司章程办理，不必说明原因。补发工资照发，不会影响其他人员。她不会不服，我会找人关照她的。董哥，一切你都用不着管了，有人会处理的。"黑七说完，倒了两杯茶，递给五哥一杯，又说："五嫂还好吧？过些天，应该去看看她。你也是，不能只管工作，家里才是第一位的。"

大龙要返回天津去了。五嫂坚持要送儿子去火车站。母子俩站在站台上，半天没说话。五嫂看着儿子瘦瘦的身体，觉得大龙变老了。只有三十岁的人，看上去像四五十的小老头。她心疼儿子，又不愿意表现出来，只是叮嘱："回去好好的，多照顾媳妇，给她买点好吃的，别总想着省钱，有什么经济困难，给妈写信，妈有钱。好好的啊。"

车就要开了，大龙匆匆地说："妈，我对不起您，对不起爸爸。"说着，迟疑地上了火车。一瞬间，不知道为什么，五嫂依稀觉得这是见儿子的最后一面，今生今世再也见不到儿子大龙了。

二十二

快到国庆节,婚纱店里格外忙碌。亮妹陪着五嫂和玉秀及小周医生,走进"携手一生一世"婚纱店。店面不是很大,但布置得精致雅静,一首《罗密欧与朱丽叶》的乐曲在店里循环播放着。店老板陈姐迎上来,老板是位时尚漂亮的中年女性。亮妹大咧咧地说:"陈姐,我跟你说过几次的美女到了。瞧瞧,母女两个都是绝代佳人,全北京找不到第二份儿。"又对五嫂说:"阿姨,这就是我跟您介绍过的陈老板,陈姐她跟涛哥忒熟,我们就认识了。她们店里的婚纱可以说在北京城里数一数二。"

陈老板看着五嫂母女俩说:"果然是绝代佳人儿,小彭的话不假。小彭这个人,怎么说他呢?对待朋友是舍生忘死,为朋友两肋插刀,但吃亏也吃在嘴上。您说,找了这么漂亮的女朋友,不老老实实干他的记者,出什么幺蛾子,结果把自个儿玩进去了。亮妹也是,要死要活地非要等小彭出来。如今晚儿，这号死心眼的丫头也少见哦，算他小彭运气好。废话少说，还是看看我们小店吧。我们小店里的婚纱还是可以看看的。"

五嫂说："小亮妹介绍的，没有错的。"

小周医生说："我们是慕名而来。早就听说过贵店，这回来麻烦您啦。"

陈老板看了看周医生，又看看玉秀，笑着说："真是天生一对啊。"说着招呼一位店员："小孙，过来，好好接待这几位朋友。彭大记者的朋友就是咱们店的朋友。"

亮妹说："陈姐，您去忙您的。"然后对五嫂他们说："我得先走一步。看中了哪件婚纱跟老板直说，我已经打好招呼，会大大优惠的，看不中也没有关系，陈姐这里用不着客气。我嘛，只好先闪了。今天约好的，还得跟一位名导演见面，说不定我会在他的一部电视剧里演女二号呢。"玉秀说："是吗？那敢情好，成功了，你得请客。"亮妹说："那是自然。"说着，甩甩手，大步而去。

店员小孙帮着玉秀试婚纱，五嫂在一旁也帮着拉拉衣角，动动衣袖，一副幸福满满的样子。忽然，她一拍脑袋，对玉秀他们说："嗜，差点忘了个一干二净，二龙一早就跟我说，今天他们有场球，一定要我给他们去捧场，我一百个答应了，不去不行。得啦，你们自己试吧，我看着哪件都不错，俺们秀儿有福气。"说着，就要出门。玉秀连忙说:"妈,我帮您去打个出租车。"

星期天下午,北京工人体育场人山人海、锣鼓喧天,简直是地动山摇。五嫂约了小白鞋打车来到体育场。一些等退票的球迷,看到五嫂她俩不像是来看球的,一再缠着她们,想高价买她们的球票。二龙在门口已经等急了,终于在人群里看到母亲,扬着手大声招呼,引来几个球迷的关注。人们发现是董二龙,几个年轻人挤过来请他签名。五嫂和小白鞋连忙挤过去,甩开求票的球迷,与二龙会合。五嫂说:"人这么多,真难找你,不耽误你的事儿吧?"二龙说:"得快点进去了。如水姑姑也来了,欢迎欢迎。"小白鞋说:"足球我可一点也看不懂,我就是个棒槌,瞎凑个热闹。"五嫂说:"本来妈不敢来,拉你如水姑姑过来给你妈壮胆。要说棒槌,你妈我才是真棒槌呢。"

正说着,几个票贩子过来兜生意,二龙连忙拉了母亲和小白鞋进去,安排在主席台的一角坐定,然后二龙匆匆走了。五嫂放眼看去,场上已经座无虚席。不少人穿着清一色的服装,颜色是天蓝色的,正是他们拥趸的北京青年队的标志色。球迷的啦啦队足有四五百人,啦啦队的头头挥舞着小旗指挥着一群球迷喊口号造势:"北京队,加油,北京队加油!""北京,必胜!""北京完胜!"

已是秋凉,啦啦队长虽然赤裸着上身,还是大汗淋漓。

小白鞋对五嫂说："真是热闹，这帮年轻人真是吃饱了。"五嫂说："是吃饱了。"她停了一下，似乎回想起什么，然后说："人家那是给咱们北京人涨志气。"小白鞋说："说的也是。不看比赛，光看看这场面，也不算白来。"

旁边两个时髦女孩看了看她俩，轻轻说："大妈大婶，今天是咱们北京队打大连队。大连队是去年的冠军，咱们是关键一仗呢。"五嫂说："我们不懂，就是看个热闹。"一个女孩对另一个女孩轻轻嘀咕："这么好的座位糟蹋了。"

这是一场异常激烈的比赛，双方都派出精锐参战，场上攻防转换瞬息万变，把五嫂和小白鞋看了个晕头转向，只听见数千球迷的呐喊声一浪高过一浪。临到终场前两分钟，比赛打成二比二。正在关键时刻，二龙接到队友传来的球，单枪匹马杀入禁区，一个巧妙的挑射，足球应声入网。球迷们一阵狂呼。然而巡边员的旗帜落下，指着地面。人们一阵唏嘘："越位，唉，越位了。"小白鞋问旁边那两个女孩："怎么，进球不算了？"一个女孩说："越位了。""啥叫越位？"女孩不理睬她了。

比赛进入了残酷的点球大战。双方各有失误，比分战成五比五。到了双方最后两个队员，大连队的队员用力过猛，把球踢飞。二龙站在罚球点前，北京的球迷又是狂潮般地呼喊。二龙镇定起脚，球进了，北京队对大连队的比赛以六比五获胜。北京工人体育场炸了锅。

五嫂糊里糊涂地问小白鞋："咱们赢了？"小白鞋说："好像是。你看那些年轻人高兴的样子，不就知道了？"五嫂笑了，说："热闹，真是热闹。"

人们陆陆续续退场，五嫂只觉得从来没有这么兴奋过。二龙啊二龙，你给咱们北京人争了气。妈没有白养你，没有白为你担心。过去那些日日夜夜，像一幕幕电影在眼前晃动：二龙总是吃不饱的样子；二龙穿着露出大脚趾头的球鞋；二龙那憨厚的笑容。这一切啊，这一切……小白鞋拉了拉五嫂的衣角，说："咱们也走吧，人都快散完了，二龙真是好孩子，成了咱们南桃园胡同的大英雄了。不对，是咱们北京人的大英雄。"

五嫂滴下一滴眼泪。

生活回到柴米油盐。五哥起初回家晚了点，一般在十一二点。后来就有时彻夜不归，再后来就三五天不着家了。不久，传出五哥与那个米娜好上了的消息。五嫂不信，找五哥理论，五哥不置可否。吵到最后，五哥急了，急赤白脸地说："那个米娜，那个狐狸精，早被公司开除了，你还不依不饶吗？要逼人跳楼不成？"五嫂的脸就白了，默默坐下来，说："志民，我对得起你，对得起你们董家。"

淑婷知道了五嫂跟五哥吵过，要去找五哥算账。五嫂说："去也没用，人心不在了，还找得回来吗？"

回来。回家。五哥有一天真的早早回家了。五嫂高兴得手忙脚乱，给五哥做这做那。

吃过饭，五哥拿出一张诊断书，说："岫烟，我对得起你，请你相信。你是不知道，我不过就算半个男人了，下面的东西早不灵了，还会干那些事儿？一个男人没有了那种事，就只能顾得上事业了。不然，活着还有什么奔头？"

五嫂的眼泪哗哗地流了下来。

她还是第一次这样流眼泪。她更不知道丈夫的话是真是假。

二十三

　　五嫂的小店已经关门，剩下的货物可以送人的就送人，处理不了的打包，以最便宜的价钱转卖给别的小店。尽管不情愿，五嫂还是彻底搬到威尼斯花都去了。

　　淑婷来电话说，小店马上就要拆了，是不是去看看，看还有什么没有来得及拿出来的重要东西。五嫂忽然想到了床底下一个破箱子，那里没有什么值钱的东西了。可是，不值钱的东西，对自己来说并非不重要。她想到一件不起眼的东西，觉得如果还在，应该拿回来。这么想着、想着，不知不觉走到了南桃园胡同口。

　　许尔康骑着自行车从背后过来，招呼道："五嫂，是你呀，长远不见了，你很少到这边来了。咱们南桃园这一带全要拆迁了。我现在是来给'拆迁办'帮忙，说是拆迁补贴很不少呢。您是不在乎这点补贴款，可是有人就不一样。这些天我上了生动的一堂课，世态炎凉这个词儿，我真的体会到了。为了这个，张家说李家的不是，李家揭张家的短，为的就是多挣几块钱嘛。"

五嫂说："应该按政府政策办吧，不该拿到的，就是拿了也得吐出来。"许尔康说："谁说不是呢。我现在的工作就是协调大家伙儿。"五嫂没接许尔康的话茬，问道："你还好吧？小夫妻俩不吵不闹了吧？"

许尔康说："还是那样，有什么办法呢，凑合着过吧。五嫂，您气色不大好，得注意营养啊。"

五嫂说："谢谢您的关心。我的营养还可以，就是吃不多，不像你们年轻的，饭量好。对了，多给小沈买点好吃的，多迁就她一点，人活着都不容易。"

许尔康连连点头说："就听五嫂的劝说，没说的，听您的。"

事后五嫂从章大爷那儿知道，许尔康的确听了她的劝说，买了驴肉火烧、艾窝窝、烤鸭等好吃的东西，讨好老婆，结果却适得其反。沈萍埋怨说："买这么多吃的干吗？有钱没地方花了？"许尔康说："都是你喜欢吃的。"沈萍却说："我才不待见这些东西。艾窝窝，我从来不吃的。"许尔康说："你前几年说过，真想吃驴肉火烧。我还记着这个茬儿呢。"沈萍说："那是什么时候？那是'文化大革命'的时候，那时候想吃，不等于现在也想。"许尔康拍马屁拍到马腿上，气得一脚踹开门走了出去。第二天，沈萍借故说母亲感冒，回了娘家，十天半月也不回来一次。

看看到了深秋，香山的红叶红得灿烂。在通往香山的京郊公路上，疾驰着一辆红色的法拉利。车上，郭光燃在开车，副驾驶位置上坐着米娜。秋风劲吹，米娜的长发被吹乱了。她摘下太阳镜理了理头发，说："秋风厉害，我都有点冷了。"郭光燃说："后座上有我的一件外套，你披上。"米娜说："你的臭衣服，我才不披。"郭光燃笑笑："真是一阔脸就变。发了财，就不认识人了。"米娜说："你这种人，认识不认识有什么关系。姓郭的，你的目的达到了，该知足了吧？"郭光燃说："只能说达到一半的目的，姓董的老婆没有死。"米娜说："可以啦，真的把事情做绝，小心上天罚你。"郭光燃说："哎哟，想不到米娜小姐，还怕上天惩罚。"米娜不说话，过了片刻才嘟囔道："好好开你的车吧，小心让车撞死。"红色法拉利开到一个转弯处，郭光燃放慢速度。米娜："做贼心虚，真怕给车撞死啊。"郭光燃说："安全第一嘛。说真的，姓董的真的炒了你的鱿鱼？"米娜鼻子哼了一下，说："是我炒了姓董的鱿鱼，好不好？我图什么？几百万到手了，不费什么气力，我还不知足啊。该远走高飞啦。现在，本小姐有了更好的去处。"

"去哪儿？"

"实话跟你说，新加坡的签证已经办好了。本小姐下个星期一就飞啦。"米娜说到兴奋之处，手舞足蹈起来。郭光燃侧过脸看了她一眼。正在这时，一辆重型卡车迎面开了过来，不知道怎么，大卡车变了方向，越过隔离栏，直朝着法拉利开去，以迅雷不及掩耳之势撞上了这辆鲜红的高级轿车。

人们始终没有弄清楚这场车祸是不是黑七策划的。反正，卡车司机被判了五年徒刑，罚款两百二十万。司机服从判决，不上诉。米娜没有去新加坡，她的一条腿被截肢，正在康复医院进行康复训练。郭光燃更惨，成了植物人，后半生只能躺在病床上了。

这一天，五嫂想起院子里的那棵老海棠树。上次来南桃园，老海棠树还在，她想摘几片树叶留作纪念。毕竟，那棵老树陪伴她很多年，自从她搬到南桃园胡同的那年，这棵海棠树就在那里等她了。

五嫂匆匆赶到南桃园胡同。谁知道，一部铲车正在推倒她家的那堵临街的院墙。墙倒下的一瞬间，五嫂曾经住过的东厢房紧跟着塌落下来。满眼的烟尘升腾起来，如一片迷雾，遮住了五嫂的整个世界。接着，铲车向院子里开过去，一下子就把那棵百十年的老海棠树连根拔起，盘根错节的树根带着湿漉漉的泥土露出地面。那些根须滴下几滴泥水。五嫂想，那八成是老树的眼泪吧。五嫂站在那里正发呆，章大爷忽然出现在背后，老头有些伤感地说："他五嫂，您说，您来干吗？南桃园胡同就像打过仗，满眼是破墙碎瓦，只能找个不痛快，何必呢？"五嫂回过神来，跟章大爷打招呼，同时说："回来看看，拆迁，没想到会这么快。您老还好吧？"章大爷说："还好，还好，就是看着南桃园胡同就这么没了，心里有点说不出的滋味儿。南桃园上百年的岁数啦，该去旧迎新了。"五嫂说："听说，拆迁款还算可以，在三环里面买套一百多平方米的楼房还能对付。"章大爷说："这话没错。我算了算，能买一百二十平方米呢。可是，住惯了四合院，住高楼就觉得别扭。他五嫂，您说呢？"五嫂没有吱声，她在想着南桃园胡同从前的样子。章大爷讷讷道："老胡同就这么没啦。这老北京四九城面目全非啦。再过个十年二十年，谁还记得北京城里头曾经有个南桃园呢。行啦，别看了，看也没有啦。老胡同算什么呢？破破烂烂的，没有一条正经街道。打从唐山大地震那年，家家户户盖地震棚，就把北京城里的老院子毁去了一半儿，整整齐齐的四合院，还有几个是囫囵的？我早就知道，没什么可留恋的。"

尘埃落干净了，只见老海棠树倒在了地上。五嫂连忙过去，摘下几片树叶子，夹在一个小本子里。她忽然注意到，在残墙碎瓦之间有一堆泥土，那上面竟然还存着几株狗尾巴草，那几根草在微风中瑟瑟发着抖，像是在向人们求救。五嫂不忍心多看,跟章大爷打个招呼就准备离开。她走出几步,章大爷忽然叫住了她。

章大爷犹豫再三,终于说:"他五嫂,本来不想告诉您的,怕您听了添堵。可是,不告诉又觉得不合适,老邻居嘛。您知道,许尔康杀了人。"

五嫂大惊:"杀人?杀了谁了?"

章大爷说:"还能有谁?他老婆,小沈。"

五嫂震惊了,说:"怎么可能?怎么会这样呢?"

章大爷叹口气说:"老话说,结亲要门当户对,门不当户不对就会出毛病。起因出在这拆迁补贴款上,沈萍为了多拿点补贴款,说要把她妈妈的户口迁进来,许尔康不同意,争来争去就动起手来。许尔康本来想掐着她的脖子让她少说几句,不承想用力猛了,小沈就断了气。许尔康傻了眼,可回天无术啊。就这么着,许尔康吃了官司。虽然说不算是预谋杀人,可也判轻不了,少说也得一二十年吧。这下子苦了他那老娘,街坊四邻凑钱打算送她去养老院。又有什么法子呢?只能这么着了。唉,命中注定啊,命中注定。"

五嫂听完愣了半天,说不出话。定了定神,说:"大爷,街坊们都出钱,也算我一份儿。"她掏出一张银行卡递给章大爷,然后说:"密码是三个七三个八,您记着,别忘了,三个七三个八。"章大爷说:"这、这怎么可以,我们小家小户的也就出个千儿八百的。"五嫂说:"卡里钱不多,就三万多块,算我的心意吧。"章大爷拿着卡发愣,五嫂就默默走了。

走出残垣断壁的南桃园胡同,五嫂觉得全身发虚。她走到一个僻静的地方,掏出早上从医院里拿到的化验单,看了又看,仰天落下一串眼泪。

尾 声

转眼又过去了一个多月，五嫂从肿瘤医院出来，天阴沉了下来，像是要下雪了。

五嫂漫无目的地走在路上。

乳腺癌，乳腺癌晚期，五嫂刚听到医生说出这几个字，如同五雷轰顶，像天塌了。

这些天，一直感觉不大好，像丢了魂儿，她预感到什么，几次去医院都不叫玉秀陪着，仿佛是早就知道了结果，不好的结果。现在证实了，无情地证实了。开始，头脑发胀，继而脑子里一片空白，辨不出东南西北，如同进了一片沙漠，四边都没有边际。她不知道找什么，找谁。记得小时候，手让热水烫着了，小辫子松了，就会找妈妈。妈妈就是世界，就是一切，就是挡风避雨的港湾。可是，没有妈妈了，自己还是几个孩子的妈妈，又能去找谁呢？

平静一下，她想，就要走到生命尽头了。又怎么样呢？

　　这么想着、想着，不知不觉又走到了南桃园胡同口。她想再看一眼南桃园胡同。慢慢走过去，天空中是一轮惨白的太阳。南桃园胡同静悄悄的，已经是残垣断壁。自己家的四合院是没有了。整条胡同，没有几套完整的四合院了。高台阶常家，只剩下高门楼和几级残破的石台阶。小白鞋家完全成了一片平地。南桃园胡同就这样没有了，据说这里很快将成为新开的一条大马路。

　　崭新的篇章拉开了序幕。

　　五嫂心满意足了。生活没有了方向，她不知道该怎么往前走。这么多年，风风雨雨，电闪雷鸣。经过了太多，酸甜苦辣的滋味全尝过，坏日子好日子全经过，儿女们全长大成人，还有什么没有得到的呢？没有了。到头了。生活的列车到站啦，该了结这一切了。不知道为什么，五嫂忽然想到，小时候有一次父亲没有治愈一个苦命的寡妇，那个女人在一个风雪交加的黄昏死去。那时，父亲吟诵着辛弃疾那首《青玉案·元夕》中的两句："众里寻他千百度，蓦然回首，那人却在，灯火阑珊处。"五嫂一直想问父亲，为什么不如意时却要叨念这两句？但是，始终没有问。直到现在，也不知道为什么。是啊，生活里有许多的事，就是没有个答案。

在一个细雨霏霏的深夜，五嫂就着三两二锅头，吃了大量安眠药片，安详而寂静地躺在床上。

玉秀发现时已经来不及了。

五哥赶到时，只有玉秀和二龙陪在五嫂身边。在枕头边，是五嫂的遗书：

志民，我先走了。你别惦记。我是一个旧时代的女人，现在的好日子有点不适应，请你原谅。不是不想活了，只是乳腺癌晚期，医生说没有了办法。这些我不想告诉你，怕连累你的事业。也不想到了最后变得人不人鬼不鬼的样子，让人笑话。我想死的时候还是一个囫囵人，至少不那么难看。苦日子过过了，好日子也过过了，知足了。我就先走一步了。如果有缘，来世再相见吧。孩子们都大了，成人了。也算对得起你，对得起你们董家了。就这样吧。后事从简，千万别浪费。

玉秀突然注意到，妈妈的右手捏得很紧。扒开她的右手，发现是两块泛了黄的白手绢。

每块手绢的右下方都写着一个"七"字。

我不明白，五嫂为什么珍藏着这无足轻重的东西，直到生命的结束。

在五嫂的追悼会上，来了一位不速之客。那人高头大马，进来后"扑通"跪在地上，声泪俱下道："五嫂啊五嫂，是我害了你呀。我对不住你，五嫂。"

那人是黑七。

五嫂就这样走了。

五嫂，你就这样走了。

你把你的美丽带去了天堂，

我把我们的悲伤，留给了自己。

一个美好的灵魂，我们董家的好媳妇，就这样走到了生命的尽头。

我忽然想起了在那一个平平常常的秋天的下午，在很多年前。

秋日火辣辣的阳光泼洒在青砖地上。自来水汩汩流下来，水流的闪光映在五嫂消瘦而美丽的脸上，映在她的白布衬衫上，把整个人勾画得玲珑剔透。白布上衣的布料很薄，阳光照上去隐约显出她身材的轮廓。三十好几的人，生过几个孩子了，身材还像姑娘一样。

（完）

2022年1月，2023年7月

后记

我的父辈有十个兄弟姐妹，每个人的小家庭又有几个亲人，这样就组成了不小的家族。解放战争后期，家人们说要死也要死在一起。于是大伙儿从沈阳、青岛等城市，聚拢在北京和天津两地，以防不测。当然大家都没有死。不过，出离时思念，聚合时争吵，出离时矛盾不显，聚合时便矛盾重重。就这样，家族中人性的种种色调便渐渐凸显了出来。

我中学和大学都是在北京度过的，二十四岁迁居上海至今。在京城待了这些年，对北京的胡同文化有了一些认识。胡同是老北京人的舞台，他们的品性、面貌、行为举止在胡同里展露无遗。那种大大咧咧、无所顾忌、不拘小节而又动小心眼儿的招数；那种爽快而又狭隘；那种以皇城根自居又在物质上捉襟见肘的做派，让人哭笑不得。

在中国大院里，这样的底层文化构成了城市性格的底色。它们是鲜活的，有趣的，有着浓浓的烟火气，有着锅碗瓢盆相碰撞的声响。人们之间的喜怒哀乐、家长里短，爱与恨，嫉妒与宽容，耍贫嘴，讲义气，演奏着热烘烘乱哄哄的交响。它引人发噱，有时又让人落泪。这些，给我的小说创作提供了丰厚的滋养。

譬如，小说中五嫂的原型就是我一位堂嫂。她年轻时的确很美丽，她的丈夫也是个帅哥，而且十分能干。然而，聪明反被聪明误，他因财务问题被关了几年。堂嫂拖着六七个孩子，艰辛度日。尤其在粮食短缺时期，她的艰难更是火上浇油。这就是小说《五嫂》的主线。生活中，我的这位堂嫂确实得到了亲朋的接济，也得到胡同里很多邻居的帮助。这些邻居，尽管自己的日子也好不到哪里去，还是伸出了热情的援手。胡同里的人物就这样"活"在我的小说里。小说中"小白鞋"的原型外号叫小白菜，在胡同里是个活跃人物，她既热情助人，却又常遭非议。我童年时听到不少关于她的故事。另一个有故事的人物是小说中的常二少爷。在现实生活中,我们胡同里有一个因婚姻的不幸而疯魔的汉子,我亲眼看过他用菜刀砍自己的脑袋。那鲜血淋漓的样子,至今想起来内心还会有些隐痛。想来,在他惨淡的生命中该有着怎样的悲哀与痛苦。我家的对门,确实有一位帅哥娶了个青楼女子。她美丽得有些奇特,皮肤白皙得让人不敢相信。他们虽然没有生育,日子却过得顺利幸福。在创作中,我常常想把二者融为一体,但没有成功:那个自残的男人,太让人牵挂,常二少爷的悲剧,只能成为旧时代的余音了。在我们的胡同里有着退伍的解放军战士和一位校长,我与他们没有交集,他们的故事都是听来的。那位校长的故事十分感人,所以在小说中用了较多笔墨。而在那个不堪回首的年代,五嫂的小龙被批斗的故事,确实发生过。只是,他不是我堂嫂的孩子,而是我一个堂姐的不到十岁的儿子。小说中有些灰色的人物(黑七等),我的父辈与这些人有着不少交集,这在旧社会的大家族里是很难避开的。

  历史的沉重,投射到个人的身上,将会更加沉重。五嫂经历过许多无奈,她的善良,她的要对得起"你们董家"的想法,是她抹不掉的做人底线,是她作为一个母亲的原则。她的勤勤恳恳、任劳任怨、不畏艰辛的品质让我动情。虽然五嫂曾读到初中二年级,在共和国建国初期也算是个小知识分子了。但她仍是有着旧传统的中国女人,嫁鸡随鸡、从一而终的思想根深蒂固。在她心里，丈夫的不适行为都是可以谅解的。这样的女子，对今天的少男少女而言，也许不易理解。但是，生活就是这样。五嫂的悲剧意义无疑正昭示着今天的进步。

的确，作品是生活的反光镜。胡同里其他种种活灵活现的人物可能更精彩，只是我的笔力无法全部达到。而这些生活场景，这些人物之间的矛盾冲突，又与时代大潮的律动紧密相连。于是，它就有了文学意义。

动笔写五嫂时，一直犹豫的是，用什么视角来观照这些人物。五嫂的原型，在我的心里一直活跃着，用第一人称来写，会得心应手，也更能拉近人物与读者的距离。但是，南桃园胡同的邻居们与五嫂又是不可分割的整体，没有了那些胡同里的大妈大爷，也就没有五嫂的故事。而写这些左右舍邻的生存状态，又不得不让我跳开"我的视角"。游走在二者之间，小心转换，只能是一种尝试吧。

斗转星移，时光无返，随着时代的演进、人们生存状态的巨变，早已不似先前。我很想把过往的片段记录下来，与朋友们分享。这便是我写作的初衷。

2023 年 8 月记

这是一片饥饿的土地。这是一个千百年来饥饿的国度。母亲们,无论城市里的还是乡村的,都背负着沉重的心灵与爱,艰苦地前行。历史翻过了这一页,我们不能忘记吧。

图书在版编目（CIP）数据

五嫂 / 东进生著. -- 上海：上海文艺出版社,2023
ISBN 978-7-5321-8860-4

Ⅰ.①五… Ⅱ.①东… Ⅲ.①长篇小说－中国－当代

Ⅳ.①I247.5

中国国家版本馆CIP数据核字(2023)第184048号

发 行 人：毕　胜
责任编辑：陈　蔡
封面设计：钟　颖

书　　名：五　嫂
作　　者：东进生
出　　版：上海世纪出版集团　上海文艺出版社
地　　址：上海市闵行区号景路159弄A座2楼 201101
发　　行：上海文艺出版社发行中心
　　　　　上海市闵行区号景路159弄A座2楼206室　201101　www.ewen.co
印　　刷：上海中华印刷有限公司
开　　本：890×1240　1/32
印　　张：13.375
插　　页：2
字　　数：235,000
印　　次：2023年12月第1版　2023年12月第1次印刷
I S B N：978-7-5321-8860-4/I.6982
定　　价：98.00元
告 读 者：如发现本书有质量问题请与印刷厂质量科联系　T：021-69213456